中國近百年詩詞名家叢書

羅卓英·王陸一·王世鼐詩詞集

羅卓英　王陸一　王世鼐　著
劉夢芙　整理

全國百佳圖書出版單位
時代出版傳媒股份有限公司
黄山書社

中國近百年詩詞名家叢書總序

二十世紀百年間，我國面臨三千年未有之變局，在西方文化、革命浪潮的猛烈衝擊下，從政治、經濟體制到文化學術、思想觀念無不發生巨變。詩詞原為傳統文學之精粹，亦屢遭劫難，詩人詞家在艱難困苦中心憂邦國，情繫蒼生，創作數量極為宏富的篇章，延續中國古典詩歌千古不滅的精神命脈，具有崇高優美的思想藝術價值與重大史料價值。因歷經戰亂與政治運動，大量詩詞作品殘毀失傳，一部分作品僅存手稿、油印本或内部印本，民國間版本也早已絶版，尤其是老一輩已故名家的詩詞集，或庋藏於都市圖書館，或流散於民間，已成為珍貴的文化遺産，亟需發掘、整理。從文學史的角度看，古代詩歌史綿延不斷，惟獨到現當代缺乏傳統詩詞的紀述，衹有白話新詩的文學史是不全面、不真實的，這一片巨大的空白、嚴重的斷層，也亟待彌補。因此，全面搜集、整理近百年詩詞，采選其中的精品編校出版，為當今及後代子孫留下足資研究和創作借鑒的文本，是為當務之急，也是我們這一代人義不容辭的責任。

近十餘年來，在民間文化組織的支持下，我們先後從事《二十世紀詩詞文獻彙編》、

《二十世紀詩詞名家别集叢書》、《當代詩詞家别集叢書》、《安徽近百年詩詞名家叢書》的編校工作，諸書出版後頗具社會效益，得到詩詞界與學術界一致良好評價。今承企業家陳小明先生慷慨資助，我們編輯整理《中國近百年名家詩詞叢書》，其體例與上述叢書大致相同，惟分為多輯，一輯數種，陸續出版，形成系列。儘管編委同仁兢兢業業，在廣征博覽的基礎上力求遴選足以傳世的精品，『别裁偽體親風雅』，而眼界、水平所限，或有謬采，校勘之誤亦未能免，殷切期待廣大讀者的批評指教。

中國近百年詩詞名家叢書編委會

二〇一七年十二月

中國近百年詩詞名家叢書編輯凡例

一、本叢書編入晚清、民國以來老一輩已故詩詞名家別集，擇其品質上乘、經編委會審閱通過者。

二、選取詩詞別集，以『情真、格高、語美、律嚴』為基本標準，在思想性與藝術性完美統一的前提下，兼容各種題材、體裁、風格與流派，在内容方面，不得有違出版部門的相關規定。

三、重點整理出版有失傳之危的詩詞手稿、油印本、内部印本和晚清、民國間刻印但今已絶版的文本。

四、叢書編委分任文獻普查和整理編校工作：（一）對入選叢書的每家詩詞，儘量搜集不同的版本加以比較，校勘文字，補遺輯佚；（二）出繁體字豎排版，使用現代通行的標點符號，通假字、古今字、異體字按出版社規定統一處理；（三）每家詩詞集先列總序、再列前言，介紹作家生平和作品的思想内容、藝術成就；作品後據實有資料，附録相關評論、作家年表或年譜、著作要目。

中國近百年詩詞名家叢書編委會

（以齒為序）

楊啟宇　劉夢芙　段曉華　陳小明　汪茂榮

前言

風雲時代藴詩心——羅卓英、王陸一、王世鼐詩合論

本書是民國期間軍政界三家詩合編，原載沈雲龍主編《近代中國史料叢刊》（臺灣文海出版社），兹選爲《中國近百年名家詩詞叢書》第一輯。以下對三家詩之思想内容與藝術分别簡介。

一、羅卓英《呼江吸海樓詩》

羅卓英（一八九六—一九六一），原名東藩，譜名高哲，字尤青，别號慈威，又作慈衛，廣東省大埔縣百侯鄉漁洋坪村人。出身農家，七歲入鄉塾讀書，一九一四年畢業於該縣官學，次年入大埔中學。畢業後北上報考保定軍校不第，一九一六年考入該校第八期炮科。一九二二年軍校畢業後回鄉，先後任大埔中學教務主任、虎山中學校長。一九二五年東征軍回師廣州，羅卓英投身於軍界，此後歷任北伐軍炮兵連連長、炮兵副營長、國民革命軍第二十一師參謀處長、參謀長，第三十三旅旅長，第十師師長。一九二八年秋，因其『整軍經武，

屢建殊勳』，晉升爲第八軍副軍長。嗣後歷任第五軍軍長、第十八軍軍長、駐贛綏靖預備軍總指揮、粵漢鐵路警備司令、國民黨廣東省黨部特派員。

抗日戰争期間，率部先後參加上海抗戰、南京保衛戰、南昌會戰、長沙會戰、入緬作戰等重大戰役，歷任第十六軍團長、第十五集團軍總司令、南京衛戍副司令長官、第九戰區前敵總司令、第九戰區副司令長官、第十九集團軍總司令、太平洋中國遠征軍第一路司令長官、國民黨最高軍事委員會軍令部次長、青年軍總監、國民黨第六届中央執行委員、國民大會代表等職。抗戰勝利後，被任命爲廣東省政府主席。一九四六年晉升爲陸軍上將。一九六一年十一月六日，因患糖尿病逝世於臺北。生平事蹟，詳見《羅卓英將軍紀聞》（上下册，羊城晚報出版社二〇一三年版）、羅鏑樓編撰《羅卓英先生年譜》（一九九五年臺北版）。

羅卓英畢生爲詩不輟，從弱冠至花甲，數十年如一日，數量頗豐，有《獅崖集》《北蹄草》《南槳吟》《層雲集》《呼江吸海樓詩》《回園詩存》《紅酣室詞》等。除《呼江吸海樓詩》見於《近代中國史料叢刊》外，其他各種詩集、詞集中作品在《羅卓英將軍紀聞》中有所選注，無從覓其全集。因《呼江吸海樓詩》以詩筆紀述一九三七年『七七』事變抗日戰争全面開始至一九四五年八月抗戰勝利的全部過程，皆作者親身經歷，尤具重大史料價值，故編入《中國近百年名家詩詞叢書》第一輯，亦以詩存史之旨也。

詩集開篇即爲《盧溝曲》七絶二首，作於一九三七年『七七』事變發生之時。『卅載深仇終一洗，中華兒女盡英豪』；《書誓》云：『莫更銜杯問淺深，呼江吸海萬龍吟。廿年前語今猶壯，要把倭奴一戰擒』，大聲鏜鞳，標明作詩宗旨，顯示中華民族全民抗戰的決心與氣概。自序云：『卓英遭逢時會，躬與全役，督師所至，歷三萬里程，打二百回仗。疆場生活，汗血淋漓，興奮之情、敬哀之意蟠結於胸中，從未敢以少懈。偶值策劃之餘，或當劇戰之後，軒眉舒氣，僚友傾談，則國家興復之思，袍澤死生之感，齊奔心坎，湧現筆端。雖有時彈雨落長空，硝煙籠戰壘，而吾心光炯炯，意態閑閑，不爲動也。』近代詩壇皖籍名家許承堯序云：『浩歌長吟，自抒胸臆，而行間字外，騰躍飛舞，鏘然皆金戈鐵馬聲，精光奪人，不可逼視。讀其詩知其人，吾益喟然於吾黄炎遺裔所以不終於淪胥者，固賴此正聲壯節，與夫百折不回之勁氣也。』從詩中看，羅卓英自幼深受儒家思想影響，對明代思想家兼名將王陽明尤爲企慕，集陽明之詩句紀録征程與戰事，兼贈友人，多達一百數十首。而陽明心學重在知行合一，羅卓英亦躬行實踐，在艱難困苦的戰争處境中百折不回，集中體現了經儒學陶冶的賢人君子仁智勇兼備之三達德，堪稱民族精神之典範。

在詩藝上，羅詩多爲近體，以七絶、七律爲主，且多有組詩，寫抗倭衛國之心志與戰況，踔厲風發，雄渾勁健，是爲詩集之主旋律。對父母、師長、妻子、朋友、同事、兵士，羅卓英皆有惓惓仁愛之心，唱酬寄贈，詩情誠摯，儒家修身致善的倫理道德融貫於生活實踐，足見品格之高、性情之厚。其中有《傾注詞》十首、《續傾注詞十首》，『拼將莽蕩纏綿意，鑄就神魂傾注詞』『贏得美人稱國士，報君緑玉鏤同心』『倚天炤海情何限，吹緑春風第一枝』『天長地久留清豔，不鑄黄金鑄此情』，寫軍旅中短暫的情戀，『各有性情肝膽在，相期爲國障邊疆』，於龍吟虎嘯中有芬馨綿麗之情，但不失英雄氣概。羅詩不用僻典，風格明暢，在戎馬倥傯中成急就之章，未暇細加鍛煉，若干詩句未免粗淺直白，類似口號，然瑕不掩瑜，無礙其總體成就。

古代統兵將帥，多有儒雅能詩、流芳青史者。如曹操、范仲淹、岳飛、辛棄疾、戚繼光、王陽明，乃至晚清曾國藩、左宗棠、彭玉麟、劉銘傳等，皆文武兼備，詩才與將略相得益彰。羅卓英爲民國期間戰功彪炳之一代名將，以其詩筆真切紀述親身經歷的抗戰全過程，詩境壯闊，詩情慷慨，足以上媲前賢，在二十世紀中國傳統詩史上理當大書一筆。

二、王陸一《長毋相忘詩詞集》

王陸一（一八九七—一九四三），陝西三原北秦堡人。少年入西北大學法科，貧不能續業，任陝西圖書館管理員。于右任組織陝西靖國軍，擢爲秘書。一九二四年由國民黨中央委派至蘇聯留學，翌年歸國任總辦公廳主任。此後歷任中央黨部書記長、安徽大學文學院院長、中央候補執行委員、監察院秘書長、中央執行委員、中央政治會議委員兼民衆訓練部副部長。抗戰期間，任軍風紀巡察團委員、山西陝西監察使。一九四三年十月二十日病卒，享年四十七歲。遺著《長毋相忘詩詞集》，由友人涇陽張庚由、合肥江絜生編校印行，于右任爲之作序。

王陸一詩自民國九年（一九二〇）起存稿，至三十二年十月（一九四三）絶筆，紀録從青年到中年期間的生命旅程，題材豐富，境界廣闊。尤其在抗戰中，詩人親身巡察前線，寫下一系列詩篇，諸如《襄陽過隆中道，行路間得謁杜墓孟亭，感懷今昔，賦呈戰地諸同人》《法蘭西哀歌》《今兵車行》《傷兵行》《兵衣單行》《關山月》《河無梁》《拆祠行》《築路行》《從軍行》《難童行》《炮車瘦馬行》《桐子青青行》《紀抗戰初南京空戰》《巴水名都篇》《怪獸徘徊行》《空軍文學頌歌》《盜族》《楚上公歌》，體裁爲五七言古風，或寫戰時士兵之艱難奮戰，不畏犧牲；或寫黎民百姓之流離溝壑，室家傾毁；或抨擊帝國主義侵略者之窮兇極惡；或揭露政府高官之貪污腐敗，筆端飽含詩人的愛憎，各類場景歷歷如繪，具有史詩性質。王陸一少年勤學，有深厚的國學根基；青年時代赴蘇聯留學，有現代政治學、社會學、經濟學、軍事學知識，歸國後長期在政界工作，衡量古今中外歷史之見解亦發之於詩篇，《讀革命史感詠》七律組詩三十四首可見其思想抱負。于右任云：『君富情感，擅文學溝通社會科學，發爲詩文，鎔裁無間』；江絜生云『格調恢華，詩筆贍麗』。組詩内容勾勒近現代世界歷史變嬗之軌跡，廣涉歐洲資産階級革命、資本主義經濟、民主政治制度、宗教戰争、婚姻流革、帝國主義之形成與世界大戰，題材爲古人筆下所無，意境一新。詩人懷仁者之心，對在資本主義壓榨下的基層勞動者寄以深切的同情，批判侵略戰争的發動者，議論風發，筆鋒犀利，運用格律嚴謹、對仗工整的七律而游刃有餘，是詩集中的力作。

王陸一的友人張庚由編其詩詞集，『取其《沁園春》詞「長毋相忘」句以名之』，言其詞『尤温馨悱惻，一往情深。蓋胚胎二主，欲以方駕周秦也』。劉象山《王陸一先生遺墨書後》評其詞云：『若乃廢壘看雲，孤村聽雨，稍離烽火，暫息塵勞，濁酒一杯，荒雞三唱。藴靈襟於綿邈，寫神思之芳馨，漾餘情之漣漪，寄遥心於委婉，淒豔在骨，窈窕傷心，信才人之善感，亦名士之多情者歟！』『胚胎二主（李璟、李煜）、方駕周秦』（周邦彦、秦觀）之評未免膚泛，王詞寫其生活經歷，與時代動亂息息相關，風格亦非委婉所限，諸如《金縷曲》《百字令》《水調歌頭》《滿江紅》《沁園春》《水龍吟》諸篇，或悲壯慷慨，或沉鬱蒼凉，明顯有蘆川、稼軒詞影響。作者能把握詩詞之不同體性，詩多融入敘事與議論，頗見史識；詞則重在寫景抒情，部分詞章如《慶春澤》《采桑子》《祝英臺近》《暗香》《疏影》《東風第一枝》等，確能悱惻温馨，淒豔在骨，將韶華瞬息與江山風雨之悲渾成一片，令人讀之有無窮悵惘。所謂『長毋相忘』者，非僅兒女之情，而是作者在詩詞中傾注了對國家民族的惓惓忠愛：『君之情，本乎孝，演繹乎忠，得天地正氣』；『自君微服出亡，以迄巡察戰區，二十年間跋涉山川，幾經萬里，其詩與詞，無不以忠愛爲本，浩然之氣充塞字裹行間』（杜召棠《讀〈長毋相忘詩詞集〉書後》），是恰當的評價。而『忠孝』二字，正是兩千數百年來儒家文化宣導的爲人根本，孝於親而忠於國，在心爲志，立言爲詩。作者勞於公務，盡瘁於抗戰期間，大節清操，知行合一，無愧仁人志士，其詩詞集也因此具有珍貴的價值。

三、王世鼐《猛悔樓詩》

王世鼐（一九〇二—一九四三），字調甫，號心雪，安徽貴池人。一九一六年考入北京大學，年僅十五。曾參加『五四』學生運動繫獄，經胡適保釋。北大畢業後遊學於愛阿瓦大學、華盛頓大學，獲經濟學學士、政治學博士學位。旋遊歐洲，歷英、法、德、意，考其政治、經濟而歸，任國民政府國務院參議。先後被命爲中華合衆蠶桑會國民政府代表、第五屆國際商會中國代表，出席荷蘭國際會議。歷任國際貿易局總務兼編纂、北平政務委員會專員、東北外交研究委員會常務委員、財政部地方捐稅委員會委員，財政部參事、財政司蘇浙皖區煙專賣主管。一九四二年因公赴贛州，患肺炎病逝，年四十二。身後詩稿，由友人曾克耑編爲《猛悔樓詩》五卷行世。

王世鼐屬於天才早慧的詩人，幼有神童之目，『年十一，僑旅順，即以文章驚其長老』。青年時代作品，即獲近代詩壇名家樊增祥賞識，稱其『詩境淒豔明麗中含古愁』，『奇豔在骨，骫骳從心，生翠刻肌，冷紅沁髓，食煙火人一字不能道，亦一字不能解也』，『時於幽秀中露蒼勁之氣』。但同時認爲唐代李長吉、温庭筠、明代卓蕋淵、清代湯卿謀等才華卓異之詩人『其才誠可愛，其詩不足效也』；『之數子者，才則茂矣美矣，而皆歉於年與福』，一再致書勉勵王世鼐『定志以向學，積學以成才，儲才以待遇』；『當先以韜斂芒刃，讀書養氣爲主』，『心戒其妄動，氣戒其輕發』；『立身求其有本，立言求其有用』，『少年人詩文當如火如荼，吉祥富麗，親在不言老，道在不憂貧』。前輩的諄諄教誨，王世鼐深爲銘感，早年所作《少日集》，刪存僅三十四首，出洋就學，奮發有爲：『君夙精國故，參以泰西新制，於政法之源流、平準之精義，旁及文哲諸學，無不旁通交推，以歸至當』（曾克耑《故財政部參事貴池王君行狀》）。歸國以後，王世鼐的才華、學識受到許世英、李烈鈞、孔祥熙、郭秉文、黄郛等高官名流的器重，委以要職，王世鼐盡心竭力，在金融税收、商品專賣與管理方面考察各國制度，草創規制，付諸實施，爲支持抗戰作出了貢獻。其爲人品格，不務虚名而行實事，

『草創規制，多出君手，而君默無一言』；『君天性純篤於交舊，而尤以獎人才爲亟』；『君言辭雋美，每宴集議論風生，語驚四座，而伉爽質直，誠愨出肺腑，人久而彌愛敬之』（曾克耑《故財政部參事貴池王君行狀》）。這樣一位品學兼優、有國際視野與實幹能力的經濟學家，英年早逝，未盡其才，令人痛惜。

《猛悔樓詩》大多數爲七絶、七律，其次爲五律，古體數量偏少。少年之作，風華流麗中有無限深哀，《笛怨辭》『平生衹有雙行淚，半在蒼生半美人』，至今傳爲名句。詩人留學期間，『又以其暇爲歌詩，以寫海外風物，幽窅奇詭，動人心脾』；『其學慨國家之多難，内外侮交相乘也，哀時憤俗，又苦無術以拯之。並時公卿雖賞其才，顧未竟其用。嘗曰：「吾其終無所用於世乎！」因益詫歎，縱酒自放，發爲歌詩，淒厲哀婉，感喟深至，視少作之側豔者，迥別矣』（曾克耑《故財政部參事貴池王君行狀》）。如果説羅卓英的作品是英雄壯士之詩，王世鼐則純爲才子之詩、詩人之詩。其詩之内容不重在鋪敘時代變遷的史事，而重在寫景狀物，抒發詩人在風雲變幻、國家多難之際的深憂巨痛，有直指人心的穿透力。在藝術上，受唐人近體影響較多，色澤清麗，風情綿邈，聲調悠揚，警句絡繹，七絶尤富於神韻，而總體風格近於晚唐，可繼李義山、杜牧之之武也。

自屈原以來，中國詩史上除宫廷作家外，向無專業詩人。不論是已入仕途的士大夫，還是在野的文士，大多秉承儒家之道，在朝以治國平天下爲志向，在野則修身立業，從事教育文化之承傳工作，詩以餘事爲之。抒情言志，超越功利，有鮮明的悲憫情懷、憂患意識，這就使傳統詩歌成爲文學殿堂上光芒最爲燦爛的明珠，有真善美兼具的不朽價值。本書民國軍政界三家詩集彙編的作者，羅卓英爲一代名將，王陸一爲政法學家，王世鼐爲經濟學家，在各自的領域爲國家民族做出了貢獻，後兩位於抗戰期間鞠躬盡瘁，壯年身殞，其詩作雖未到第一流大家的地步，但詩中的心志、詩人的品格足以樹立，藝術上也有相當的高度，由此亦可見中國近現代詩壇傳統詩歌之豐富多彩。在中華民族走向偉大復興的進程中，我們理當珍視飽經劫難尚能留存的詩歌遺産，繼承弘揚人文精神，在堅實的基礎上開拓光輝的未來。

劉夢芙　二〇一八年春暮於淝濱

目録

中國近百年詩詞名家叢書總序 …… 一
中國近百年詩詞名家叢書編輯凡例 …… 一
中國近百年詩詞名家叢書編委會 …… 一
前言 …… 一

呼江吸海樓詩　羅卓英

序　賈景德 …… 三
序　許承堯 …… 五
序　李維源 …… 六
自序 …… 八
題辭 …… 九
三原于右任 …… 九
歙縣許承堯 …… 九
騰衝李根源 …… 一〇
吴縣張一麐 …… 一〇
番禺陳樹人 …… 一〇
高要梁寒操 …… 一一
自民國二十六年丁丑至民國三十五年丙戌
蘆溝曲二首 …… 一二
元　戎 …… 一二
書　誓 …… 一二
八月十一日偕郝錫九兄由九江飛南京 …… 一三
東戰場 …… 一三
戰地中秋 …… 一三

落日歌……一三
羅店……一三
弔寶山殉城姚瑩官兵……一四
輓姚子青營長……一四
十月五日第十一師雷漢池營官兵殉國徐宅……一四
雙十節嘉定城内召全軍將校開慶祝會……一四
輓郝錫九軍長夢麟白水鎮殉國二首……一五
蘇州張一麐先生請組老子軍感賦……一五
上海同義中學童子軍隨軍工作，詩以壯之……一五
贈胡蘭畦女士所率婦女戰地服務團二首……一五
和田漢……一六
附田漢原作……一六
附郭沫若和作……一六
平倭曲十首……一六
誠信……一七
動静……一八
襟懷……一八
馳驅……一八
傾注詞十首……一八
新年絶句……一九
二月廿四日我空軍飛往臺灣炸敵工廠，並散傳單，宣慰臺民，喜作四首……一九
黄山放歌……二〇
三月三日遊歙西檀干公園……二〇
答和許疑盦先生見贈原韻……二一
附疑盦先生見贈原作……二一
歙縣棠樾鮑氏支譜題詞二首……二一

爲許疑盦先生題《檀干夜讀圖》…… 二二
答和歙縣黄昂青君及女公子桐音贈詩…… 二二
雜詩四首…… 二二
婦女節棠樾大會記盛並贈言二首…… 二三
兒童節大會贈言三首…… 二三
清明遊歙縣城外西干再登披雲峰…… 二三
祝捷…… 二四
青年節本部戰場劇社成立始作公演贈句…… 二四
五月十六日巡視於潛臨安順，遊天目山…… 二四
謝汪君采白繪贈《黄山圖》及許翁疑盦題句…… 二四
附許疑盦翁原作…… 二五
小朋友歌二首…… 二五
五月十九日我空軍飛往日本長崎大阪散發傳單，名曰紙彈，蓋以儆其閥覺其民也。喜賦二首…… 二五
馬當戰事緊急，奉命由徽州移駐祁門指揮二首…… 二六
由祁門移駐浮梁，巡視鄱陽二首…… 二六
武漢書懷…… 二六
中秋登雞公山指揮豫南軍事，月下抒懷二首…… 二七
雞公山同柏麓夜話…… 二七
長江開…… 二七
黄河決…… 二七
大風雨中過咸寧…… 二八
十一月九日奉命馳赴湘北指揮三首…… 二八
長沙大火誌感…… 二八

續傾注詞十首……二九
戰鼓新開篇十首……三〇
宜春遊化成巖……三一
宜春臺野望……三一
四月十日爲虎山公學紀念日，因賦三章寄勉
……三一
七月七日新喻閱兵獻金……三二
讀《孫子》十五首……三二
謝中央慰勞團來前線致慰……三五
謝華僑慰勞團……三五
八月廿四日德蘇兩國簽訂互不侵犯條約
……三五
哀波蘭四首……三六
青年四要勗青年訓練班學生……三六
贈大公報戰地記者張篷舟君……三七
贈大公報攝影師徐進之君……三七
贈張晶小朋友……三七
分宜中秋四首……三七
吾　行……三八
宵　鬧……三八
湘贛大戰告捷四首……三八
奉召赴南嶽謁委員長蔣，遂登祝融峰……三九
上封寺……三九
喜得許疑盦先生書……三九
集王陽明詩句寫懷十首……三九
吉安遊青原山二首……四〇
十二月十六日軍委會派朝鮮義勇隊來受指
揮，配合前線作戰，特予慰勉，並爲詩送
之四首……四一
分宜元日書春……四一

江西省参議會議長彭程萬先生偕各界代表來分宜勞軍，廖士翘兄贈句，依韻賦謝……四一
附士翘兄原作……四二
分宜春節示總部同人……四二
分宜軍中遥祝嚴親八十一壽……四二
赤谷道中……四二
湘南道中……四三
送友二首……四三
送嚴参議幼貞西行……四三
送郁秘書從周入滇……四三
答勉江西青年慰勞團六絶句……四四
分宜四詠……四四
遣　興……四五
六月二十三日督師高安喜雨聞捷……四五
不　變……四六
大　道……四六
何如曲四首……四六
抗戰三週年寄示長兒中郎，並錫名大任十首……四七
歐洲大戰兩首……四八
晚雨漫興……四八
駐軍翰堂，新結竹廬，讌集同人四絶句……四八
濕氣侵足，不良於行，匝月始愈。賦此解嘲二首……四九
藐　躬……四九
虚　堂……四九
中秋雜感二首……四九
和韻答楊雲史先生香港二首……五〇
附楊雲史先生贈詩……五〇

爲婦女服務團戰地三年題詞四首…………五〇
遊慈光寺同柏麓…………五一
鍾璧純兄寄示五十自壽詩，走筆賀之…………五一
重陽節約邦鋭仲昌鳴白柏麓同登翰堂後山…………五一
雙十節…………五一
呼　雨…………五一
大雨果至，且有奉新之捷…………五二
集王陽明詩句十絶奉答李崧圃先生…………五二
賀李崧圃先生夫婦七十雙壽四首…………五三
博平校長函報虎山公學近事，喜賦二絶…………五三
《大埔縣志》修纂告成，題詞五首…………五四
誄楊幸之同志…………五五
元旦小詩…………五五
賀年鼓詞三絶句…………五五
贈胡高級參謀…………五五
答贈習傳裕君…………五六
戰場花進行曲十首…………五六
上高會戰奏捷四首…………五七
上高會戰陣亡將士公墓奠基…………五八
贈政治部抗敵演劇隊同人…………五八
陳君毓文來戰地放映抗戰電影賦贈…………五九
病起偶成…………五九
贈許嘯天先生…………五九
春日雜詠五十首集王陽明句…………五九
六月一日奉召赴重慶，乘車遵贛湘黔川公路西行，紀事十首…………六四
六月廿二日蘇德寒盟，德軍侵蘇，歐陸無净士矣…………六六

中秋情歌十首……六六
嘲日詩……六七
十二月八日太平洋戰争爆發日，爲戎首詩
以討之二首……六八
長沙三次大捷五首……六八
軍中祝嚴親八十三壽……六九
贈公明弟……六九
贈輝青夫人……七〇
贈饒新吾邦泰二首……七〇
曾敬持索句……七〇
題陳春階先生《行樂圖》……七一
受命遠征五首……七一
雲程初紀四首……七二
巡視瓦城四首……七三
賀捷詩三首……七三
軍　情……七四
入印度三首……七四
駐軍狄卜魯加，登樓望喜馬拉雅山作……七四
印京德里……七五
酬尼赫魯先生晚宴……七五
贈印度最高法院院長貴雅爵士……七五
兩　京……七五
題紅棉巨幅贈史廸威將軍……七五
題《秋山飛瀑圖》贈英元帥魏菲爾將軍……七六
李印泉先生根源贈句，還答二首……七六
西北行十六首……七六
題岳池樸園藏書……八〇
遠征憶詠集王陽明先生句百首……八〇
元旦立春新約告成，全民歡慶，敬賦律句
獻呈國民政府主席林公……九五

和陳孝威先生獻美國羅斯福總統詩……九五
賀陳樹人先生六十壽……九五
湖寮羅氏族譜編纂五載，始獲觀成，敬賦二詩祝之。是役也，杏村叔祖之力，有足多焉……九六
虎山公學五週年紀念日，無可贈獻，特王陽明句寄勉員生十首……九六
賀鄒海濱先生六十壽……九七
樂幹十二詠……九七
三月廿二日招宴抗宣九隊暨新中國劇社男女同志三十餘人，歐陽予倩、田漢、胡蘭畦、呂復等均在座，賦贈四首……九九
附田漢和作……一〇〇
附柳亞子和作……一〇一
桂林山水自昔著稱，余兹來主軍鐸，公餘暢遊，評爲峭潔。但愧筆拙難狀，因集陽明句詠之十首……一〇一
抗戰七週年湘戰甚劇……一〇二
復興關……一〇三
樂　觀……一〇三
受命編練十萬青年，組織青年遠征軍，元旦成立，賦詩二章……一〇三
《龍鳳月刊》題詞……一〇三
五十初度示訓練團及總監部同人二首……一〇四
分赴各地校閱青年遠征軍，各繫以詩得六首……一〇四
江行過涪陵忠縣，贈同舟饒聘卿前輩暨錢光中女士……一〇五
青年軍第二零五師分駐修文貴陽訓練，

因檢閱部隊，得遊修文縣城，謁陽明祠訪陽明洞及附近勝景，爰集王陽明句留題十首……一〇五
修文閲軍謁陽明祠……一〇六
貴陽……一〇六
前歲遠征，縱横緬印，履艱蹈險，未暇吟歌。兹集王陽明句追述其事成百首，不啻快飲百杯也……一〇七
校閲女青年軍總隊……一〇七
八月十日各報號外宣告日本已向同盟國無條件投降，即改杜甫『劍外忽傳收薊北』詩誌喜……一〇七
還粤主政四首……一〇七
書生……一〇八
答訪香港總督夏慤爵士，並參觀英海陸空軍……一〇八
出席青年團二全大會於廬山……一〇九
中秋夜含鄱口賞月……一〇九
國民大會閉幕獻詞……一〇九
附記……一一〇

長毋相忘詩詞集　王陸一

重印王陸一《長毋相忘詩詞集》序……一一三
詩集……一一五
總理奉安哀辭……一一五
唐園題壁……一一五
哭于鶴九先生……一一六
經敵陣至武功行營……一一六
陝西靖國軍諸將持義不卒，勢將瓦解，書憤二首……一一七

淳化方里鎮宿外舅于公鶴九兵營……一一七
鳳翔兵敗，隨右任先生間道走隴上作……一一七
天水道中……一一八
徽縣將之碧口……一一八
靈臺夜發……一一八
嘉陵江中滯雨，上下四方皆水也。夜深右任先生與同行諸友均念李春堂參謀之死，同爲淚下……一一八
度　隴……一一九
將近天水，白玫瑰花夾道盛開，好香卓越，騎次口號……一一九
清水宣化岡道中……一一九
函關西發……一一九
海參崴登陸，入俄疆矣……一二〇
過尼布楚，舊有中俄國界碑，今廢矣……一二〇
經烏拉山入歐洲境，山下爲革命軍誅俄皇處……一二〇
西伯利亞道中譯歌……一二〇
過黑龍江橋入俄境……一二一
車　中……一二一
朝鮮海峽贈同舟韓人……一二一
莫斯科感懷……一二二
悼李君春堂。君死陜西靖國軍之難已三年矣……一二三
王君榮霆爲革命死西安，蒼茫生念……一二三
莫斯科送趙文炳張庚由兩同學歸國……一二四
莫斯科春感……一二四
烏拉山頭之歌……一二四
歸國十首寄上右任先生……一二五

留别上海諸友……一二六
離　歌……一二七
寄懷絜生南京……一二八
安徽大學寄絜生……一二八
遊雨花臺和絜生感時之作……一二九
隨右任先生奉使粤中……一二九
國難有懷南京諸友，即寄曦亭、文炳、古心、劼剛、丹符、庚由、絜生……一二九
哭張治東兄殉南康之難……一二九
贈王劼剛……一三〇
香港偶成……一三〇
遊九龍宋亡臺……一三一
遊雨花臺……一三一
清凉山題壁……一三二
遷　都……一三二
舟歸南京，礮火中過吴淞……一三三
望國際聯盟訊……一三三
夜坐秦淮水閣……一三三
汴洛道中……一三四
二十二年十二月與溥泉、星樵、雄夫先生奉使粤桂，舟次南海……一三四
遊番禺蘿岡洞……一三四
珠江江舟遺意……一三四
蒼梧夜泊……一三五
過容縣勾漏洞……一三五
過廣西貴縣石達開故里，得石氏先塋被掘後殘碑。又土人言城西北天平山下鑛工隨太平軍掘隧道轟城事，爲長歌以紀之……一三五
哭同學温百非少將……一三六

書　事……………………………………一三七
北行過滕縣懷古……………………………一三七
去杭州迎内子周沛霖歸南京………………一三七
將之南昌，舟過安慶，有懷舊游作歌……一三八
過崑崙關有譚狄青往事者，感民族播遷
　之跡，歌以詠之…………………………一三九
春　前……………………………………一四〇
讀革命史感詠………………………………一四〇
題曹靖陶看雲樓圖卷………………………一四六
黄母劉太夫人六十晉壽……………………一四六
壽劉母黄太夫人百歲………………………一四七
題龍鐵崖兄畫………………………………一四七
題嶺南熊璧雙、耀雙、珮雙姊妹畫册……一四七
過蘇州………………………………………一四七
寫　懷……………………………………一四八
卻　憶……………………………………一五〇
吴中絶句……………………………………一五二
同遊趙君文炳通渭人，工書有好詞，留俄
　舊同學也。奉贈二首……………………一五三
憶熊君保頤有約未來，君楚人，留俄舊同
　學也。寄四首……………………………一五四
有　寄……………………………………一五五
秋襟十首……………………………………一五五
紀懷絶句……………………………………一五六
二十五年十二月十二日西安變作，右任
　先生奉宣慰西北之命進次潼華，隨車
　掌記，感事成篇…………………………一五七
廬山講舍……………………………………一五八
二十六年七月七日，二十九軍始擊日寇
　於盧溝橋，從廬山聞訊有紀……………一五八

去京夜宿蕪湖，諸友遠送至此，感奉六章 …… 一五九
楚　詛 …… 一六〇
我空軍轟炸臺灣敵陣，聞捷作歌 …… 一六一
過桃源 …… 一六一
徇兵紀事詩 …… 一六二
喜聞臺兒莊大捷 …… 一六二
爲庚由弟題張善子所畫虎 …… 一六三
聞王革非渡河擊敵死於軍次，詩以哭之 …… 一六三
江　漢 …… 一六四
江　夜 …… 一六四
近宜昌始見江上山 …… 一六四
哭熊保頤同學 …… 一六五
襄陽過隆中道，行路間得謁杜墓孟亭，感懷今昔，賦呈戰地諸同人 …… 一六六
荆襄巡察過襲門 …… 一六七
法蘭西哀歌 …… 一六七
今兵車行 …… 一六八
傷兵行　隨縣棗陽行次 …… 一六八
兵衣單行 …… 一六九
關山月 …… 一六九
河無梁 …… 一七〇
湘江船歌 …… 一七〇
拆祠行　鄂東戰亟，奉命徇兵，鄿黄道中書遇，時二十七年十月也 …… 一七〇
築路行　天門雲夢間書所見，時武漢殆不守矣 …… 一七一
從軍行　戰區中所見 …… 一七一
荆門空城吟 …… 一七二

難童行……………………………………一七二
炮車瘦馬行……………………………………一七二
桐子青青行……………………………………一七三
紀抗戰初南京空戰……………………………………一七四
巴水名都篇……………………………………一七四
怪獸徘徊行……………………………………一七六
巨　人……………………………………一七七
空軍文學頌歌……………………………………一七七
盗　族……………………………………一七八
峽中山家……………………………………一七八
襄樊撤兵書憤……………………………………一七九
楚上公歌……………………………………一七九
史所云謡……………………………………一八〇
七月七日與倭奴戰兩年矣，時徇兵荆襄，爲詩寫念……………………………………一八二
帝　女……………………………………一八三
憶安耀宸兄關中……………………………………一八三
泰和象山兄元日見寄……………………………………一八四
彭水城塞間邑人爲述太平軍入蜀時事，因紀以詩……………………………………一八四
兵　間……………………………………一八四
鉤　距……………………………………一八五
奉和右任先生生日遊北温泉遇雨寄示三首……………………………………一八五
右任先生生日往北碚道中長句，命賡一首……………………………………一八五
戰地見『步步設防，人人敵愾』字，右任先生語也。感念近事有作……………………………………一八六
滇緬道阻書憤……………………………………一八六
聞倭兵假道越南……………………………………一八六

哀三審計……一八七
赤足……一八八
紅行纏……一八八
流浪……一八八
渺小……一八八
稱名……一八九
軸心……一八九
嗷嗷……一八九
司農……一八九
臘日象山兄惠詩奉答……一九〇
巡軍川楚間，林祖餘弟相從載筆，每話往事，悵然有贈……一九〇
黔江遇柏烈武先生，將同還中央會議……一九一
君不見……一九一
徵一兵不如救一兵行……一九一
夔州舟次……一九二
聽音……一九二
相逢……一九二
江防巡次贈洪參謀長子熙……一九三
戽水行……一九三
貧農行……一九三
山中芙蓉……一九四
宜昌喜逢劉象山兄贈詩奉答……一九四
徇兵荆沙渡長湖，將之潛江監利……一九五
空警……一九五
行察江防，歸舟過白鷺湖長湖……一九五
歎事……一九五
哀降敵者……一九六
哀招賊者……一九六
干城……一九七

炸　區……一九七
兵　情……一九七
巡察第六戰區，越南川彭水間大山……一九七
歐戰亟哀英帝國……一九八
第五戰區聞捷，奉簡李司令長官德隣……一九八
悼張總司令自忠戰殞襄河東陣地……一九八
五月戰場喜見我國飛機擊敵……一九九
張總司令自忠靈櫬過宜昌西上，恭紀……一九九
宜昌三遊洞與辭修司令長官立三主席籌戰守夜，中正委員長四次傳機宜，遂至天曙……二〇〇
統　制……二〇一
六月十日去宜昌……二〇一
兵退望宜昌……二〇二
歐　戰……二〇二
北碚村中……二〇三
高　議……二〇三
越　裳……二〇三
黔江彭水道中……二〇三
奉命巡察戰區，由重慶飛航武漢，進次鄂東戰場……二〇四
三十二年十月絶筆詩三首又半……二〇四

詞　集

詞　集……二〇五
金縷曲　遊三原東里半耕園，園唐時建，古木參天，玉蘭梅桂數百年物。花時散馥城野，風日芬麗。有讀書堂、桂靈樓、石舫旋廊諸勝，尤爲遠近學人遊息所樂。至其西北，嵯峨山清凉山邑清麓書院在焉……二〇五
金縷曲　橋居漢嘉，是郡國海棠獨香，地歸長

安。就學去蜀中，山川日以遠。中經帝制之亂，故人慷慨，吟念增哀。填詞寄所親，已百端横集也 …… 二〇五
金縷曲 …… 二〇六
百字令　和永嘉夏承燾兄長安見贈韻。時天秋落木，西北兵氣銷矣 …… 二〇六
沁園春　元配于淑賢病殂，申江父死患難友朋之手。蓋三年不敢以聞祖母，創心長別，爲此哀辭。淑賢淳化縣人，故甘泉宫地也 …… 二〇七
滿江紅　外舅于公鶴九爲無政府主義者，參西北革命軍事，民國九年死三原之難，義軍已駸駸敗矣。于公右任再起，巡武功軍主其家淳化方里鎮，由此率大軍而西也。外舅文辭書畫騎射並精絶，愴悼爲詞，以存光烈 …… 二〇七
慶春澤　俄京紀事 …… 二〇八
金縷曲　莫斯科河泛舟，與李毓九、熊保頤、趙文炳、李秉中、梁仲明、張庚由、皮以書、黄文霞諸同學偕，秀清五妹亦在同舟。寒宵冷月，照人於荆榛絶域中，人語嗚咽，與水聲相凄澀也 …… 二〇八
百字令　掌記中央，奉寄夏承燾兄之江大學 …… 二〇九
沁園春　寫感。時去南京，薄遊蘇淞苕霅間 …… 二〇九
水調歌頭　爲張目寒兄題陳樹人先生《月桂圖》，在晉祠所畫也 …… 二〇九
水調歌頭　安慶送别潘懷素兄，時同教授安徽大學 …… 二一〇

金縷曲　僦居南京飲虹園，答張庚由弟兼過從諸友，時民國二十年春也　……………　二一〇
浣溪沙　有憶俄京舊游　……………………　二一〇
浣溪沙　京洛道路間漫題　…………………　二一一
百字令　京洛道中和友人作　………………　二一一
沁園春　二十三年中秋北事書歎　…………　二一二
滿江紅　……………………………………　二一二
金縷曲　送劉傳中弟赴英國留學　…………　二一二
百字令　夜讀《靖康續録》，風霰撼壁，端憂倚聲　……………………………………　二一三
慶春澤　南京逢舊時學友。春年域外，不知今日相見之悲也。明月漾水，歌以詠之　……………………………………　二一三
金縷曲　鄧尉看梅，歸舟小停木瀆，飯席填詞示張庚由、江絜生、安耀宸、趙文炳諸君，兼寄依依、文逸女弟　……………………………　二一四
百字令　西湖題樓外樓。時東事方亟，棖楚若無所之，同安耀宸君看畫船盡入西泠也　……………………………………　二一四
浣溪沙　南京明陵春望　……………………　二一五
采桑子　春間與庚由絜生諸詞友蘇州小遊，美舜華於邂逅，攬緑萼之芬菲，春氣吹緜，紅蕤照水。東南天好，永嘉流者之心；西北雲齊，靈武中興之願。碧山佳語，遂得新詞，卻寄依依、文逸　…………………　二一五
臨江仙　……………………………………　二一六
祝英臺近　蠡園望太湖同依依　……………　二一八
滿庭芳　……………………………………　二一八
祝英臺近　棲霞遊後有作，示依依詞友　……………………………………　二一九

金縷曲　春事……二一九
霜天曉角……二一九
天仙子　二十六年書與劍青……二二〇
金縷曲……二二〇
沁園春　二十六年春與文炳、覺民、庚由、絜生諸友遊西湖錢塘，遂登天目諸山，漫成此闋……二二〇
百字令……二二一
蝶戀花　寄雙文……二二一
鷓鴣天　文炳學長見和新詞，喜奉一首……二二二
菩薩蠻……二二二
菩薩蠻　平門倦别、有柳初黄，寫以新詞，隨春寄遠……二二二
望江南　南京春望……二二二
買陂塘……二二二
望江南　春日南京吟望……二二三
减字木蘭花　南京垂破矣，乍遇雙文姊弟和平門外，夾轂驚歡，城闉凄黯。自云蘇州逃來將之上游，各不勝來日天地之痛。惘惘心情，酷去京邑，成詞二闋……二二三
東風齊著力……二二四
買陂塘　九江送别，風江中千帆西上，各無從問行者爲誰，送者爲誰也……二二四
菩薩蠻……二二四
暗香　芷江看梅有憶……二二五
疏影　梅影入懷，有懷不寐，此楚分也。因讀《楚辭》，正不似舊時月色矣……二二五
一萼紅　湘西感懷……二二六
捲珠簾　紀憶……二二六
東風第一枝……二二六

滿庭芳　夏口公園與丹符仲偉共話南京舊事，凄然於懷，因填此調 …………… 二一七
浪淘沙　客心江漢，悲來未央，京國昔遊，悠悠懷想，成詞二十首 …………… 二一七
浣溪沙　晴川閣晚望，時馬當不守，武漢築壘備巷戰，消息日非，人心哀激甚矣 ………………………………… 二三三
浣溪沙　聞北訊黃河决口，倭寇壓中原矣 ………………………………… 二三四
鷓鴣天　送友入蜀 …………………………… 二三四
好事近　別意 ………………………………… 二三四
浣溪沙　村中梨花 …………………………… 二三四
陌上花　題董選觀《春雨齋填詞圖》卷，君自禾中避亂來江漢間也 ………………… 二三五
南鄉子　憶後湖 ……………………………… 二三五
瑞龍吟　去武漢將之蜀中 …………………… 二三五
水龍吟　江行 ………………………………… 二三六
好事近　宜昌晚泊 …………………………… 二三六
南鄉子　飛來觀在巴東江水間 ……………… 二三七
攤破浣溪沙　峽中 …………………………… 二三七
蘭陵王　懷舊 ………………………………… 二三七
清平樂　有憶 ………………………………… 二三八
清平樂　峽行見祠神者，戲爲神絃曲 ………………………………… 二三八
百字令　大軍行 ……………………………… 二三八
意難忘　本意 ………………………………… 二三九
揚州慢 ………………………………………… 二三九
八聲甘州　二十七年七月奉命再至漢上，將赴鄂東戰場監紀，時戰事將迫武漢矣 ………………………………… 二三九

曲遊春　當塗憶別，是春波送遠時矣……二四〇
意難忘　襄漢行方，江山帶甲，曰歸曰歸之辭，家中人其倦矣。填此詞寄沛霖渝中……二四〇
金縷曲　春日襄陽行憶二首……二四〇
買陂塘　行察江防，小舟過長湖白鷺湖，將之潛江監利。沔陽舟中讀白石詞，藕花拂衣，片雲孤飛，景地清絶……二四一
渡江雲　荆南春感……二四一
金縷曲　寄内子沛霖，爲製詞譜，時在江陵行次……二四二
慶春澤慢……二四二
永遇樂　光化穀城門春日郊行……二四三
寶鼎現　施南早春……二四三
玉京秋　戰場春冷，柳淡如秋，憶去年南京城外村居，客散驚蓬，心隨明月，悲夫，將向天壤何處也……二四四
齊天樂……二四四
鷓鴣天　別意……二四四
點絳唇　轉渝中，念還豫楚戰場……二四五
金縷曲　宜昌元夕……二四五
憶江南　和沛霖寄詞，即用原韻……二四六
摸魚兒　晚春寄友……二四六
慶春澤　將行寄遠……二四六
金縷曲　沙河小住，山水方滋，聆錦瑟之殷勤，感柔桑之委宛。行有日矣，歌以詠懷……二四七
編校後記　張庚由……二四九
附　録……二五〇

王故監察使陸一墓誌銘　吴敬恒篆蓋
于右任撰并書 …… 二五〇
王陸一先生遺墨書後　劉象山 …… 二五一
讀《長毋相忘詩詞集》書後　杜召棠 …… 二五二

猛悔樓詩　王世鼐

題詞 …… 二五七
樊山先生題詞之一 …… 二五七
樊山先生題詞之二 …… 二五八
樊山先生題詞之三 …… 二五八
樊山先生題詞之四 …… 二五九
故財政部參事貴池王君行狀　曾克耑 …… 二六〇
卷第一　少日集 …… 二六四
秋夜至松壽庵，道經十剎海，有所感見
記之 …… 二六四
憶古石城 …… 二六四
春夜漫書十截句 …… 二六四
青　鳥 …… 二六五
杏社雜事 …… 二六五
五四之役，與陳劍翛楊振聲同繫獄，釋後
書此 …… 二六六
笛怨辭 …… 二六六
訪嚴素於西直門 …… 二六七
書吉社一事 …… 二六七
別北大諸君 …… 二六七
與章盈五游西山，夜宿碧雲寺 …… 二六八
春盡前一日 …… 二六八
卷第二　長風集 …… 二六九
南園柳下作 …… 二六九
懷　事 …… 二六九

將就學北美，適盈五有巴黎之行，集飲作此……二六九
夏　夜……二七〇
赴美前三日，有餞别於來今雨軒者，相視黯然，若有傷離之意，即此報之……二七〇
取道京奉路往横濱待舟渡美，過鴨緑江時偶成……二七〇
過漢城……二七〇
釜山馬關道中……二七一
與羔執抵東京，承諸同學之摯待，酒次狂談怒辯，痛家國之淪夷。待發横濱，寫短章寄之……二七一
至檀香山更寄東京諸君一詩……二七一
太平洋舟中所得詩甚多，抵舊金山前一夕，删存三截句……二七一
居柏克雷市就讀加州大學，薄病中成憶事詩……二七二
明妃曲……二七三
七　夕……二七三
心泉方潔，若有微波，因絜其意，作微波辭……二七三
哀　憤……二七四
一千九百二十年轉學愛阿瓦省立大學，其地苦寒，冰雪沍月，每值夜讀極倦時，輒寫斷句以自舒其煩鬱之思潮，零箋散佚者，將不知若干倍於是矣……二七五
記石君事……二七五
除夕客柏湖……二七六
柏湖早春……二七六
將去柏湖，轉學紐約……二七六

康南海築天廬於西湖，時論非之。遠居海外，聊誚以詩 …… 二七六
二十一歲之生辰，適居亞菲德村，自舊金山預沽五加皮酒，羅羔執爲我烹鷄以壽，思親懷國，無逾今夕矣 …… 二七七
一九一二年讀暑課於紐約市外，所居近鄉村舞場，午夜夢回，絃音猶沸，以視故國，迥判人天。寫此獨餘深慨 …… 二七七
初秋眉月娟潔，是夕或即古曆七夕也 …… 二七七
秋雨 …… 二七八
西風 …… 二七八
游尼格拉瀑布，入加拿大之維多利亞公園 …… 二七八
花時 …… 二七八
詩詢京中諸友 …… 二七九
養疴郊外偶成 …… 二七九
至華冷山謁華盛頓墓 …… 二七九
波多墨河畔與凌擊溟晚步 …… 二七九
華盛頓會議時值徐子明將之英倫，念居美三年之影事，寫數語以存之 …… 二八〇
紐約待舟發歐洲 …… 二八〇
大西洋舟中雜句 …… 二八一
游凡爾塞離宫有寄 …… 二八一
偕盈五至楓丹白露歸，經白盧尼湖，泛棹至月上 …… 二八一
謁拿帝寺 …… 二八一
三月十一日客巴黎市外之聖克盧離宫旅邸 …… 二八二
春盡夕猶滯巴黎，書示盈五 …… 二八二

與鄧季宣程演生游法皇廢殿 …… 二八二
居玫瑰村一月，客邸春闌，雨夕作此 …… 二八二
至里昂遇狄君武、蘇梅、鄧季宣，用狄君見示韻 …… 二八三
柏林秋辭 …… 二八三
歸計 …… 二八四
與公儉漫游德屬來因河流域 …… 二八四
公儉先歸柏林，余獨溯航來因全境，覺人文雋美，勝德之北部多矣 …… 二八五
維也納小住後渡多惱河，至匈牙利之布京，臨河晚眺，有水鳥掠波而飛，計江南此日歲云暮矣 …… 二八五
游巴爾幹半島，風雪兼旬，小憩羅京，以二詩寄時報。來因多惱，均歐洲曾經之名川也 …… 二八五
待伏見丸歸國，偶憶巴黎，忽有去住皆非之感 …… 二八六
舟行紅海，月夜得句 …… 二八六
卷第三　東還集 …… 二八七
歸視太樸樓有懷 …… 二八七
暮愁 …… 二八七
春夜沉醉，書示畹秋 …… 二八七
春夕對丁香花 …… 二八八
人間 …… 二八八
六月十六夜成二詩 …… 二八八
七夕後避暑北戴河，坐第五橋邊，海水羣飛，夕陽掩映，雖非天上，亦遠人間也 …… 二八九
北海小飲 …… 二八九
長崎會議事畢後，養疴於雲仙温泉 …… 二八九

登萬壽山 …… 二九〇
七夕前一日偕大兄及夏子青飲於漪瀾堂，眉月西墜，荷風北來，狷狂之懷，一發莫遏。爲賦二律，以壯子青之行，兼記此宵之勝 …… 二九〇
西山月夜，擊溟以詩示我，即此報之 …… 二九〇
靈　辭 …… 二九一
偶　感 …… 二九二
天强以夜坐八律見示，詞惋旨哀，真有同感。因次其韻，答以一律 …… 二九二
北京飯店望雪 …… 二九二
緑鬢行 …… 二九三
南來湖上，排日遊遨，湖樓貰酒，山翠浮杯，畫舫吹笙，歌聲在水。人間仙境，爲三絶句頌之 …… 二九四
感逝辭 …… 二九四
白門冬感 …… 二九五
北　來 …… 二九五
病　夜 …… 二九五
冬日觀海吴淞 …… 二九六
掃葉樓晚坐 …… 二九六
奉命赴荷蘭出席國際商務會議，道經西伯利亞，抵華沙時書寄國内 …… 二九六
重來柏林晚色湖 …… 二九七
會議既畢，取道瑞士，夜宿諾依，其地拔海約三千米突矣，漫書寄盈五巴黎 …… 二九七
印度洋舟中漫句 …… 二九七
春雨觀梅太湖 …… 二九七
秋浦世丈五十八歲生日 …… 二九八
秋　夕 …… 二九八

校記……二九九
《待名集》自薦語……三〇一
卷第四　待名集上……三〇二
挹江別墅晨起對鍾山作……三〇二
吴淞聽海歸作……三〇二
將別……三〇二
無感……三〇三
弋磯山病院養疴有答……三〇三
幾年……三〇三
黄梅宿松道中遇雨宿張氏塾，終夕無寐，時戰事方酣……三〇三
宿松雜句……三〇四
廬山雪夜偕孫藕蓀宋傑及内子燕華同登……三〇四
贈燕華……三〇五
初秋移筦黔榷，所居臨南明河，散步有作……三〇五
筑市苗村觀舞……三〇五
文家園後窗野梅盛發，折作瓶供，以娱晨夕。迨園中花謝，而吾室猶暗香蕩漾也……三〇五
山夜……三〇六
念親……三〇六
戊寅初來渝述職，寓臨長江上游，江聲夜沸，不能成眠。行歸黔矣，晨起寫此……三〇七
自行都返黔途中，病滯桐梓……三〇七
戊寅舊除夕，時居南明河畔……三〇八
燈夕有雨雪，時故鄉戰禍正烈，偶作次前韻……三〇八

太慈橋鄉居，得昆明羅羔執同學書 …… 三〇八
萬　塵 …… 三〇八
晚渡南泉，夜近午矣 …… 三〇九
南泉夜坐 …… 三〇九
嘉陵江晚眺次行嚴先生韻 …… 三〇九
己卯重九，履川招飲一心花園，再次前韻 …… 三一〇
江樓夜起，時波蘭戰事正急。余於一九二九年夏奉命至荷蘭，參加國際商務會議，道出華沙，風物冠北歐。今思之乃如異代矣 …… 三一〇
南都陷後二年作 …… 三一〇
羅灣履川寓樓鐘集 …… 三一〇
冬霧疊前韻 …… 三一一
夜歸再疊前韻 …… 三一一
閒　鷗 …… 三一二
歲　暮 …… 三一二
己卯臘日得屯溪鄉人書，有約隱黄山之語，次鏡予韻寄答 …… 三一二
己卯除夕次鏡予韻 …… 三一二
餞　歲 …… 三一三
庚辰元日再次前韻 …… 三一三
養疾羅灣，用尹默先生見示韻 …… 三一三
待池州家人書不至，再次前韻 …… 三一三
羅灣寓樓，花開鄰舍，電傳舞樂，三用前韻 …… 三一四
早春念鄉事，用韻初見示韻 …… 三一四
山徑登覽近晚，歸見新月寫此 …… 三一四
躬　耕 …… 三一四
拾翠詞 …… 三一五

月夕自防空隧歸，寫巖隱詩……三一六
聞巴黎陷……三一六
小磨灘夕步……三一六
庚辰七夕項家院晚坐時，海棠溪初炸，因念南泉諸君……三一六
庚辰九日登北泉草亭……三一七
離北泉前夕……三一七
庚辰秋半，理四年來旅游諸作竣，即書四截句存之……三一七
冬　供……三一八
爾　輩……三一九
晨至上清寺買花……三一九
卷第五　待名集下……三二〇
春早讀報寫近事……三二〇
夏　初……三二〇
農曆五月十六晚雨夕卧至聖宫，何園炸後，漏屋中終夜忘眠，晨起寫二詩，不哀不怨不怒，更不歡也……三二一
早春和鈞師以詩來記除夕事，次韻以呈，時風雪甫霽，星洲正不守也……三二二
南區公園晚坐……三二二
昨夕暢雨，晨至南區公園，小坐得句……三二二
春雨初霽至華巖，看所留草屋……三二三
炸後入渝州途次……三二三
履川屢促題《飛無集》，詩成稿旋失之，詩以奉答……三二三
衙齋枯坐，庭花幾開落矣，寫以解寂……三二三
歸　遲……三二四
玉　露……三二四
無　題……三二四

哀庚白……三二四
悼獨秀師……三二五
危闌……三二五
四十生日……三二五
雜詩……三二六
讀和鈞師防空隧詩，依韻奉答……三二六
刪稿……三二七
吾生……三二七
此淚……三二七
和履川……三二七
題履川《飛無集》……三二八
倚闌……三二八
畫角……三二九
渝樓秋病……三二九
對菊……三三〇
歇臺子秋坐……三三〇
聖戰史詩……三三一
山樓……三三一
東南……三三二
雜詩……三三二
病夕……三三四
織樹……三三四
歸難語婦……三三四
晨寒小坐……三三四
將別渝城……三三五
補遺……三三六
淞右雜詩……三三六
次纕蘅韻……三三六
跋 曾克耑……三三七

呼江吸海樓詩

羅卓英

序

古稱少陵爲詩史，西人則重史詩。此其性質或未盡同，要皆中有事在，不可以虚語爲也。大埔羅慈威先生，軍事名家，雅擅文采，比以所著《呼江吸海樓詩》見示，起丁丑訖丙戌，乃與抗日戰争相始終。此數年者，無時不在兵中，無時不有吟詠，無時不有事實存其間。吾謂先生，此戰時之詩史，亦詩中之戰史也，求之古昔，殆未有以先之。誠以名將而兼詩人，失之文，則掩其本色；失之質，又未盡長才。是則操之在己，已不易愜心貴當，至身世之際，尤有難於言者。都尉屬國，詞高而情戚；大忠如武穆，氣壯矣志又不獲伸。斯皆尚論古人，所爲長太息也。今先生遭逢撥亂之世，與建殊世之勳，不獨與暴敵周旋於國内也，且揚威於國外，蒐兵佛國，轉戰鬼方，四裔籍籍，稱名字而望丰采。中復隨扈統帥，戎軒飛馭，仰贊南圖西顧之弘猷，蒙險犯難，初決必勝之志；嘗辛茹苦，終成必勝之功。諫果回甘，不能有此愉快，武穆爲之避席，况蘇李耶？世人多言陽明之學，顧不甚重其文，湘鄉曾氏始盛推之，猶未及詩也。今此集中集陽明句者幾達三分之一焉，昌歜羊棗，幾成酸鹹之殊嗜，以鑽研之熟，見服膺之深，天資超逸，異代同符，宜其施於事功則光明俊偉；發爲文章，則軒爽洞達。所得於陽明者實弘以邃，寧獨詩歌而已哉！抗戰勝利，先生首膺簡寄，還主當州之政，興起凋殘，慰安父老，陽春有脚，人傳南海之誦聲，爲憲萬邦，固所望於文武吉甫。倘他日有續集示我，更當以治譜讀之。

中華民國三十五年十一月，沁水賈景德

序

慈威將軍忠恕嚴毅，用兵如神，所將士卒能爲效死。自暴隣横挑戰釁以來，支拄艱危，名績最著。曾駐軍吾鄉，枉過草堂，得瞻風采領言論，蓋才雄氣壯，嶔崎磊落人也。餘暇時復理詠，自言不平則鳴，積三年以來之悲憤鬱怒艱苦經歷，一一噴薄出之。浩歌長吟，自攄胸臆，不事雕琢，而行間字外，騰躍飛舞，鏘然皆金戈鐵馬聲，精光奪人，不可逼視。讀其詩知其人，吾益喟然於吾黄炎遺裔所以不終於淪胥者，固賴此正聲壯節，與夫百折不回之勁氣也。今將軍之言將驗矣，破虜收京，成功在即，承堯雖衰憊，猶當扶杖遊軍門，引滿飲至唱凱旋之歌也。

中華民國三十年三月，歙縣許承堯

序

大埔羅慈威將軍早嗜文史，研習功深，弱冠掌教鄉校，才名籍甚。顧念國家多故，世局艱虞，慨然有澄清六合之志。遂北上故都入保定軍校，習萬人敵焉，不數年而總師干擁節鉞，丰采隱然動天下矣。民國二十一年春，余始識將軍於金陵，同遊西子湖上，推襟送抱，互有唱和。厥後駐軍麗水，秉節羊城，余均襆被相訪，若袁宏之於謝尚，訂文字之契。有詩云：『我亦江湖老詞客，扁舟曾揖謝征西。』蓋紀實也。蘆溝事起，國府西遷，余隨節入蜀，將軍則督師轉戰於蘇滬京浙皖及豫鄂湘贛等地區，戎馬馳驅，不廢吟咏，每有佳句，輒以寄示。去歲冬羅君柏麓由軍次來渝，攜將軍《呼江吸海樓詩》囑爲之序，乃抗戰以來所作也。自維譾陋，何敢率爾。然其中佳構有令余傾倒者，如戰鼓開篇讀孫子諸什，言簡意賅，純乎天籟，與漢高之《大風歌》、斛律之《敕勒歌》詞旨相似。又如鍾山遐想絶句僅二十字，饒有香山樂府格調。此外贈人咏事之作，亦俱志和音雅，語不猶人。夫將軍之詩，自述其志而已，奚暇吟風弄月，與時輩争一日之短長哉！憶識將軍之初，見其恂恂儒雅，道味盎然，相交既久，益知其文章勳業，藴蓄磅礴，未有涯涘。而平居待人接物，則仍謙遜若書生。此姚惜抱所謂事有旁觀見其功名之美，而君子中心欿然者也。讀將軍之詩，因述交遊聚散之跡，而叙其梗概如此。

中華民國三十年一月，梅縣李維源崧圃序於渝州

自序

蘆溝水咽，淞滬濤飛，全國軍民一致奮起奔集於神聖抗日大纛之下，接受最高統帥之指揮，進行保衛民族生存及國家獨立之戰争。蓋自城下之辱已及半紀，鯨吞之禍，走避無所，不得已揚復仇之幟，興教戰之師，併力齊心，前仆後繼，終使頑敵陷於泥淖，正義播之瀛寰。洎乎東西戎首，結爲軸心，犯衆怒，圖一逞。民主國家亦互締同盟，並肩制暴，中國更負重任，成爲世界四大支柱之一，遂有聯軍遠征揚威域外之盛舉。卒也公理獲伸，勝利在握。我國既索償甲午戰争以來中日間之如山血債，復取消鴉片戰争以來列强間之不平條約，然戰禍之烈、犧牲之鉅，争存亡於呼吸，歷八年如一朝，實曠古所未有也。卓英遭逢時會，躬與全役，督師所至，歷三萬里程，打二百回仗。彊場生活，汗血淋漓，興奮之情，敬哀之意恒蟠結於胸中，從未敢以少懈。偶值策劃之餘，或當劇戰之後，軒眉舒氣，僚友傾談，則國家興復之思，袍澤死生之感，齊奔心坎，湧現筆端。雖有時彈雨落長空，硝煙籠戰壘，而吾心光炯炯，意態閒閒，不爲動也。歲月已頻，詠歌亦夥，欲存往跡，爰輯斯篇，名曰《呼江吸海樓詩》，並以就正於高明焉。

羅卓英自序

題詞

三原于右任

中南半島，髯之領土。移贈將軍，經文緯武。行三萬里程，打二百回仗。詩作凱歌聲，十萬健兒唱。

歙縣許承堯

世難須奇傑，時危出異人。壯猷攄豹略，餘事命龍賓。江漢傾能挽，風雷叱有神。真精迸肝膽，著紙亦輪囷。辛苦連年役，飛騰百戰來。崆峒長劍倚，滄海怒潮回。筆可千軍掃，人原曠代才。功成期指顧，野老待銜杯。

騰衝李根源

萬里控飛驄，將軍百戰功。揮戈黑水立，大金沙江一名麗水，又名禄旱江。譯語伊落瓦底江，我禹貢黑水也。見唐樊作及黄貞元諸儒記載。琢句碧紗籠。前席紓長策，山城挹惠風。六載欽遲，今春始於巴城見面。回思賡韻處，一劍指江東。丁丑君在上海鏖戰，有戰地中秋詩。根源時居吴縣，曾叠韻和之，是爲根源交君之始也。

吴縣張一麐

百戰威名百首詩，將軍吐屬自雄奇。惟憑正氣摧强虜，北定中原會有期。
慚愧虚聲老子軍，得公齒及亦芳芬。書生恨未親戎馬，喜見飛書告捷文。
天竺風雲健翮摩，識荆幸遇降行窩。平倭待詠收京日，銅柱應標馬伏波。

番禺陳樹人

大雪空山正漫飛，元戎躬自款茅茨。攜來轉戰長征集，盡是貞忠壯烈詞。君勝衛青弘耀武，我慚汲黯乏匡時。平夷指日還鄉去，更赴郊坰野老期。

高要梁寒操

大斝深杯不淺斟，將軍三願在胸襟。平生吸海呼江意，此際穿雲貫日心。金石有聲如好句，韜鈐餘事付長吟。雄獅怒吼吾神旺，已起神州萬馬瘖。

自民國二十六年丁丑至民國三十五年丙戌

蘆溝曲二首　二十六年

七月七日桑乾水，忽起驚濤訴不平。最後關頭今已到，戰塵揚處馬蹄輕。

今日蘆溝橋上血，東流入海湧狂濤。卌載深仇終一洗，中華兒女盡英豪。

元　戎　八月六日奉召由廣州飛漢口，轉赴廬山，九日在海會參加中央訓練團畢業典禮

五老峰頭振臂呼，元戎決策事征誅。雲龍風虎八方會，喜見神州起壯圖。

書　誓

莫更銜杯問淺深，呼江吸海萬龍吟。廿年前語今猶壯，要把倭奴一戰擒。『丈夫記取平生事，要把强胡一戰擒。』此余民六憑闌詩也。

八月十一日偕郝軍長錫九兄由九江飛南京

凌空高唱大江東，莫笑英雄入彀中。且看扶摇伸健翮，天風吹徹海霞紅。

東戰場

海東鷹逐陣雲飛，競向江南獵一圍。誓欲飽餐倭虜肉，眼前草緑馬還肥。

戰地中秋

戰火漫天戰馬騰，江波海浪湧層層。健兒争飲倭兒血，倚劍酣歌玉宇澂。

落日歌

一個子彈一個敵，一寸河山一寸血。戰到斜陽欲暮天，浩氣如虹吞落日。

羅店

羅店大戰七日，争奪三次，最後敵我各佔半部，隔水相持。敵乃改攻吴淞，進犯楊行

三來三往力争持，十蕩十決掃蝦夷。淞滬風雲羅店血，大書蔡李是男兒。本軍旅長蔡炳炎、團長李維藩，二次攻奪時俱殉職。

穿街一水似鴻溝，鐵血横飛戰未休。任爾躬兇來不得，丹心赤膽護神州。隔水争持者半月，放棄後仍被我軍固鎖，敵不得進，嘉定瀏河始終無恙。

弔寶山殉城姚瑩官兵

九月七日事也。該營隷屬本軍第九十八師

鯨濤鰐浪撼危城，全仗吾曹抵死争。五百健兒齊殉國，中華何止一田横。

輓姚子青營長

軍校六期生，廣東平遠人

英英年少氣如雲，八載相從念虎賁。今日海疆成壯節，臨風灑淚哭將軍。

十月五日第十一師雷漢池營官兵殉國徐宅

姚營而後又雷營，濺血成仁性命輕。毒彈戰車何足畏，浩然正氣作干城。敵戰車廿餘輛衝陷陣地，並放毒氣，我官兵誓死不顧，與陣地同亡。

雙十節嘉定城内召全軍將校開慶祝會

二十六回雙十節，年年國運祝隆昌。今朝見面無多語，願盡人爲戚繼光。

輓郝錫九軍長夢麟白水鎮殉國二首

旌旗北指掃妖塵，誓雪深仇不顧身。卻憶廬山風雨夜，與君同作請纓人。

滿腔忠憤動星辰，壯烈當爲白水神。料許精魂長護國，千秋一例祀張巡。

蘇州張一麐先生請組老子軍感賦

國遘空前難，全民起救亡。健兒連騎發，老子一軍張。劍拂霜鬚白，旗飄海日黄。深宵還草檄，正義動遐方。

上海同義中學童子軍隨軍工作，詩以壯之

偉大戰場裏，增來生力軍。手雖持一梃，心欲撥重雲。練膽亡生死，扶傷見勇勤。遭逢好時勢，年少建奇勳。

贈胡蘭畦女士所率婦女戰地服務團二首

炮火連天裏，成羣花木蘭。辭親争救國，殺敵不求官。誓洗百年恥，全憑一寸丹。戎裝入戰地，粲粲亦桓桓。

嘉定城西路，欣然握手時。請纓欽壯志，立馬見英姿。四事期能勉，四種任務也。一、指導民衆，資助軍隊維持後方。二、慰勉戰士，保護傷員，糾察軍風紀。三、協助地方公務人員執行戰地工作。四、偵查漢奸，指導難民。三勤望久持。筆勤寫，口勤講，腿勤跑。貔貅同奪武，勝利復何疑。

和田漢

十月廿五日郭沫若、田壽昌、夏衍、吴中一四君見訪於嘉定戰地，敵機或即下，終談不輟。壽昌寫詩，沫若繼作，余亦和之

民族高潮已怒飛，矛頭蘸血寫征詩。管他倭寇如狼突，陣穩心堅國不危。

附田漢原作

敵機鎮日繞城飛，虎帳從容寫近詩。十萬健兒齊肉搏，東南今日决安危。

附郭沫若和作

報國精忠有岳飛，滿江紅浪泛新詩。一心運用君誠妙，狂寇已如累卵危。

平倭曲十首

中華神胄苦經營，錦繡河山鐵鑄成。屈指武功文物盛，羲軒堯夏漢唐明。

南蠻北狄與西戎，早受文明入漢封。獨有蝦夷梗不化，漂亡海外逞頑兇。
唐代遊僧觀上國，明朱舜水教扶桑。拾餘牙慧夸文物，笑汝侏儒是夜郎。
剿襲中西詡自强，陰謀獨霸亞東王。野心妄欲蛇吞象，跳躑那知盡鼠狼。
四十年來怨已深，如山血債豈能沉。卧薪嘗膽仇終雪，河嶽英靈鑒此心。
無國何能獨有家，撐胸赤膽露槎枒。報仇雪恥人人責，斬盡倭奴仗鏌鎁。
四萬萬人共一心，洪爐烈火可銷金。獨來獨往堂堂陣，霧氣横空日易沉。
男兒志氣壯如山，争擲頭顱豈等閒。且看血花飛濺處，三軍誓死掃兇頑。
我軍雄武唱刀環，朝復神州夜出關。記取奇功追薛鄭，好收高麗與臺灣。
樓船横海事東征，鵬翼垂雲護漢旌。倭種芟夷三島碎，天風浩浩吸長鯨。

誠信

誠如天柱峻，信比地維堅。天地相交泰，人間萬萬年。

動静

誰言動静理，大道發微旨。信足登須彌，凝神入芥子。

襟懷

靈臺造自然，元氣生真宰。何以喻襟懷，登高覽遠海。

馳驅

磅礴乾坤氣，馳驅戎馬身。寧辭風雪冷，梅蕊已含春。

傾注詞十首

障海排雲頗自奇，茫茫龍戰已多時。拼將莽蕩纏綿意，鑄就神魂傾注詞。

近來心事亦崢嶸，何止胸蟠十萬兵。莫負平生江海意，好花宜傍戰場生。

纔向弓衣拂戰塵，卻從江漢訪伊人。奇情壯思溫馨語，粲粲花枝四座春。

綽約丰神秀骨兼，直從健娜壓柔纖。九州四海真無匹，威鳳原來是亞男。

誰遣歡期上帝恩，江樓淺叙有深言。登壇挾策尋常事，欲築人間緋荔園。

迴腸蕩氣十年深，煮酒今宵一縱吟。贏得美人稱國士，報君緑玉鏤同心。

知音難得况談兵，劍膽琴心慰我情。戲把芳名成倒寫，輕呼鸚鵡兩三聲。

心如皓月氣如虹，多難相看處處同。明日東飛隔匡阜，新詞欲續滿江紅。

江山如畫一凝神，鯤化鵬飛入眼真。浩浩天風九萬里，個中卻有意中人。

乾坤正氣挾風雷，鬱勃肝腸此日開。報國定酬知己願，蛟池春動捷書來。

新年絶句　二十七年

開歲傳言是虎年，生風一嘯動山川。中華四億人心奮，扭轉乾坤國可全。

二月廿四日我空軍飛往臺灣炸敵工廠，並散傳單，宣慰臺民，喜作四首

扶餘早屬漢河山，歷數先民創業艱。四十三年遺恨在，忍翻痛史割臺灣。

天際神鷹破曉來，茫茫海水起沉哀。驚雷要醒倭奴夢，一彈轟然亦壯哉。

沼吴興越薪猶卧，復楚椎秦梃亦堅。忽見大鵬盤健翮，遺民淚眼望堯天。

從天宣慰開新例，隔海精神或可通。六百萬人齊奮起，河山光復繼成功。

黄山放歌

三月一日偕服務團童子軍同登天都作

春光明媚樂融融，一羣戰士好陣容。青年男女笑烘烘，遊春來訪黄山翁。腳力健兮興致濃，登山好比打衝鋒。争先恐後逞英雄，昂然直上天都峰。側身四顧好晴空，蒼蒼莽莽目難窮。誰鑿乾坤大竅通，誰撑塵劫開鴻濛。卅六奇峰立天中，天都更作衆山宗。壁立千仞如元戎，環而拱者諸將同。有石怪峭鬼斧工，奔猿跳虎蹲獅熊。數峰長劍插崆峒，此中倘有黄石公。有松澎湃濤聲洪，撑枝挺幹飛虬龍。怒根裂石氣力充，岸然不受秦皇封。俄而霧湧雲蓬蓬，如涉滄溟浪洶洶。神山不見仙人蹤，海上那有蓬萊宫。蝦跳蟹横逞其兇，擾我門户津滬淞。清平禹域來毒蟲，誰爲健者掃妖烽。大家齊心駕艨艟，大家齊力去反攻。臂挾十萬射潮弓，直指扶桑黄海東。中華兒女盡精忠，富士山旁戰血紅。踏平三島唱大風，歸來天都好紀功。

三月三日遊歙西檀干公園

森森古木護亭臺，流水當軒一鑑開。紅樹青藤相掩映，行人渾似畫中來。

答和許疑盦先生見贈原韻

艨艟何懼石尤風，烽火騰凝五色虹。奮力終能成大願，定教落日不迴東。

附疑盦先生見贈原作

拂袖神州浩浩風，英姿磊落氣如虹。天池直上九萬里，看取釣鼇滄海東。

歙縣棠樾鮑氏支譜題詞二首

駐軍歙西，承鮑君及人示其先世譜傳圖像，里稱慈孝堂，號宣忠。數百年來門風醇正，明代尚書鮑思菴能兵善政，直聲甚著。初服官時，有仕不擇官，官不擇地之言，隱具名臣襟度。因題二詩，以彰潛德云

我來棠樾里，喬木動深思。報國存忠義，傳家守孝慈。天和含舊澤，幹固發明時。此意誰能識，躬行道在兹。

仰止思菴子，艱難報國情。直聲緣勁氣，富略故能兵。政恥論官位，功多無智名。平倭今日事，我亦一書生。

爲許疑盦先生題《檀干夜讀圖》

小隱黄山麓，疑爲避世翁。羣峰奔筆底，萬卷貯胸中。春到園林緑，詩催蠟炬紅。陰符纔發篋，出口氣如虹。

答和歙縣黄昂青君及女公子桐音贈詩 桐音曾從余學

黄麓渡頭潭水深，一家清興發清吟。獨攜桃李三春意，來慰風雲百戰心。叱劍問天天若悔，揮戈指日日終沉。待將綏轡重來候，笑取鐃歌答賞音。

雜詩四首

小草含遠志，大鵬欲高飛。物情猶有覺，吾道豈無歸。

履平遵大道，歷險睹奇觀。努力攻盤錯，莫嗟前路難。

非常世界裏，當作非常人。請看屠龍手，權奇劍有神。

無爲大事小，當以死求生。敢戰終能勝，揚威致太平。

婦女節棠樾大會記盛並贈言二首

今朝婦女節，大會開棠樾。遠近欣然來，寒風阻不得。老少聚一堂，朱顏映鶴髮。嬰兒懷抱中，啼聲時時發。

想做自由人，先將國恥雪。想得平安居，先把倭奴滅。鼓勵夫和兒，上陣應勇决。勝利始歸來，大家都喜悦。

兒童節大會贈言三首

七百兒童，稱小英雄。羣來開會，如虎如龍。

十個代表，登台演説。舌劍唇槍，有聲有色。

今日兒童，明日鬥士。伸鐵拳頭，雪國家耻。

清明遊歙縣城外西干再登披雲峰

踏郊來賞西干勝，攬轡登高興倍奢。一望春山紅似血，杜鵑原是戰場花。

祝　捷

臺兒莊上捷書馳，流洞橋邊破敵時。江北江南齊奏凱，高歌一曲蕩蝦夷。

青年節本部戰場劇社成立始作公演贈句

乾坤擾擾夜漫漫，萬動收來静裏觀。多半戰場新汗血，偶添歷史舊衣冠。登臺休説描摹易，借鑑應知實踐難。都是中華好兒女，眼前故事雜悲歡。

五月十六日巡視於潛臨安順遊天目山

偷得巡軍暇，來探天目奇。池晴雙閃爍，樹劍萬威儀。鬱勃臨三省，高明俯六師。重來留後約，破敵有雄詞。

謝汪君采白繪贈《黄山圖》及許翁疑盦題句

汪君畫筆許翁詩，藻繪名山入眼奇。忽聽松濤呼匣劍，萬龍吟動夜深時。

附許疑盦翁原作

萬里風雲指顧中，看君吐氣已成虹。老夫尚有如椽筆，拂拭天都爲記功。

小朋友歌二首

小朋友，好選手。體格要練强，智識要學夠。能力隨着年齡大，事業那肯落人後。昂起頭來，向前面走。大家做個中華好選手。

好兒童，主人翁。讀書爲救國，救國作先鋒。理直氣壯誰敢侮，志高膽大定成功。挺起胸來，向前面衝。大家做個中國主人翁。

五月十九日我空軍飛往日本長崎大阪散發傳單，名曰紙彈，蓋以儆其閥覺其民也。喜賦二首

海上神風妄自憑，今朝天外瞰神鷹。王師伐弔仁無敵，紙彈輕投示薄懲。

恩將仇報火其鄰，天罰終看降爾身。弗戢自焚寧不識，及時悔禍作新民。

馬當戰事緊急，奉命由徽州移駐祁門指揮二首

西來陣陣馬當風，濁浪排空浴日紅。一着可憐疏蟻穴，奇兵横出奏奇功。要塞守備部隊遇敵即潰，幸賴側面援軍力挽危局。

彭澤香山一髮争，黄劉雙柱挽天傾。江南幸免腥羶穢，戰史他年耀日明。黄維劉多荃兩軍遠道馳援，力争要點，阻敵深入，均有功。

由祁門移駐浮梁，巡視鄱陽二首

烽火西侵天地昏，長江失險浪狂奔。補天豈待媧皇石，亦有人謀不可言。

獸蹄斜踏鄱湖西，聞道故塘涌怪犀。隔水名山勞悵望，匡廬雲樹入凄迷。敵在湖西姑塘登陸。

武漢書懷

五千年史雜然陳，兩大光輝最足珍。涿鹿軒轅征猾寇，八公安石破苻秦。滔滔江漢淵淵鼓，莽莽乾坤滚滚塵。揮手三軍拼百戰，中原壁壘看重新。

中秋登雞公山指揮豫南軍事，月下抒懷二首

昨夜親巡武勝關，今宵卻上雞公山。蕩胸不斷風雲氣，笑指吳剛斧未閒。

戰雲不掩中秋月，仍照疆場百萬兵。今夜三關旗影靜，武勝關、九里關、平靖關均豫鄂交界險隘。吞倭猶是去年情。去歲有戰地中秋詩，和者頗多。

雞公山同柏麓夜話

杜老憂時白髮新，放翁愛國寄吟身。吾儕日日親戎馬，似覺今人勝古人。

長江開

長江一條好漢，今朝作了漢奸。鐵鎖重重不守，放他倭艦往還。

黄河決

黄河如敗家子，千年忍受譏訕。今日熱流横溢，撑持半壁江山。

大風雨中過咸寧

十月廿七日武漢撤兵，被敵遮斷，深夜繞渡嘉魚湖，翌晨大風雨中過咸寧至柏墩，再作部署

修身要歷風波川，救世當爲大願船。急雨跳珠休認淚，河山破碎我能全。

十一月九日奉命馳赴湘北指揮三首

曾倚湖樓樹大旗，波湉風静憶當時。雄區還借雄文顯，後樂先憂是我師。六年前受任師長時，駐鎮岳陽半載。

黑夜沉沉號死城，如探地獄我無驚。人心未死仁爲寶，三户亡秦得更生。車抵岳州站後，深夜入城，寂然無聲。

近代雄聲數楚湘，森嚴戰壘倚新墻。天時地利符人事，萬衆同心遏寇狂。翌日至新墻設指揮所。

長沙大火誌感

彌天烽火照無眠，行近長沙更悄然。一炬可憐焦土惡，夕陽紅處弔輕煙。

續傾注詞十首

多君慰藉意飛揚，執手重逢説戰場。各有性情肝膽在，相期爲國障邊疆。

此身翻笑似行舟，今夕談心遣百憂。七載深思三載影，細聽鸚鵡説從頭。

家世原來革命裔，性情羞伴畫眉人。瀟瀟灑灑渾無滓，菩薩叢中慧眼真。

深院榴花灼眼紅，愛苗初潤茁璇宫。夔巫煙雨成都月，夢逐飛雲路可通。

沙熱泉温竹裏癡，遊仙踪溯隔年時。倚天炤海情何限，吹緑春風第一枝。

韻雅神閑迥絶塵，梅花仙子證前身。試將嫩柳新篁裏，添個紅妝最可人。

野戰嘗歌破陣子，江行每唱定風波。一生一世忘夷險，那識愁多與恨多。

别饒嫵媚不尋常，澄澈星眸淺淡妝。應是人間仙侣少，雲英有意待裴航。

歸程無計共君攜，但乞紅雲護馬蹄。澧水香蘭清入骨，夢魂時渡洞庭西。

癡絶人間大願生，定庵倒寫董雙成。天長地久留清豔，不鑄黄金鑄此情。

戰鼓新開篇十首　二十八年

戰鼓響鼕鼕，大家興正濃。新年初見面，握手又鞠躬。

戰鼓響鼕鼕，救國衆心同。處處動員好，人人氣力雄。

戰鼓響鼕鼕，戰場花正紅。不分男與女，武裝去從戎。

戰鼓響鼕鼕，出戰好陣容。旌旗能蔽日，人馬更威風。

戰鼓響鼕鼕，戰士氣如虹。真正新生活，槍林彈雨中。

戰鼓響鼕鼕，三軍要反攻。仇人眼更快，對準敵人衝。

戰鼓響鼕鼕，跑步打衝鋒。殺盡東洋鬼，漢奸莫放鬆。

戰鼓響鼕鼕，寇敗走無蹤。失地全收復，抗戰告成功。

戰鼓響鼕鼕，渡海去征東。扯碎太陽旗，踏平富士峰。

戰鼓響鼕鼕，世界慶大同。偕行平等路，共撞自由鐘。

宜春遊化成巖

我至宜春春正宜，含芽萬木發新枝。欣欣景物陽回暖，處處生機雨暗滋。遠岫峰環如點將，長川波静佇明時。名賢曠代留芳躅，武達文通實可師。巖有唐李德裕遊憩遺跡。

宜春臺野望

層臺傑閣步丹梯，眼界高懸望不迷。雙水縈紆疑帶曲，一峰孤聳壓城低。黄金佈地花應貴，緑野涵春草自萋。報道前軍消息好，定驅狂寇慰羣黎。

四月十日爲虎山公學紀念日，因賦三章寄勉

層樓屹立虎山陰，三載辛勞力與心。寄語故鄉諸父老，十年樹木看成林。

園丁妙喻耐深思，灌竹干霄定可期。寄語故鄉諸教導，殷勤培護作良師。

相期奮起赴前程，多難興邦重力行。寄語故鄉諸子弟，莫將温飽負平生。

七月七日新喻閲兵獻金

殺敵男兒争上陣，獻金婦孺競傾囊。資源不竭力無盡，汗血凝流固國防。

讀《孫子》十五首

一、始計

兵爲國大事，令民同上意。校計索其情，可與共生死。

二、作戰

用兵貴拙速，不貴巧與久。爲民司命者，知兵慎先後。

三、謀攻

用兵非得已，伐謀勝伐兵。深知五勝者，可與論全争。

四、軍形

先爲不可勝，以待敵可攻。積水決千仞，全勝即全功。

五、兵勢

能知衆寡數，奇正自相生。勢險而節短，方止圓則行。

六、虛實

能善致人者，決不致於人。因敵而取勝，虛實神乎神。

七、軍爭

軍爭計迂直，分合無定爲。四治一進退，避銳擊惰歸。

八、九變

無恃其不來，無恃其不攻。五危知所避，九變用無窮。

九、行軍

令文且齊武，民服卒更附。熟知諸動静，併力敵可取。

十、地形

明察六地道，慎防六兵災。必戰或無戰，操之自我懷。

十一、九地

九地如指掌，深識兵之情。財命兩無餘，投陷以求生。

十二、火攻

國非危不戰，有時利火攻。明君慎其用，良將修其功。

十三、用間

争勝貴先知，先知取於人。五間俱起者，成功必勝軍。

十四、修道

修道而保法，十三篇點睛。慎哉君若將，常凜敬哀情。

十五、智勇

智名與勇功，上有兩無字。味得比真詮，所求惟實至。

謝中央慰勞團來前線致慰

千山萬水識高深，鼓舞羣倫有德音。何以報之惟一語，精忠救國矢丹忱。

謝華僑慰勞團

成城早喻三軍志，挾纊難忘四海情。一事五洲堪告語，者番聖戰已全争。

八月廿四日德蘇兩國簽訂互不侵犯條約

會心微笑酒微醺，楚漢争雄世所聞。敢以人情衡物理，抽刀斷水豈能分。

哀波蘭四首

九月一日德國希特拉進軍侵犯波蘭，三日英法兩國政府對德斷絶邦交，並宣言援助波蘭，但華沙一戰無法抵抗，蘇俄又遣軍從波蘭東部侵入，十七日德蘇協議瓜分波蘭。

叱咤風雲激怒潮，目無餘子儼天驕。廿年薪膽仍雄視，南犯東侵勢甚梟。

合縱結約拒强秦，齊楚能爲仗義人。無奈秋深霜力重，山崩木落海揚塵。

一戰華沙土盡焦，當車螳臂氣猶鐃。劇憐兩大難爲小，空負春秋有鄭僑。

一客叫囂劍弩張，一人微笑韜深藏。重淪豆剖瓜分劫，痛定都無膽可嘗。波蘭於一七九五年被分割滅亡，第一次世界大戰始復國，今又亡矣。

青年四要勗青年訓練班學生

救國與匡時，若醫先對症。告汝青年人，思想要純正。

禮義以爲城，廉耻以爲陣。告汝青年人，志行要堅定。

外練體格强，内練精神勁。告汝青年人，氣象要旺盛。

如挾指南針，如操逆水艇。告汝青年人，學問要精進。

贈大公報戰地記者張篷舟君

一支筆賽五千槍，挾而從之上戰場。前線軍民皆振奮，君來實力爲增强。一個字猶一粒彈，粒粒射敵中胸膛。勝利到時凱歌發，中華史册吐光芒。

贈大公報攝影師徐進之君

徐步前進，周歷戰場。豐富材料，入君鏡囊。請勿珍秘，努力宣揚。播之中外，民族增光。

贈張晶小朋友 篷舟君之公子

八齡童，志氣雄。小舟往，大舟從。破巨浪，乘長風。入戰地，寫戰容。做大事，立大功。揚國旗，青白紅。

分宜中秋四首

今夜雖無月，心光照九州。天風吹桂子，香共酒杯浮。

今夜雖無月，沙場火炬燃。男兒身手健，撥霧見蟾圓。

今夜雖無月，騰騰劍有芒。斬鯨波浩浩，擒虎陣堂堂。
今夜雖無月，精光吐彩毫。中華新戰史，寫出陣雲高。

吾　行

孰謂天無定，吾行心所安。儘多忙裏事，都付静中看。

宵　閒

世亂心還治，宵閒夢卻忙。萬殊終會一，妙悟發聲光。

湘贛大戰告捷四首

西尾婪婪白鼻騆，瘋狂大舉犯長沙。誰知六路兵俱敗，泥足踉蹌盡踣豝。
躍澗梯山吾壯士，别開生面草鞋軍。層層圍困人人勇，殺得倭奴似土鼢。
精神奮起勝刀槍，百萬鋤頭上戰場。打退敵人新武器，齊心救國保家鄉。
拙能制巧拙何妨，新戰術如萬弩張。做到軍民真結合，這番勝利已開場。

奉召赴南嶽謁委員長蔣，遂登祝融峰

平倭定國意重重，秋霽雲開見嶽容。頓憶八年遊跡在，今朝又上祝融峰。

上封寺

同登絶頂見高明，脚底雲生萬里程。寄語上方封不得，人間還有亂離聲。廿一年夏與梧生、東原、邦鋭、懋之偕遊南嶽，曾題刻『同登絶頂』四字。

喜得許疑盦先生書

黄山一老寄書來，許我龍驤虎躍才。亦抱横吞狂虜願，天都倚劍叱風雷。

集王陽明詩句寫懷十首

神如天馬快行空，白盡長髯氣更雄。好共釣鼇東海上，草堂無恙醉春風。

人間瓦缶正雷鳴，莫向支流辨濁清。道在險夷隨處樂，從他物外豈能攖。

九關深黑閉風雷，莫向蒲團坐死灰。勾踐敢忘嘗膽地，撥開雲石剪蒿萊。

經過轉眼又三年，須信無言已躍然。烽火正防胡騎入，梅花偏向歲寒妍。

獨上高峰望眼明，風雲溟海任龍争。安危他日須周勃，莫負男兒過一生。

聊復題詩寫我憂，望中千里見江流。忽然夜半一言覺，塵土驅人易白頭。

樽酒燈前故國心，不知天意爲誰深。孤腸自信終如鐵，明月中宵一朗吟。

不管人間底許愁，旌旗初散楚江頭。吾心自有光明月，飛上青天十二樓。

古樓蒼木峽聲寒，險路仍愁歸夢難。夜起中庭成久立，河山千里思漫漫。

從知吾道在滄洲，不似當時孟浪遊。悟到鳶飛鳥躍處，洞庭湖闊九嶷浮。

幽懷還與故人同，遠地相求見古風。一笑海天空闊處，中流片石倚孤雄。

吉安遊青原山二首

過江來訪青原山，崱屴盤紆抱水灣。秋老尚無蕭索意，森森松柏鬱蒼顔。

黄金何用鑄神仙，人傑方教勝地傳。殿角煌煌丞相字，永留正氣壯山川。道士大塑佛像，而置文山所書青原山巨額於一隅，特督誡之。

十二月十六日軍委會派朝鮮義勇隊來受指揮，配合前線作戰，特予慰勉，並爲詩送之四首

報韓志士屢椎秦，忍淚狂歌肝膽真。三十年來亡國恨，寒威凋落漢城春。

帶方郡廢問何年，朝鮮漢江古稱帶水，其地稱帶方郡。箕子陵夷耻益煎。箕子陵在平壤。已分鴒原同急難，彎弓射日墜沉淵。

歡迎高唱少年行，正義觥觥正氣横。射虎屠鯨吾輩事，要乘時會與天争。

羣英濟濟欲拏雲，刮目争看義勇軍。白嶺緑江都在望，好揮神劍靖妖氛。

分宜元日書春　二十九年

開歲屬庚辰，天龍露巨鱗。東征恢故土，書誓作宜春。

江西省參議會議長彭程萬先生偕各界代表來分宜勞軍，廖士翹兄贈句，依韻賦謝

禹甸生春卻歲寒，文兮郁郁武桓桓。同心救國成功易，陷足嗟倭自拔難。共仰元戎張節

鉞，頗慚父老餽壺簞。相期協力收京日，應再恢臺且復韓。

附士翹兄原作

百戰聲威敵膽寒，蟠胸韜略自桓桓。黎元已信平倭近，窮寇方知撼岳難。二水安瀾憑砥柱，萬民樂歲獻壺簞。鈐山春色輝裘帶，異代勳名媲范韓。

分宜春節示總部同人

梅花千樹吐芳妍，到處人歌勝利年。廣播春聲鶯宛轉，大開舞會燕翩躚。民欣瑞雪知豐稔，軍倚雄風報凱旋。殺賊平倭吾輩事，功成同醉復興筵。

分宜軍中遥祝嚴親八十一壽

新歲逢人日，鐃歌起慕思。介眉壽南極，望眼滅東夷。鱸菜疎千里，蟠桃獻一詞。期頤符我祝，拄杖太平時。

赤谷道中

春行疑入錦城西，赤谷山前花滿谿。鳥亦如人有哀樂，畫眉歡唱子規啼。

湘南道中

桐花瓣瓣玉，桐油滴滴金。寄言行路客，珍重此桐林。

送友二首

照膽知心友，千錘百煉身。今朝江海去，俠骨豈沉淪。借定庵句。

握手無多語，相看意最真。盛年須奮鬥，前路景光新。

送嚴參議幼貞西行

澹泊與寧静，皎然明厥躬。待人存至性，建國有良工。君旆今西去，吾船正向東。願言期勁奮，刮目看成功。

送郁秘書從周入滇

誰謂非軍人，能吃軍中苦。誰謂不東行，立志復東土。從吾三載間，出入多險阻。前路仍艱難，勉哉圖進取。

答勉江西青年慰勞團六絶句

有氣充以沛，有血沸而鮮。有力堅且鋭，是爲真青年。

正氣在江西，吾言洵足信。四百萬青年，人人勇而任。

遠道犒師來，所期惟勝利。殺敵揚國威，勖哉吾將士。

惟三民主義，博大且精深。信仰實行之，青年堅汝心。

全民須記取，總裁煌煌言。世界新秩序，中華一要員。

有血而無淚，有進而無退。要如此青年，青年纔足貴。

分宜四詠

一、鈐岡孤樹

尖峰立古廟，孤樹映空影。因有九霄心，故能凌絶頂。

二、昌峽飛帆

斷山如蜀峽，束水迫狂奔。風送千帆出，亂飛蝴蝶羣。

三、袁嶺凝思

袁嶺形何似，蘇州七子山。蝦夷終可斬，快唱江南還。

四、鍾山遐想

江東有鍾山，江西有鍾山。毋戀西鍾山，當復東鍾山。

遣興

長夏鬥炎曦，周旋辰至酉。薰風故不來，好雨相違久。涼意借冰紈，清心呼雪藕。冥搜窈窕姿，寄語寒塘柳。

六月二十三日督師高安喜雨聞捷

久旱今逢雷雨宣，農民戰士也欣然。頑倭鐵鳥歸無用，大地嘉禾慶有年。開徧竹花應不驗，摧餘敵壘豈能全。前軍獻虜羣情奮，小捷都堪説凱旋。

不變

不變馭萬變，斯言洵真理。旋轉在吾心，乾坤亦止止。

大道

大道古今同，空觀得實證。茫茫宇宙間，力行祇一徑。

何如曲四首

俯想原無益，何如一舉頭。中興新事業，能起古神州。

歎息原無益，何如一放歌。文山正氣在，武穆壯懷多。

坐説原無益，何如一起行。三軍齊殺敵，百戰看收京。

緩步原無益，何如一着鞭。揚威三島上，立馬富山巔。

抗戰三週年寄示長兒中郎，並錫名大任十首

已離童子境，正入青年期。海闊天空際，前程任所之。

雙七週年日，汝來東戰場。車聲剛破曉，盛會赴浮梁。

雙七二週年，汝來贛江邊。練膽習騎射，長歌問凱旋。

今朝逢紀念，雙七届三週。勝利吾終得，中華有自由。

讀書期用世，立志最爲先。多難興邦日，聞鷄猛着鞭。

時代與環境，兩須認識之。向前求進步，創造啟新知。

真理與實學，篤信篤行之。敢做與肯做，百事仗人爲。

憂勞能興國，逸豫足亡身。動心與忍性，作個非常人。

人類有生活，宇宙有生命。來日尚艱難，呼兒肩大任。

大任非天降，還須繫寸衷。堅剛與沉毅，積健可爲雄。

歐洲大戰兩首

虎門龍争入混茫，陸沉海嘯日無光。一篇立體新兵法，廿載前頭舊戰場。火焰先燃中立國，敵聲遥接太平洋。奇觀勝讀西遊記，旋轉乾坤孰主張。

五洲四海遍腥羶，玉碎胡能望瓦全。别有奇兵降落傘，已無上帝救生圈。危機久伏巴兒幹，横禍遥飛美利堅。百國興亡重鼓鑄，大書一九四零年。

晚雨漫興

鬱暑蒸人悶晝長，晚風生處釀新凉。輕雷挾雨天能語，閃電穿雲劍出芒。萬象森沉原可豁，百蟲囂叫未須狂。幽篁解奏南薰曲，正喜民登早稻場。

駐軍翰堂，新結竹廬，讌集同人四絶句

消夏江村樂有餘，誅茅負土結幽居。杜梁欄壁皆新竹，肇錫佳名榜竹盧。

好山西面青成障，曲水迴波緑到門。坐聽蟬聲出高樹，滿襟凉意淡忘言。

相約朋僚列坐來，開懷暢叙飲茅台。一簾微雨清風過，樹影窺窗入酒杯。

到眼林巒勢鬱蒼，翰堂山似卧龍岡。經綸應共溪雲展，要向驕陽戰百場。

濕氣侵足，不良於行，匝月始愈。賦此解嘲二首

無病無愁身自在，獨於步履卻蹣跚。暫移冰簟欹高枕，盡日當窗看好山。

痛能止癢何妨忍，詩可抒情一縱吟。造化眼前多妙悟，閒看尺蠖更寬心。

藐　躬

中夜蘧然醒，藐躬省所存。精誠天地久，道義死生根。救國無餘事，思親有至恩。寸衷原浩蕩，一意鬥艱屯。

虛　堂

動極翻能静，虛堂妙境生。叢花任開落，心月自空明。便爾餓餓態，付之坦坦情。良知吾可致，一善怕成名。程明道云：『寧學聖人而不至，不以一善而成名。』

中秋雜感二首

今宵分外圓明月，十六年來馬上看。汗血何須論代價，但期家國兩平安。

竹廬茶話逕中秋，前線沉沉得小休。笑説驅胡新戰略，家家月餅賦同仇。爲蘇俄顧問班凱維慈述吾國中秋驅胡故事，謂月餅戰略也。

和韻答楊雲史先生香港二首

江東才子以詩鳴，道義擔肩富貴輕。直與居停同節概，歲寒松柏作人英。

江山萬里一樓風，吾道從容天下公。多難故應親百戰，相期海晏賦成功。

附楊雲史先生贈詩

羅店秋高萬馬鳴，奇勳百戰一身輕。扶桑童稚知名姓，白皙將軍羅卓英。

九派潯陽挾雨風，小姑奪得繼彭公。淮碑異日誰濡染，應許昌黎爲紀功。

爲婦女服務團戰地三年題詞四首

助夫卻敵梁紅玉，替父從軍花木蘭。省識鬚眉肩太重，平分鐵擔敢偷安。

砲聲催換新生活，別了工場上戰場。落日高歌呼殺賊，女兒身手亦堅剛。

漫隨俗眼耻釵裙，争向沙場樹一軍。多少驚人新事例，安排健筆寫珍文。

八省關山非浪跡，三年汗血可成河。佇看蕩寇收疆日，汝輩勳勞永不磨。

遊慈光寺同柏麓

尋秋偶到慈光寺，澗草叢花自在觀。佛與道人同寂寞，隔林鷄犬問劉安。

鍾璧純兄寄示五十自壽詩，走筆賀之

百年剛半景光新，漳水清漪數碧鱗。親健身閒詩思好，不妨長作萬川民。

重陽節約邦鋭仲昌鳴白柏麓同登翰堂後山

聯翩輕騎探秋容，瘦石寒楓野興濃。絳碧丹黄呈畫稿，祇嫌無雨悵村農。

雙十節

昨爲重九今雙十，巧合陰陽第一回。從此氣機齊鼓蕩，必成必勝不須猜。

呼　雨

不憂戰事卻憂民，抗旱傷秋孰詠豳。也欲鞭龍作霖雨，九州土潤物華新。王陽明有句云：

『吾欲鞭龍起，爲霖徧九州。』

大雨果至，且有奉新之捷

昨夜高吟呼雨詩，今朝龍起沛然施。農民額手甘霖好，又聽前軍唱凱師。

集王陽明詩句十絶奉答李菘圃先生

風景依稀過眼生，相求深愧遠來情。肝腸已自成金石，還有峰頭雙鶴鳴。

但致良知成德業，須從規矩出方圓。慚無國手醫民病，甲馬馳驅已四年。

屢經多難解安心，陰欲開時日欲沉。莫遣新愁添白髮，五峰煙月聽猿吟。

如公精力可升堂，千里風塵一劍當。詩妙盡從言外得，正思民瘼欲沾裳。先生關心粤省粮荒，親函當局建議救濟辦法。

誰與青天掃宿塵，光風霽月自傳神。好攜雙鶴磯頭坐，欲借盤銘獻日新。疊承先生寄示七十自壽及夫人七十生日詩。

志存經過未全灰，時倚層霞望釣臺。風雪凛然存節概，詩留名姓不須猜。

經年懷抱向誰開，渺渺鄉心坐未回。料得煙霞終有分，雙飛時下讀書臺。先生來書，頗有浩然還鄉之思。

頗因詩景受閑忙，海鶴精神老益强。自擬春光還自領，未須連夜夢溪堂。

相知若問年來意，隨處風波只晏然。陰極陽回知不遠，開門一笑忽青天。

肯信良知原不昧，實慚文檄過稱揚。好將吾道從吾黨，庭樹春風轉歲陽。

賀李菘圃先生夫婦七十雙壽四首

烽火西行心卻東，知公未肯老蠶叢。寄懷山水三年易，愛國詩人一放翁。

新詩喜報古稀年，歌樂山前晚豔妍。修到金剛終不壞，雙鳧美眷地行仙。先生夫婦近居歌樂山金剛坡之黄花園。

落落乾坤許我奇，老當益壯公當之。捷音會較春雷早，佇看雄師蕩寇時。

再過卅年纔百歲，德星雙照耀南明。還期一統神州日，閒對溪山説太平。

博平校長函報虎山公學近事，喜賦二絶

勞力勞心兩不分，讀餘學稼共耕耘。親仁愛衆無他術，自古民生總在勤。校區開放，員生勞

作，獎勵民衆墾植，鄉人德之。

從來民以食爲天，但不靠天只力田。墾土疏渠勤灌溉，看將人事致豐年。員生率先疏圳，鄉民踴躍參加，水利甚溥。

《大埔縣志》修纂告成，題詞五首

重崗叠嶺萬山高，篳路先驅孰擁髦。華胄南來稱客族，風醇俗儉最勤勞。埔地漢屬揭陽，隋立萬川，明建今縣，埔民多自贛閩徙衍而來，稱客族。

雨絲吹散六朝塵，比户仍屯曲水濱。城郭無餘名尚在，行人争説萬川民。古萬川縣設治湖寮，地最平廣，今村中居民最密處，猶稱城里。

依山築堞號巖疆，左踞獅厓右鶴岡。中有一峰天印出，煌煌文獻肇茶陽。今縣别稱茶陽，邑治倚山北向，天印山當汀漳靖三水交會處。

莫謂地靈人自傑，須知人傑地纔靈。羣生入世皆平等，欲啟愚頑式兩銘。鄉俗迷信風水，訟争之害至烈。自文教普化以後，此風日戢矣。

範水模山見性情，濯磨自喜有前評。還期豁達開新紀，要向人間補不平。清季洪縣今謂大埔山水峻潔，士亦濯磨，自喜此中自有褒貶。

誄楊幸之同志

廉正自持，堅剛不吐。隨余七年，忠勤勞苦。使佐陳公，俾圖進取。何期覆車，南川之滸。失我英髦，痛徹肺腑。君目不瞑，魂亦雄武。君湘人，任余總部政治特派員，近調第六戰區政治部副主任，赴任覆車，惜哉！

元旦小詩　三十年

又是新年元旦節，喜拈好語祝康强。風調雨順人團結，掃盡欃槍國運長。

賀年鼓詞三絶句

戰鼓鼕鼕送歲來，梅花和雪鬧春臺。孫公創國蔣公建，大衆新年笑口開。

鼕鼕戰鼓賀新詞，三十强年骨相奇。豎起脊梁來奮鬥，頂天立地好男兒。

鼕鼕戰鼓似雷鳴，南北東西競進兵。掃盡倭奸消盡逆，凱歌聲裏覩中興。

贈胡高級參謀　名一，字惟一，貴州安順人

乞假省親兼娶婦，臨行索句問吾儒。須知道在君名字，一畫開天演萬殊。易傳序云：『散之

在理，則有萬殊，統之在道，則無二致。』

祇今滄海橫流際，舉世心危道欲微。握住惟精惟一法，兩端無用執中歸。

答贈習傳裕君

吉日佳章祝歲亨，共歡古語出新聲。鬱而能鬯欣欣象，趣不可言潑潑情。大地雷鳴驚百卉，羣峰雪霽擁千旌。國將勝利君年少，好趁春風萬里程。君有赴印度求學之意。

戰場花進行曲十首

戰場之花正開，戰士歡聲如雷。不分男女老少，東西南北齊來。

戰場之花正開，戰陣堂堂壯哉。軍令冰霜凛凛，軍容泰岱巍巍。

戰場之花正開，戰略深深安排。攻則疾風莫阻，守則堅壘難摧。

戰場之花正開，戰旗獵獵風來。處處刀光劍影，長空掃盡陰霾。

戰場之花正開，戰鼓鼕鼕緊催。前進衝鋒殺敵，倭奴膽破聲哀。

戰場之花正開，戰馬騰騰如飛。玉勒遠銜落日，鐵蹄踏破重圍。

戰場之花正開，戰火熊熊千堆。敵勢再衰三竭，我軍大奮神威。

戰場之花正開，戰神豪興方來。親向三軍犒勞，酋頭權作酒杯。

戰場之花正開，捷書雪片飛來。俘敵如捕蛇鼠，除奸若掃塵埃。

戰場之花正開，凱歌聲裏人回。今夜月明慶宴，河山重照光輝。

上高會戰奏捷四首

又報前軍戰鼓催，寇氛直犯上高來。休誇掃蕩侵三路，且看包圍奮一鎚。諸葛陣圖終有價，臨淮壁壘不容開。應知萬馬埋輪日，莫使蝦夷片甲回。敵分三路攻取上高，我則反擊包圍，確保上高。

一夜春雷起怒波，健兒十萬劍橫磨。鐵槍在手吾無敵，軍長王耀武智勇兼全。神箭當風爾奈何。師長李天霞驍勇善戰。不再轉移新陣地，還須收復舊山河。捷書期共花爭發，竚聽歡聲奏凱歌。

清江無恙石頭雄，王克俊部隊侵犯崇禎觀張家山之敵，迅速撲滅，克保清江。李天霞部隊偷渡石頭街犯華陽之寇猛擊二日，卒予聚殲。拔險支危見藎忠。忍吃當前十日苦，須爭最後一分功。三月十五日戰爭開始，十九日全線血戰。廿二日錦河兩岸極度緊張，廿三日手訂勝利保障十則，激勵將士，卒破難關。廿四日黄昏敵遂動摇，我終勝利矣。敖峰大樹遵時緑，敖山在上高城北，爲縣治主峰。錦水長波落照紅。信我明朝終取勝，遥聞鼓角振天風。

新年勗勉幸無忘，事業軍人在戰場。元旦以『軍人事業在戰場』七字勗諸將士。保土用能瞻赫赫，殲倭欣看陣堂堂。捷聞全會傳褒語，中央八中全會聞捷來電嘉慰。淚灑三橋弔國殤。四月四日出發勞軍，親赴敖山勘定烈士墓址，主持葬事。五日巡視下陂橋石洪橋官橋等激戰最烈之地，並告諸將士曰：今日清明節，當改踏青爲踏紅。蓋吾人正踏着先烈血跡前進殺敵也。且莫驕矜諸將士，揚威横覽太平洋。

上高會戰陣亡將士公墓奠基

男兒亂世正逢辰，衛國安民豈讓人。投筆從戎舒壯志，揮戈殺敵見精神。桓桓都是仁由己，凛凛羞爲哲保身。死重泰山洵不憾，豐碑屹立姓名新。

贈政治部抗敵演劇隊同人

新喻握别已三年，今日重逢各龞然。劇戰上高堪告語，抗宣藝術佩深研。匡廬雲起當爲雨，章貢濤飛好滌羶。試與諸君期後約，秋來同泛蠡湖船。

陳君毓文來戰地放映抗戰電影賦贈

跳蕩風雲入鏡頭，暗看銀幕起沉憂。驚心故國氛猶熾，到眼蒼生淚不收。湔恥豈能忘史訓，圖强終竟仗人謀。堅撑正義伸公理，好放真光照九州。

病起偶成

道固無窮大，操持祇寸心。拼將蒼莽意，付與静閒吟。呼吸餘江海，婆娑笑古今。乾坤何所有，皓月伴瑶琴。

贈許嘯天先生

未識髯翁面，微聞性磊嶔。略無名士氣，猶有少年心。桃李三春樂，煙塵萬里吟。海飛天亦嘯，豁耳聽雷音。

春日雜詠五十首集王陽明句

家家迎歲换桃符，荆楚還看俗未殊。玉盞春光傳柏葉，綵衣何日是庭趨。翰堂度歲，軍民同樂，但不免思親之念。

不用漁郎更問津，須知萬物是吾身。九江風浪非前日，漸喜陽回大地春。前線沉寂，農村安定。

閒來聊與二三子，濯足寒濤步曉空。天地未嘗生意息，春還庭竹發新叢。新歲即景二首。

碧樹林中古驛樓，林疎地底見江流。偶懷勝事乘春到，野老多情只自留。

古殿雲晴碧嶂迴，覽奇還更陟崔嵬。未能布德慚時令，春暖兼欣農務開。春興十首。

天機動處即生意，直幹不撓終異常。一百六峰開碧漢，五湖七澤皆陂塘。

世路多岐漫自吁，終宵惕惕防艱虞。春還草閣梅先動，猶有新詩了舊逋。

脱巾山麓任吾真，山色無時不可人。料得重闈强健在，故園春亦瑯琊春。

大劍長槍攢武庫，兵聲寒帶暮江雄。十年塵海勞魂夢，看盡東南百二峰。

黄鳥雙飛緑樹間，思家獨切老萊斑。也知世上風波滿，江外雲晴忽有山。

鐵船何處來停橈，疑是仙人之所操。道自升沉寧有定，月隨滄海上寒潮。

游觀正及省耕初，隨處翻飛野鶴孤。樹杪風泉長滴翠，逼真詞格輞川圖。

捲簾疎雨動微吟，况復斯文約舊深。賴有遺經堪作伴，古人先已得吾心。

踈鐘隔渚夜迢迢，月滿虚庭雪未消。江樹欲迷遊子望，故園今夕是元宵。

十年前軍次寧都，登翠微峰，曾和文文山詩四絶。

浮雲野思春前動，卻憶題詩在翠微。惟有煙霞或可依，百年行樂故人稀。

懷黄山天都峰之遊。

故人勞念還相慰，飲馬春流更一登。曾踏天峰雪棧冰，酒邊孤興尚堪憑。

念徽州受訓之青年。

紫陽山下多豪傑，莫遣風霜著鬢毛。義重師生可待招，春來客思獨蕭騷。

與父老談話有感三首。

籬邊竹筍青應滿，尚訴征求杼軸空。漫説秦鞭到海東，可憐虚卻萬山中。

夜起披衣還久坐，百年惟此月明中。憂時有志懷先達，九仞誰虧一簣功。

百年長恐終無補，中歲幽期亦幾人。始信寒梅骨自真，化爲鼓角驚風塵。

敵寇進犯而有上高會戰四首。

數峰斜日旌旗遠，一笑南山雨後新。草屋何人方管樂，雲雷大造看經綸。

橋邊黄石機先授，一道春風鼓角揚。斜日滄江鷗鷺翔，更從南浦羡滕王。

即看一雨洗兵戈，江漲新生兩岸波。特放小舟乘急浪，猶疑花徑駐鳴珂。敵寇慘敗而去。

矮人亦復浪悲傷，風雨偏從險道嘗。斷鷲殘鴉飛欲盡，深泥没馬陷車箱。刺汪記偽組織。

託根非所還憐汝，老檜斜生古驛旁。處處春光蕭索甚，何須傀儡夜登堂。念淪陷區同胞並斥奸偽。

閭閻正苦飢民色，展轉支離歎陸沉。羣醜漫勞同吠犬，長風擁篲掃浮陰。

正憶梅開西寺花，可憐黎庶半無家。江頭鼓角翻春浪，須信吾生自有涯。戰後巡視贛北各縣撫慰民衆六首。

殘雪依依戀舊枝，一方流毒已多時。荒村亂後耕牛絶，耻説兵戈定四夷。

曾到渾疑是夢中，野人村落閉重重。燹餘破屋須先葺，安得扶摇萬里風。

山中幽事最能知，乘興還嫌馬足遲。已喜閭閻多復業，好憑恩信撫遺黎。

百里妖氛一戰清，揮戈真已見風行。寇平漸喜流移復，雨後荒畬莫廢耕。

獨憐飢饉未寬征，老矣田人莫遠迎。果使困窮能稍濟，還須内治是先聲。

樹老千年雪作花，此中那得有人家。而今始信還丹訣，祇借峰頭一片霞。訪九五老人劉有道，係奉新某山村農民。

燈火人家隔水村，晚堂疎雨暗柴門。長思澹泊還真性，正恐春愁入夜魂。過某處士家夜話。

深樹新晴雨未乾，風傳鈴柝九溪寒。坐中便是天台路，踏嶂迴峰擁碧欄。遊慈光寺二首。

休論寂寂與惺惺，静悟天機入窅冥。獨有幽禽解相信，溪雲漠漠水泠泠。

醒來時有客談玄，直造先天未畫前。説與世人渾不信，卻從身外覓神仙。與仲昌邦鋭談道説《易》。

逢時莫負三年學，洞口桃花紅自舒。杯酒預期傾蓋日，吾儕真切幾人如。與鳴白柏麓共談往事。

白雲冉冉出晴峰，忽見巖頭碧樹紅。卻憶鹿門棲隱地，他年簑笠擬從公。懷歙縣許疑盦先生。

忽向山中懷舊侶，情深宗族誼同方。枉勞詩句裁風雅，家近殊聞草木香。懷贛縣羅治羣先生。

年來別有閒尋意，花柳沿村春事殷。寄語峰頭雙白鶴，溪聲最好月中聞。懷李崧圃先生二首。

眼慣不妨層壁險，竹高還長拂雲梢。道情暗與物情化，正恐浮名未易拋。

天風吹我上丹梯，閩楚諸山入往低。卻憶故園耕釣處，清光還似鑑湖西。懷故鄉湖山及虎校員生三首。

雨過丹岩夕照明，晴湖想見鏡中行。且留南國春山興，點瑟回琴日夜清。

平生辛苦意難忘，書卷長拋舊學荒。改課講題非我事，斲輪徒有古人方。

靜裏工夫要日新，池邊孤月倍精神。洗心真已空千古，幽意自隨流水春。竹廬幽賞。

松柏茅茨歲月深，人間微雨結浮陰。新詩舊葉題將遍，不是當年祇苦吟。春深獨步二首。

性僻還多拂世情，心忘魚鳥自流形。幽人月出每孤往，煙際浮萍一點青。

何處澄江無月明，停橈一至答其情。雲中相見雙龍轉，極浦浮沙遠樹平。赴贛江流域吉安泰和一帶巡察及撫慰傷病官兵二首。

轅門春盡猶多事，江雨孤篷入夜聽。欲斬蚩尤開白日，峰巒不改舊時青。

六月一日奉召赴重慶，乘車遵贛湘黔川公路西行，紀事十首

贛湘接境雄江右，嶽峻湖腴各擅名。一自漢唐鍾孕後，武功文物代昌明。贛湘兩省地文人文

均極相似。

善人爲寶孰賡歌，楚勇當年鄉氣多。樸拙忠誠曾氏法，心傳語録有松坡。過邵陽念蔡鍔將軍，蔡有曾胡治兵語録。

桃花坪已桃花落，洞口雲將洞口封。渴念平蠻柳公綽，武岡山月夜溶溶。過桃花坪宿洞口望武岡山，唐柳公綽曾平蠻於此。

榆樹灣多舊峒谿，窮荒曾隱五溪黎。今朝四塞風雲合，應挾雷霆壯鼓鼙。樹灣，舊爲五溪蠻地。今握三省樞紐，陳薛兩長官在此商軍事。

西行山勢鬱岧嶢，黔楚連雲似怒潮。亦有人間好風物，芷江花草玉屏簫。經芷江晃縣入黔境，玉屏縣産洞簫有名。

山女摳衣耕植忙，駝鈴日夜沸笙簧。百工效命支前線，此地真成大後方。經鎮遠黄平抵貴陽，沿途苗婦農作，騾馬纓頭鈴項馱運絡繹，聲容頗盛。

稽古夷居號鬼方，先民披斬闢榛荒。莫嗟地瘠山容瘦，猶有陽明舊草堂。由貴陽北行宿於桐梓。黔省昔爲鬼方夜郎諸國地，陽明洞在今修文縣。

秋坪七十二重灣，身在迴腸蕩氣間。碾破鈞絲巖下險，輕車穩度夜郎山。花秋坪，公路迴曲稱七十二灣，下有釣絲巖，谿深岸險，其西爲夜郎壩。

形勝居然鎮上游，嚴城萬堞抱雙流。河山帶礪人雄武，東望神京指日收。六月十二日抵達重慶。

任他石破與天驚，避狄岐山視此城。效死斯民都弗去，興周終竟慰羣生。陪都迭遭倭機慘炸，官民不餒，益增敵愾。

六月廿二日蘇德寒盟，德軍侵蘇，歐陸無浄土矣

鬥角鈎心費苦辛，勢均力敵楚迎秦。天傾地坼成何世，雨覆雲翻慘不春。獨霸那容欺及詐，同盟須以善相親。惟餘一事真堪笑，急煞東洋甕裏人。日寇因德蘇結約及寒盟，均致倒閣。

中秋情歌十首 爲婦女服務團四週年紀念作

丹桂飄香戰未休，一年容易又中秋。霓裳舊曲翻新調，唱個情歌祝自由。

月到中秋分外清，五洲戰火尚縱横。嫦娥不耐神仙窟，飛下人間作女兵。

吴剛真是癡男子，不做丈夫去學仙。赢得手中雙斧在，月宫斫桂也徒然。

深情壯志兩難分，救國先投革命軍。打倒不平伸正義，和郎蜜月上崑崙。

女兵借得吴剛斧，耀武揚威上戰場。一見仇人心更壯，鋤奸殺敵勇難當。

手持雙斧作先鋒，衝到東洋富士峰。近衛松岡何足算，昭和頭上逞英雄。

娘子軍容氣象豪，馬蹄舞算最時髦。千山萬水尋常事，得勝歸來月正高。

吴剛看罷滿心歡，决計從軍出廣寒。不見斧頭攜玉兔，帶來十萬奎寧丸。

中美英蘇陣線堅，包圍圈比月兒圓。軸心粉碎倭奴滅，世界和平在眼前。

莫笑情歌當凱歌，同心收復舊山河。明年月比今年好，定卜明年樂更多。

嘲日詩

據天文家稱，今年九月廿一日日蝕，在中國爲全蝕，公歷一五四二年八月廿一日，即明嘉靖廿一年七月乙酉曾見一次，距今四百年始再見云。是日陰雨不獲覩，作詩嘲之

四百年前事，今朝得再覩。潛曦因障月，大食若吞丸。風雨何淒晦，江山自鬱盤。可知慚令德，羞與世人看。

十二月八日太平洋戰争爆發日，爲戎首詩以討之二首

日寇起釁，閃擊香港、星加坡、關島、檀香山，公開實戰，美國猝不及防，珍珠港突被猛襲。羅斯福總統請求國會對日宣戰，英荷澳加及南美諸國均應之。世界大戰之局成矣

蠢爾蝦夷實太猖，貪殘狠毒似豺狼。甘爲戎首稽天討，妄結軸心閃電狂。厚必崩焉知段克，興何暴也卜秦亡。爐邊尚有從容話，且與齊桓作主張。

言不由衷詎可盟，未防笑裏有刀横。欺鄰早已無餘子，遣使原來是緩兵。霹靂一聲驚海嘯，艱難百戰挽天傾。懲膺共作千夫指，射虎屠鯨致太平。

長沙三次大捷五首

三十一年

紅梅白雪映旌旗，動地鐃歌祝歲釐。瀛海争傳新戰績，神州重整舊威儀。韜尊磁鐵深深吸，陣號天爐咄咄奇。八萬蝦夷熸過半，三湘三捷吼雄師。

高壘深溝算可操，連珠巨敵震如鼛。神奇計使優翻劣，主客勢成逸待勞。今日李玉堂彭位仁爲砥柱，昔年黄蔡是人豪。斜陽影亂鴉聲急，敗卒哀酉夜遁逃。

孫渡楊森陳沛傅仲芳夏楚中蕭之楚歐震，佈得重圍陣最稠。堪笑神田淪鬼府，卻教豐島走荒

邱。神田豐島均爲倭寇侵湘之師團長。撻秦制梃民無敵，蕩寇清時歲有秋。眼底河山長帶礪，洞庭波静碧天浮。

長沙形勝中興地，犄角平瀏鼎足看。天遣風雲來四會，陣如鵝鸛擁千官。一言師直殲倭易，三犯旗靡撼岳難。此役成功非倖致，全憑熱血障狂瀾。

元戎一怒安天下，兵法心傳語至精。懼則常哀謀自固，耻能生勇勝無争。迎春桴鼓全民奮，着力乾坤八表營。從此五洲連奏凱，大同篇好頌昇平。

軍中祝嚴親八十三壽

二千里外報春榮，遥向東山獻兕觥。他日河清慶人壽，今朝人壽祝河清。

贈公明弟

戰地來相見，歡然酒一尊。新年逢大捷，瑣語出真言。國事吾能勉，親心汝爲温。他時歌海晏，歸賦暢春園。

贈輝青夫人

自顧非能者，多勞萃一身。學風開故里，在原鄉興辦女子夜學。德業勵同人。在戰地組織婦女互勵會。養志鄰稱孝，居家代余奉親。扶傷士感仁。隨軍慰勞傷兵。慈暉呼小字，偕汝樂長春。

贈饒新吾邦泰二首

道固無内外，亦無小與大。隨汝心所之，任汝神所會。聞道喜若狂，見道歡如繪。萬事在實踐，行道始爲最。聞見即行之，吉人邦之泰。

爲智智若愚，爲實實若虛。爲仁仁無敵，爲德德不孤。慎獨與居敬，寸心澈冰壺。勇以遠吝悔，定以克艱虞。精勤能進業，此之謂新吾。

曾敬持索句

立身須主敬，歷劫要堅持。此意從誰問，還君君自知。

題陳春階先生《行樂圖》

先生今年六十三，公益事業兩肩擔。修己立人能濟世，開懷豪飲佐雄談。樂水樂山仁且智，俾康俾壽境彌甘。持圖乞贊吾何語，鄉里之間稱善男。

受命遠征五首 有序

太平洋戰起，中南半島情勢急迫，同盟國有東南亞聯防計劃。余奉命組織中國遠征軍，先入緬甸，與美軍總司令史廸威將軍英軍總司令亞力山大將軍並肩對日作戰。

頑敵終無悔，橫行東及西。珠沉滄海沸，珍珠港遭攻擊。星黯島雲凄。星嘉坡被佔領。中土多羆虎，南風振鼓鼙。夜濤猶怒吼，拔劍斷鯨鯢。

列强張義幟，軍事結同盟。陣已聯歐亞，情真若弟兄。三途泥足陷，一擊軸心傾。乾坤爭此著，半壁亦長城。

元首訓明堂，元首林公親書《孟子》天降大任一章見勗。總戎誡語詳。統帥蔣公撰告遠征軍將士書。同仇争敵愾，遠戍戰蠻荒。緬印皆兄弟，美英素富强。雄獅和始克，攜手致休祥。

百事皆身外，惟餘孝與忠。奉親知養志，告别弟公明、妻輝青，囑善養親。救國喜從戎。不作前驅爭生還想，須看破虜功。明朝馳異域，萬里樹雄風。

克敵和爲貴，扶傾慎所施。嚴整舊威儀。遠征新任務，赳爾桓桓士，吾來告一詞。效命，勝利再揚眉。

雲程初紀四首

巴山晨起駕丹梯，亭午蒼鷹俯碧鷄。一日雲程真萬里，黄昏緬境著飛蹄。四月五日蔣委員長率余等分乘三機，由重慶飛經昆明入緬，著陸臘戍。

元戎親領入鄰封，小隊歡迎耀國容。此是緬滇通軌市，高呼樂戍共銷烽。山城頓成作戰基地，余擬呼臘戍爲樂戍。

西堡僑民笑語烘，何期道左謁元戎。一時簞食壺漿滿，從此人人願效忠。六日乘車南行赴梅苗，蔣公夫婦偶憇於西堡，途中父老童婦羣集禮敬。公笑問：爾等識我乎？衆曰：早從圖片熟認矣。歡呼迎擁，恍奏南薰。中有馬來半島各地僑民，攜眷避亂至斯地者，其情緒尤爲熱烈。

炎徼初來火傘張，梅苗避暑有山莊。同盟高會籌良策，壇坫從容製錦囊。緬甸政府還駐梅苗避暑區，是晚總督夫婦迎宴蔣公夫婦暨盟軍高級將領，並商作戰方略及戰地政治交通僑民等問題。

巡視瓦城四首 地當伊拉瓦底江東岸，一名曼德勒，昔爲緬京

初夏南來訪廢都，禁城猶見漢規模。宮廷殿閣皆神木，空對炎風憶霸圖。皇城宮殿略同漢制，全爲巨木構建，國亡後遷都仰光，此祇供人憑弔矣。

巍然旋塔耀干旌，語重心長説舊城。無限神思縈祖國，左山右水似南京。皇城東西角有木製旋塔一座甚高，盤級登覽，全景豁然。蔣公凝神四顧，徐徐言曰：『此地形勢極似南京。』其意深矣。

城頭高踞須彌座，妙義誰能俯衆心。仿佛金陵寶誌院，鐘聲寂寂雨沉沉。城北塔山孤聳，視南京富貴山尤峻。喇嘛廟院宏敞，視南京鷄鳴寺尤尊。

玉琢金裝浄出塵，百千萬億佛生身。莊嚴法相慈悲眼，創世由來亦仗人。緬境盛産玉石，緬人善雕佛像，瓦城從事雕佛像者比户成市。

賀捷詩三首

萬馬争馳黑水陬，滇西怒江緬境薩爾温江源出西藏，即禹貢黑水也。撼山摇海識同仇。昆陽大敵終能破，刮目全軍第一流。賀第五軍東瓜戰捷。

救人從井吾何惜，急難鴒原正此時。四海一家須共喻，乾坤大道不爲私。賀新三十八師馳援

仁安羗之英軍報捷。

東瓜戰勝再揚威，破鋭功逾擊惰歸。三箭天山差可擬，是何神勇戴無爲。賀二百師克復棠吉奏捷，師長戴安瀾，安徽無爲人。

軍　情

撾鼓鳴笳耀漢旌，前驅鏖戰赴援兵。牛羊不識軍情急，一路從容逐隊行。

入印度三首

萬事逆來吾順受，深宵雲幕挾風霆。澄心静慮林中坐，樹杪居然透一星。離緬境前夕事。

雷雨何如彈雨兇，凝神斂氣向前衝。天難只有和天鬥，勝利居然造極峰。大雷雨中登緬印交界之三四四零高峰，勉諸將士。

威儀整肅漢軍容，無愧泱泱大國風。黄胄男兒皆壯士，好憑赤膽貫長虹。入印境燕飛兒與英印軍同駐。

駐軍狄卜魯加，登樓望喜馬拉雅山作

雄心遠目陣雲屯，山勢東趨萬馬奔。百尺樓臺三尺劍，獨來獨往定乾坤。

印京德里

喜馬山南古戰場，舊宮新闕話滄桑。雄風怒挾塵沙起，捲地黃雲閉夕陽。

酬尼赫魯先生晚宴

草茵風扇晚涼新，添上華燈不夜春。難得主人殷厚意，同情四海亦相親。

贈印度最高法院院長貴雅爵士

生活高潔，性情風雅。乃覩斯人，樂爲之寫。爵士收藏中國名瓷甚富。

兩京

加爾各答有南京樓，新德里有北平樓，均我華僑所設餐館名

海外無樂土，長縈故國情。念兹亦在兹，終復兩神京。

題紅棉巨幅贈史廸威將軍

將軍稱大樹，大樹號英雄。百戰渾閒事，歸來花正紅。

題《秋山飛瀑圖》贈英元帥魏菲爾將軍

會心今日秋山澹，想像明年春雨濃。氣勢崔嵬又磅礴，靈淵飛瀑起潛龍。

李印泉先生根源贈句，還答二首

世會艱難仗異才，西南霸氣挾風雷。高黎貢嶺雲開處，笑看長繩繫日來。

怒江横捲浪滔天，今日乾坤負兩肩。救國衛鄉呼子弟，策勳狂草蕩倭篇。

西北行十六首　有序

民國三十一年春受命遠征，周旋緬印。秋間返國述職，隨節巡遊西北諸省者匝月，偏閲先民偉蹟，飫聞主帥嘉謀，發思古之幽情，高吟肺腑；攄籌邊之壯志，願竭股肱。得詩十六章，以當宿諾。兹行扈從者夫人暨吴禮卿忠信、（蒙藏委員會長）朱一民紹良、（第八站區司令長官）賀貴嚴耀組、（侍從室主任）谷紀常正倫、（甘肅省政府主席）梁均默寒操、（政治部副部長）吴醴泉澤湘、（外交部新疆特派員）胡宗南、（第八站區副司令長官）毛邦初（空軍總指揮）於平遠、陳希曾（俱侍從室組長），併記於此。

圖南方展垂天翼，有倚高雲西北行。星海蘭河姬水脈，雪山葱嶺漢家營。低風嘶馬塵初動，大漠盤鵰月最明。漫對重關嗟失險，寸心如鐵鑄邊城。奉召由重慶乘崑崙號機，飛經成都，抵達蘭州。

豁襟先上望河樓，蘭州城北枕黄河，節署後園跨城築樓，額日望河，于右任院長所書。東去黄濤日夜流。不信英雄隨逝水，還期猛士奠神州。霍泉古已成膏沐，左柳今猶夾道謳。珍重安邊根據地，桑榆豈是等閒收。主帥訓示經營西北國防當以蘭州爲中心根據地。

國父遺言此陸都，皋蘭非復舊邊區。節樓蔭處山長緑，城南五泉山緑蔭滿林，朱長官駐節於此。斷碣摩來血尚朱。省府爲舊督署，傳明末某王暨全家殉難於此，血碑尚存。移寢興龍歸大漠，成吉思汗之靈由蒙古移置城東之興隆山，余曾展謁焉。忘家驃騎滅殘胡。樹人樹木勤珍護，總總林林蔚壯圖。主帥指示甘政注重保健教育植林三事。

帥節西巡意態閒，大鵬張翼瞰瀛寰。胸摩星斗無遮礙，腋挾雲霞任往還。博望浮槎疑海角，營平屯隴賸人間。眼中奇景天然畫，千曲黄河萬叠山。由蘭州飛西寧紀事三首。

高原莽莽亘遐荒，萬里江河此濫觴。隱約禪林藏日月，俯瞰日月山，深林古刹，掩映絶佳。依稀氈幕護牛羊。士民張幕游牧，歷歷可數。欲從瀚海開新績，還憶崑崙是故鄉。草緑霞紅天一碧，果然大塊有文章。

列騎郊迎静不譁，旗飄萬户襯香花。馬主席步芳馬軍長步青迎謁盛况。遼天競拜中書令，聖地遊傳宗喀巴。城南塔兒寺傳爲黄教主喀巴出生聖地，僧徒萬衆，鳴笙磬張繡幕迎覲主帥夫婦。願效馳驅輸孔阜，歡騰踴躍會無遮。蒙藏諸族男女首領千人，咸趨省府，聆訓甚歡，恭獻國防馬種五百匹。老成謀國西陲固，漢藏蒙回本一家。

跨州越郡若飛仙，纔過湟源便酒泉。萬頃流沙荒朔漠，千年積雪老祁連。長城蜿曲從頭起，遠樹蜃樓幻眼前。在戈壁中遥望紅樹，奇景可觀。到此欲呼檀道濟，鞭山鎖海控燕然。由西甯飛越浩叠祁連，抵肅州降落嘉峪關。

一聲長笛壯悠哉，大地奇觀迫眼來。嘉峪關前雲萬里，祁連山上雪千堆。巡宣可記恢吾土，幹濟終須仗異材。佇聽玉門還健翮，酒泉湧入夜光盃。登關覽遊，並送吴禮卿、朱一民、梁均獻、吴醴泉西飛宣慰新疆。

露灑邊關額一方，元戎過此兆霖蒼。龍堆卧白溶寒月，猩峽摇紅憶戰場。清史應侯左恪靖，漢庭曾縛右賢王。西來地脉無窮藴，怒閃油池揭寶藏。隨從出關視察玉門油礦。

經略雄威叩宋唐，登陴懷古壯甘凉。令公慴虜憑單騎，范老籌邊靖朔方。鐵笛恍來都護府，金戈長閃總戎堂。河西重鎮今猶昔，飛將真從天外頏。甘凉州懷古。

武威張掖號金銀，舊有金張掖銀武威之號。天產豐腴地利匀。五袴未歌勞主帥，嚴飭矯正少女裸俗。一麾出狩示親民。揚鷹校績軍嚴整，買犢除苛政革新。巡閲畢，先後召集黨政軍負責人員多方督教。滿眼黄雲香稻熟，甘州産香稻最有名。儘教富庶詎憂貧。

北枕陰山東帶河，賀蘭斜貫走陂陀。長車未駕先飛度，孤塔凌空若倒摩。緑意滿前欣有稼，黄流到此静無波。寒沙不遣秋光老，塞上江南景色多。由武威乘天山號機飛甯夏。

遼夏千年戰壘殘，國防猶作重心觀。屯邊莫忽居延海，渡漠應營大將壇。訓示西北國防亟需幹才，應有遠大經營。更語綏寧諸矯矯，勉爲韓范起桓桓。召集遂甯將領傅作義、陳長捷、馬鴻逵、馬鴻賓等會議，對作戰整軍經邊屯田選將用民諸事多所指示。兹行扈從瞻軍政，偉績欽當馬首看。馬少雲主席圖治甚殷，備承嘉勉。

高飛遠控挾長風，三輔黄圖入望中。涇渭交流通隴豫，華嵩雙柱鎮河潼。六盤濃樹承膏澤，一曲連營講武功。軍官七分校設王曲，陸大參謀班設韋曲。民族新聲同振響，復興寧讓古英雄。甯夏觀秦劇，演岳飛史可法故事。西安觀平劇，演陸文龍反金歸宋故事，慷慨激昂，均甚精采。

由甯夏飛陝西，先降寶鷄，再赴西安。

鐵鳥徂東踏寶鷄，長安城外着飛蹄。風雲挾策環帷幄，雷雨摇塵動鼓鼙。正喜將星皆拱北，行看落日漸沉西。華清池畔珍遊蹟，猛憶潛龍毒霧迷。西安參加軍事會議，並遊驪山浴温泉，導遊者引觀西安事變遺跡。

萬里翺翔指顧間，神州一角好河山。開邊雄武當師漢，絶域縱横尚識班。遠矚翻嫌天下小，壯遊吟向蜀中還。况隨師節青雲上，莫白頭顱任等閒。離西安飛經漢中返抵重慶。

題岳池樸園藏書

異域生還數已奇，經時尋篋得腴詞。伊江怒激恆河壯，又結文緣到岳池。
大喜樸園張樸學，廣搜名籍伴名山。神州劫火消沉後，定有靈光照九關。
古訓讀書原致用，藏書當讀更非虚。此中多少天人策，付與孫枝作壯圖。

遠征憶詠集王陽明先生句百首 有序

受命遠征，並肩禦寇，馳驅異域，戰伐無功。然整旅觀兵，洵國家之大事；交鋒破釜，念袍澤之精忠。况呼吸腥塵，沐浴蠻瘴，不有興感，曷以慰彰。余筆墨荒蕪，艱于握管，戎車栗陸，寧敢裁雲。惟嚮往先賢，覺嘉言之可借；詠歌斯役，倘往蹟之足徵。綴拾既成，媵兹絶句云：『舊瓶新酒還堪醉，古語今言可共鳴。正欲排胸澆壘塊，百杯到手意縱横。』題曰憶詠，亦紀實也。三十四年仲夏追記。

花事紛紛春欲酣，溪風林雪故争嚴。豈云薄劣能驅策，江漢滇池道益南。蔣委員長在訪印途中，自昆明傳來電訊，囑余赴重慶，將有遠征使命云。

慚愧年年草木新，乾坤何處更閒人。徂征敢倚風雷陣，萬里寧期尚得身。抵重慶，奉命組織中國遠征軍，訪晤美軍總司令史迪威將軍，籌赴緬甸指揮作戰事宜。

四山雲霧晚初開，況有良朋自遠來。莫道人爲無感召，月明壑底忽聞雷。東南亞情勢緊迫，英軍總司令亞力山大將軍來重慶，協商中美英三國聯防計劃，並請我國進兵阻敵侵入緬境。

戡亂興師既有名，海天波浪不須驚。雲端鼓角落星斗，草木蕭蕭動甲兵。我最高統帥立援盟友，先遣甘麗初軍入緬東佈防，杜聿明軍直趨緬南，發生東瓜之戰，卒遏寇氛，義聲遠播。

孟夏俄驚草木長，有如智者深韜藏。羣巒拱揖皆相送，攬轡登高望八荒。四月五日，蔣公率余等由重慶分駕三機飛經昆明入緬甸，降落緬北之臘戌，接受緬國政府及盟軍與華僑等代表之歡迎。

幽鳥歡呼欲問名，山花含笑似相迎。雲濤石壁深龍窟，鼓角猶傳草木聲。六日乘車赴梅苗，途中華僑迎謁蔣公夫婦，熱誠洋溢。

長夏全無暑氣侵，清溪曲曲轉層林。夜深忽起蓬萊興，來賞何人共此襟。梅苗避暑區甚深爽，緬甸總督夫婦迎宴蔣公夫婦及盟軍將領商戰略。

煙梯高接緯階平，絶頂樓荒舊有名。遼鶴不來華表爛，江流天地變秋聲。七日赴瓦城，一名曼德勒，地濱伊洛瓦底江東岸，昔爲緬京，皇城宮殿皆屬巨木所構，略同漢制。城隅旋塔高聳，盤級登覽，甚壯觀。

賀蘭未滅空遺恨，煙樹迷茫思不禁。山色古今餘王氣，此時何限故園心。蔣公登旋塔遠覽徐言曰：『瓦城形勢極似南京。蓋東北羣峰形似紫金幕阜，城北塔山峻逾臺城，西濱伊江則儼若揚子也。』然其深意尤在言外矣。

一宵心話更分明，膠漆常存底用盟。雷雨滿江喧日夜，峰頭戍角隱孤城。與史迪威亞歷山大兩將軍及其幕僚長會商戰略部署。

中宵翹首望三臺，萬里投荒不擬回。便與諸公須痛飲，依依窗月夜還來。約杜聿明甘麗初兩軍長商定作戰事宜，並撰告全軍將士書，中有不作生還之望，不作回國之想二語，以矢决心。

縱轡還嫌馬足遲，千山斜日度旌旗。荒夷未必先聲服，所過須同時雨師。巡察前線，晝夜兼馳，先後集官兵訓話，尤致意守紀立功、睦鄰愛衆諸點。

野老歡騰且縱歌，地形原不勝人和。眼前誰是補天手，五月南征想伏波。就梅苗設立長官司令部。

山勢須從遠望知，松杉陰霧捲靈旗。峰攢尚憶衝鑾陣，歲歲邊人賽旅祠。滇緬邊境多諸葛廟，民間仍流傳孔明擒孟獲故事。

每逢佳處問山名，風外時傳一笛橫。但在乾坤俱逆旅，壺漿遠道及從行。巡察所過每得華僑之歡迎及協助，中南部多粵閩籍人，北部多滇籍人。

投荒萬里入炎州，畫角中宵起戍樓。岩底獨行穿虎穴，執竿驅虎若驅牛。推進中部瓢背設指揮部，並赴前線督戰。

六月徂征非得已，歷危探險忘饑疲。從來勝算歸廊廟，忽見風雷起戰旗。平蠻納之戰，杜聿明軍甚爲得手，忽左翼甘軍右翼英軍均受敵，寇强壓後退，不得已作戰略轉進。

草露不辭芒履濕，沙溪馬渡水猶渾。須臾濁霧隨風散，一戰功成未足云。右翼英軍被圍甚危急，調孫立人師馳援，造成仁安羌之勝利，救出英軍，亡千餘人。

横空萬騎夏氤氲，日暮猶思絶棧雲。雲裏高厓微入暑，峰頭清嘯亂猿羣。左翼要點棠吉被敵侵入，急調戴安瀾師東向馳援，仰攻一晝夜，卒克復，厥功甚偉，美空軍陳納德將軍之飛虎隊亦來助戰。

千里故人誰命駕，天涯送爾獨傷神。從知歸路多相憶，又見峰頭上月輪。情勢緊急中，曾養甫兄來前方協助交通工程事宜。

自處豈宜同俗駕，三驅猶愧失前禽。草深石徑鼪鼯笑，月色高林坐夜沉。敵向兩翼入侵，臘虔受威脅，英軍增援不繼，節節後退，鐵路人員亦西撤，遂奉令向緬甸北部轉移。

堂堂正道遂生榛，心性何形得有塵。別去中宵瞻北極，他年還許上西鄰。參謀團林蔚文兄在臘戍主持，余率主力由瓦城沿鐵道及伊江兩岸節節阻敵，英軍向克來瓦撤退，從此分道矣。史迪威將軍决先入印度，洽商今後戰略部署。

卧穩從教波浪惡，任他風雨任他晴。地無醫藥憑書卷，種果支茅卻易成。英國在緬人員全部撤離入印，水陸交通全部瓦解，乃由印道西移，將重傷官兵安置於敏西鎮，託當地華僑照拂。

飲澗飛猱踔樹騰，高峰望遠亦時登。溪流九曲初諳路，入聖無梯出小乘。自敏西以西，跋涉高山河谷中，如作探險隊，三日不見人煙，不見橋楫，兩岸偶見小徑，土人乾季稍有往來，雨季則若隔世。沿河死木縱横，慘若枯骨，深林峭壁中猿羣呼嘯，聲極凄厲。夜就河灘露宿，蟲蟻多而巨。出谷見獨木舟，喜若慈航矣。

望迷孤戍暮笳聞，煙火行人隔遠村。恨煞妖魔圖利益，公然又盜隴頭雲。我憲兵因抬運無線電機落後，竟遭喇嘛攔劫受創，幸施智勇脱險歸來。聞英軍將校數人，途中被土人戕害。

窮探雖盡得幽奇，奇中之奇人未知。抛卻自家無盡藏，赴湯蹈火甘傾危。受傷官兵三百餘人，組成榮譽大隊，日隨余行，負米自炊，隔日勉可换藥，而身不落伍，口無怨言，真中華好男兒。

尚喜遠人知向望，莫將佳景復虚過。奇峰應接勞回首，碧樹涼風月下歌。隨行官兵千餘人，雖盛暑跋涉，而沿途互助，情逾手足。余每於晨間出發，或晚間宿營時，輒率衆唱國歌呼口號，講中國經邊定遠史話，以鼓勵之。

陟險寧辭鳥道斜，青崖缺處見人家。亂山高頂藏平野，尚恐兵鋒或濫加。土人皆居山頂爲村落，蓋山下有潮瘴之害也。

入舟暝色漸迷茫，猶有江花照野航。卻幸順流還易渡，晚霞會喜見朝陽。抵荷馬林略事整頓補充，適得電示，可向印境轉進。乃指示各部隊行動，余率總部乘更的宛河大竹筏而行。

天高雙櫓哀明月，猶道山神駕鐵船。萬里滄江生白髮，詩留佛壁作燈傳。筏遭擱淺，官兵連夜救治，翌日抵唐海登岸，再作西行準備。附近有佛寺。

慚愧維摩世外緣，萬峰攢簇競連天。正須閉口林間坐，明日相思隔隴煙。將離緬境前夕，宿一沙灘，雲幕低垂，風雷交作，官兵坐林莽中守夜，忽見雲罅透出孤星掛在樹梢，恍若心光萬里，胸懷爲之一壯。

窮途還賴此心存，飛鳥猶驚捲陣雲。昏黑更須凌絶頂，雨聲如瀉長平軍。大雷雨中攀登緬甸與印度交界之三四四零高峰，曾作詩告隨行將士。

遍歷青霞躡紫雲，銀河真自九天分。眼前風景般般異，蒼壁多遺古篆文。一入印境，便覺山容水色秀潔宜人，民亦勤於耕植，與緬境所見山莽水涸，民情迥然不同，此其分野歟。

客行日日萬峰頭，杞國何人獨抱憂。爲謝江南諸故舊，未將吾筆遂輕投。入印境三日，始生故國之思。

貔貅十萬騎連山，鳥道縈紆下七盤。雷雨驟開江霧散，寧知意外得生還。抵燕飛兒，此爲印東重鎮，英軍守將阿文將軍迎晤甚歡。余因訪魏菲爾元帥於此。孫立人師陸續到達，駐此三日，在仁安羌被救之英軍士兵重見之下，竟有感極而涕者。

舉目山河徒嘆非，細謀無計解重圍。何人真有回天力，雲外旌旗閃落暉。杜軍北移，已臨雨季，縱脱敵追，恐爲雨困，繫念難釋。

遍行奇勝纔經此，雨後憑高遠目開。天迴樓臺含氣象，題詩還愧謫仙才。抵狄卜魯加，地瀕布拉馬普特拉河畔，可望喜馬拉雅山。

丹心倍覺年來苦，魂夢還須到水頭。尺素屢題仍屢擲，空山惟見瘴雲浮。杜軍在緬北果爲豪雨所困，乃商於英美，派機偵察聯絡，設法投書安慰，並投米鹽藥物接濟。俞樵峰部長趕來協助，先後共投米七十餘萬磅。英美官員協助甚力，可感也。

摶風自有天池翼，下數天南百二峰。物色變遷隨轉眼，故山回首意重重。由狄卜魯加飛加爾各答，將赴新德里，參加同盟國國旗日紀念會。

卻笑相望纔咫尺，即時雷雨飛騰空。夢魂兼喜無餘事，突兀半遮天地東。飛行途中遇到巨風挾雷雨，機身受感，升降甚驟，搏擊聲尤凄厲，客有驚魂失色者，余閉目澄心，待之逾半小時，始漸復常。

四十餘年睡夢中，俯看傴僂誰争雄。客衣塵土終須换，海月凉飄萬里風。抵加爾各答，適雨餘頗有凉意。

客心聊喜困還亭。深愧壺漿父老迎。豈是人謀能妙算，從來天意亦分明。受加埠華僑盛大歡迎，僑胞見我小隊官兵尤興奮，大有不圖今日得見祖國威儀之感。

江闊千帆舞逆風，險夷原不滯胸中。須從根本求生死，鼓角聲迴滄海東。由加埠乘火車赴新德里，過恒河時，探首外望有感。

青山滾滾若奔濤，獨向鑾村坐寂寥。静後始知羣動妄，由來康節是人豪。讚印度聖雄甘地先生。

爛額尚慚爲上客，高堂四壁生風雲。險存道德虛天塹，絳蠟清酤坐夜分。六月十四日在新德里參加同盟國國旗日閱兵典禮，我官兵精神威武，步伐整齊，溥得讚譽。印度總督林里資哥特宴於北平樓，是晚印督大張筵宴，邀作上賓。

莫辭秉燭通宵坐，傾耳誰能辨九成。薜荔巖高兼得月，且乘明月醉沉觥。印度政治家尼赫魯之姪邀宴中美官員於其家。

宗國淪兮摧腑肝，高樓六月亦生寒。菁莪見辱真慚我，還解將心與汝安。晚會中有印度青年夫婦大學生慕中國革命大業，請介往重慶學習，或入中國遠征軍工作。余壯其志，慰勉有加。

歲月真同逝水懸，歸心別意兩茫然。相思不用勤書札，回首江西亦故園。答慰十九集團軍總部同人之懷念。

始信羊腸路亦平，萬峰雷雨洗回兵。狼煙幸息昆陽患，湖上羣山落照晴。返國述職抵昆明，詢悉滇西戰况已獲穩定，順遊昆明湖。

聞説東歸欲問舟，深慚經濟學封侯。炎荒萬里頻回首，諸老能無取日謀。回抵重慶，承各方關注極感，應邀作遠征報導。

生還且復荷栽培，天際層樓樹杪開。一夜洞雲眠未定，看山又是百忙來。述職之餘，奉命飛赴江西指揮作戰，蓋浙贛地區寇氛正熾也。

手持蒼竹撥層雲，夜月隨潮上海門。百戰西江方底定，東山休共凱歌聞。到達吉安，指揮旬日，幸告結束。

砧杵關河動遠愁，正憐白髮倚南樓。行藏無用君平卜，都付浮雲自去留。乞假返籍省親。

自是孤雲天際浮，此身浩蕩似虛舟。到家好謝二三子，微月初生亦滿樓。與鄉中父老歡談，承虎山公學員生闢校中第四層爲遠征樓。

眼底湖山自一方，長松落落水浪浪。夜憑虛閣窺星漢，誰信申棖未是剛。登虎山魁星閣覽遠，檢閲虎校學生軍訓。

本來無物若爲酬，何處僧房是惠休。兩竇高明行日月，曉天鐘鼓隔雲樓。過曲江宿南華寺，虚雲法師興復叢林，願宏力大。近又經始乳源雲門寺。

山寺幽尋亦惜忙，人情端合有炎凉。何時喜遂風泉賞，無奈官程促去航。重慶來電，敦促趕程。

晚凉庭院坐新秋，蠡測空懷杞國憂。飛鳥去邊懸棧道，五雲天北是神州。抵重慶，蔣公已赴蘭州，囑余亦隨去西北一行。

高懷想見少陵詩，正奈燕雲繫遠思。莫向人間空白首，平生忠赤有天知。飛機降落成都，因遊覽武侯祠及杜工部草堂。

馳驅此日原非暇，安得閒行向北來。卻憶征南諸將士，出入賊壘衝風埃。縈念遠征將士。

樓閣憑虚上界侵，未禁寒夜鐵衣沉。洪濤滚滚乘風勢，又動人間萬古吟。蘭州城北枕黄河，崇垣建望河樓。登覽壯闊。西北有鐵橋，雄視上游。

縈紆鳥道入雲松，想像丹梯下六龍。他日巾車還舊隱，此山殊不厭來重。遊覽東郊興龍山，成吉思汗靈移此。

關河北望夜蒼蒼，聖學宫墻亦久荒。公自平生懷真氣，霜前岩菊尚餘芳。呈吴禮卿先生忠信。

晚林雲石坐高凉，小閣藏身一斗方。猶記邊峰傳羽檄，飄然拂袖凌蒼蒼。贈朱一民長官紹良。

虛簷落日自生凉，不見堯羹與舜墻。身可益民寧論屈，空令多士笑王良。甘肅谷紀常主席正倫理頭苦幹。

奇觀江海詎爲險，下有馮夷百尺宫。霽月光風千古在，玉衡墮卻此湖中。由蘭州飛西寗，俯瞰黄河，曲折如神龍出没。環遊青海，瑰麗若仙女承盤。

欲决天河瀉上池，卻慚無術救瘡痍。若爲千古經綸手，一戰功成未足奇。空中遥望崑崙山星宿海，神思邈然。

世途崎曲盡羊腸，手握頑磚鏡未光。莫倚謀攻爲上策，極知充國善平羌。青海馬子香主席步芳政尚嚴肅。

山外鈴聲報使車，緣崗石徑入溪斜。保釐珍重回天手，雙闕鐘聲起萬鴉。遊塔兒寺，黄教主宗巴聖地僧徒甚衆，是日迎謁蔣公夫婦，禮儀極盛。

年來身跡如漂梗，異境人間得未曾。雪嶺插天開玉帳，乘風我欲還金庭。由西寧飛越祁連山，抵酒泉降落嘉峪關。

好山當面正如屏，多少高厓漫勒銘。星漢浮槎先入夢，翻從知見覓虛靈。登嘉峪關覽勝懷古。

論心方洽忽辭歸，情到方濃是險機。破虜玉關真細事，愁看天北暮雲飛。談新疆國際關係問題。

深山毒霧長陰陰，落日誰堪話此心。不信開雲掃六合，干戈塞上還相尋。由酒泉飛經武威張掖，越賀蘭山抵寧夏。馬少雲主席鴻逵圖治甚殷。

名亞匡廬卻稍卑，歲寒寧受北風欺。看君已得忘言意，此去還應自得師。綏遠傅宜生主席作義經邊有術。

漢將旌旗守北陲，至今風致後人思。華夷節制嚴冠履，祇是良知莫更疑。參加綏寧軍事會議，蔣公提示西北國防重要性及需幹才作遠大經營。

直躬更覺世途難，客鬢還羞鏡裏看。自笑半生行腳過，五雲飛處是長安。由寧夏飛抵西安，參加軍事會議，並遊覽西京勝跡。

才猷須濟朔方艱，絕頂深泥冒雨攀。猛虎踞崖如出柙，洪濤忽撞蛟龍關。胡宗南將軍負西北重任。

歸鳥長風隨所適，高堂大壁寒崔嵬。倚欄天北疑回首，羌笛三更漫自哀。由西安飛經漢中，返抵重慶。

淺夫未識徒驚詫，何事憧憧南北行。黄綺曾爲炎祚出，此身那得尚虚名。答客問。

衆議紛然反見迂，遠公學佛卻援儒。斯文久已無先覺，還戀山中木石居。余建議挑選精兵，空運印度，接受美國租借法案運抵印境之武器，充實遠征軍，爲同盟軍反攻緬甸之主力軍，奈爲淺識者所阻，良深浩歎。

不信人間耳盡聾，白眉之叟今龐公。老夫今夜狂歌發，碧海真成捷徑通。空運精兵一事再三陳述力争，卒獲通過。

艱難歲月兩侵尋，落落乾坤無古今。此去好從根脚起，青天白日是知心。飛昆明部署選兵空運事。

欲鞭風霆騎日月，昔賢此語豈無稽。年來夷險還忘卻，始信青宵亦可躋。十月五日飛越駝峰，抵達印度中部之藍伽遠征軍總部。

天涯相見二毛侵，巖虎歸時風滿林。心在夷居何有陋，日從峰頂一高吟。杜軍長光亭廖師長耀湘率部由緬北瘴雨重圍中出來，握手致慰。

秋來萬木發天聲，須信金砂九轉成。卑己尊人羞逞露，爲誰拈筆點雙睛。在藍伽與史迪威將軍合作整練部隊，中美雙方融洽，英方亦協助。

代檀長自愧無能，幾欲排雲尚未曾。九十九峰如夢醒，遠山真作玉龍騰。空運兵員由昆明飛丁江，展轉舟車，源源到達藍伽，官兵振奮異常。

一作甘霖遍天下，南來秋興未全孤。風雲慘淡半天地，要使吾心不負初。與僚屬作懇談。

俗人眼淺見皮膚，此語從來信不誣。久客已忘非故土，輿情三月或應乎。官兵初至印境，言語風俗隔閡，特予種種啟示，免除誤會。

莫陋夷方不可居，昔賢取善及陶漁。蠻煙瘴霧承相往，此日斯人亦起予。訪問當地民衆，增加中印友誼。

地遠不須防俗駕，溪清真可鑑秋毫。相過未盡青雲話，獨立斜陽首重搔。當地藩王柬邀中美英三國官員至其藩邸歡宴，席間極稱中印兩國兄弟情誼之可貴，與美國自由民主風尚之甚美，演詞甚富民族意味，有諷刺英國之言。但在座英人坦然笑承，亦可怪已。宴後導觀邸舍，壁間油畫均繪述其祖先當日與英軍作戰經過及敗屈史跡，爲之肅然。

山石七區古轍痕，西風吹散錦溪雲。潛魚水底傳心訣，夢想當年亦自勤。訪問釋迦勝地，考證唐玄奘當年入印取經事跡及途程。

漫提三尺浄風塵，涉想形容恐未真。勳業已辭滄海夢，未論黄閣畫麒麟。挽戴師長安瀾殉職緬北。

俯視氛寰成獨慨，此心唯有爾能知。吾行久矣將焉禱，南八如生定有爲。悼梁副參謀長啓霖緬北棠吉戰役失蹤。

滄海浮雲悲絶域，誰能視死似輕塵。高歌度與清風去，下拜春祠薦渚蘋。在藍伽勘建中國遠征軍陣亡將士公墓及紀念塔，余挽之云：『摧頑倭之兇焰，解戰友之重圍，赴義竟捐生，壯哉大智大勇。揮日月而長征，挾風霆而怒吼，反攻終奏捷，允矣成仁成功。』

石門遥指白雲生，棲鳥空山時一鳴。欲寄愁心無過雁，封書煩慰倚門情。即景述懷。

景多還擬作詩酬，雲裏軒窗半上鈎。吾道羊腸須蠖屈，人間隨地可淹留。承阿文將軍邀閲軍並遊覽風景，見古榕蟠結，勢若飛龍，廣蔭十餘畝。

此日重來眼倍清，忽看廢葉起秋聲。也知造物曾何意，千古新亭一愴情。重到加爾各答，遊覽附近勝跡。

地缺東南著此亭，酒邊孤興晚堪乘。開軒掃榻還相慰，欲話前朝不忍聽。受孟加拉省行政長官歡迎，鴉片之戰粤大砲被拆列此。

百戰自知非舊學，徙薪尤覺費經營。同來問我安心法，猶向千峰夜度兵。積極整軍，策劃反攻。

野燒峰頭處處明，四山雲靄忽然生。松風不用蒲葵扇，殘暑須還一雨清。先遣小隊進入緬北活動游擊。

元旦立春新約告成，全民歡慶，敬賦律句獻呈國民政府主席林公　三十二年

九億眉頭喜氣伸，歲朝雨洗積年塵。身修有道當爲國，己立能强始及人。新約幸完平等願，舊邦欣迓自由春。中興初上明良頌，笑看梅開五福臻。

和陳孝威先生獻美國羅斯福總統詩

嗤他海怪欲吞舟，擾擾風雲遍五洲。黑浪掀天渠詎悔，白宫決策衆稱優。同燔赤幟操全勝，共取丹書寫自由。佇待收兵盟萬國，其人其事足千秋。

賀陳樹人先生六十壽

廉讓原從澹泊生，喜看石壽與松貞。吟詩作畫猶餘事，一寸心光萬里明。

湖寮羅氏族譜編纂五載，始獲觀成，敬賦二詩祝之。是役也，杏村叔祖之力，有足多焉

受姓分封肇祝融，椒蕃蠡衍溯珠公。豫章大樹參天秀，棟國幹家仗孝忠。譜系溯源先世宋末由贛南遷閩西再入粵東。

六百餘年此萃居，今朝譜系始成書。治平端賴修齊好，明德新民樂止於。吾邑羅氏總祠名明德堂，吾居祖祠名至善堂。

虎山公學五週年紀念日，無可贈獻，特集王陽明句寄勉員生十首

檻外青山翠作堆，更多修竹好銜杯。臨風無限停雲思，何處嚴光有釣臺。

虎溪春寺入煙霏，回首諸天隔翠微。何日扁舟還舊隱，江雲先爲掃漁磯。

久奈世儒横臆説，何當一掃還吾真。知君已得虛舟意，會看春風萬木新。

正思講席諸賢在，棲鳥枝頭説道真。萬理由來吾具足，漫從故紙費精神。

野情終是愛邱園，莫道青山不解言。鄉里正須吾輩在，可憐絶學已多年。

欲將點瑟攜童冠，此意年來識者稀。賢聖可期先立志，還誰一語悟真機。

静餘孤月湛虚明，不妄由來即性情。淡我平生無一好，故園風竹夢魂清。

末俗澆漓風益下，自將聞見苦遮迷。祇從孝弟爲堯舜，堯舜人人學可齊。

誰人不有良知在，此是乾坤萬有基。信步行來皆坦道，解纓隨處濯清漪。

卻慚塵土負虚名，旋凱須還隴上耕。夜半峰頭掛明月，龍潭更比舊時清。

賀鄒海濱先生六十壽　三十三年

有志如公事竟成，獻身革命矢精誠。直從黨國披肝膽，偶寄詩文見性情。雨化菁莪歌令德，環遊瀛海動高名。江山不老春常住，正好澄廬草木榮。先生著作有《澄廬詩文集》。

樂幹十二詠　有序

奉命在桂林主辦幹部訓練團及籌劃新裝備部隊之督訓事宜，均與美軍合作。此地風光儘多佳致，其間或跡之天然，或屬之人爲，或原宿構，或係新興。名者余仍之，闕者余名之，得景十二，分詠以詩。桓桓多士，丁丁盟友，其於精神上之陶冶，當有少裨云。

水繞山環樂幹邨，揆文奮武斡乾坤。軍容豈讓春容盛，困膽何如赤膽温。攜手同盟堅陣線，並肩作戰勵盤根。殲倭救國吾儕事，細柳營開大樹尊。樂幹邨。

鐵崖石室豁然空，可是媧皇斧鑿工。四面煙雲齊擁護，八方風雨會交融。地因人傑鍾靈氣，天與英豪助戰功。洞有奇書應細讀，復興大業蘊其中。復興洞。

危亭孤聳插蒼穹，五嶺峨峨指掌中。登頂一呼天下應，昂頭四顧衆山崇。風雲動蕩看奇變，河嶽英靈仗反攻。東望紫金山色黯，收京撥霧誓精忠。中山頂。

維石巖巖介以貞，排空萬劍儼于城。虛懷若谷長容衆，舉足登壇合點兵。到此洞觀新戰壘，深知決勝大棋枰。中宵起視青天外，星斗羅胸月正明。介石巖。

相思江上風光好，綠漲平添爾許深。省識同舟能共濟，羞稱遊子祇行吟。有如此水祖生楫，何以家爲漢將心。百折千迴終到海，竚聽鐃吹挾潮音。相思江。

桓桓都護魯陽戈，韜略餘閒入社多。抵掌縱談皆樂幹，中心生活互調和。如雲意氣聊尊俎，落日情懷閃太阿。國際家庭春滿座，臨風齊唱大風歌。親愛社。

男兒祇合沙場死，取義成仁代價高。七尺昂藏封馬革，一腔熱血寫龍韜。魂攜正氣殲倭屐，塔聳孤芳痙戰袍。憑弔國殤資永式，摩挲石碣數雄豪。成仁塔。

偶從寧靜得安居，胸次層雲任展舒。九合聯盟堅自信，一匡抱負繫公餘。元戎啟示基原則，大學開章貫止於。兵法至精涵哲理，故將能定識吾廬。能定廬。

小立重湖碧水澄，象徵日月注雙晴。化龍未肯輸雷煥，飲馬當前有灌嬰。虹氣貫流新血液，冰輪照澈大光明。休言吹皺風多事，留卸征袍洗甲兵。日月池。

噴薄龍雲嘯虎風，嚴如扃鑰擁關雄。彈花似浪傾三峽，草木皆兵望八公。萬壑雷鳴争應捷，羣峰戟立競從戎。漫云厓澗難施展，出谷爲霖百卉融。風雲峽。

鵬摶有路此高翔，鐵翼垂天控莽蒼。俯瞰關山無險阻，横飛雲海付迷茫。狂轟彈雨降櫻島，鼓舞雄風固圉疆。功紀凌煙推第一，凱歌聲涌太平洋。凌空路。

一聲號令奮春雷，指點雄圖八陣開。君子六千堅沼誓，健兒百萬捲濤來。遠征鼙鼓同心奏，嚴整戎衣主力培。他日論功酬汗馬，相看姓字寫雲臺。司令臺。

三月廿二日招宴抗宣九隊暨新中國劇社男女同志三十餘人，歐陽予倩、田漢、胡蘭畦、吕復等均在座，賦贈四首

一峰獨秀衆星明，執手重逢八桂城。有國艱危憑創造，無家歌哭任縱横。雄獅指日平倭虜，燕子尋春識女兵。甘苦自知何用説，戰場樂府播新聲。

等閒莫負此良宵，願與諸君醉百瓢。酒膽信能掀戰壘，詩情直欲隘層霄。西行徒愧長征客，東去先吟克敵謡。正是湘灕同一派，奔流入海起狂飆。湖海高歌氣尚遒，藝壇三十六春秋。無妨今夕呼前輩，端好同舟競上游。努力消除天下劫，現身説破衆生愁。明朝共覽東南勝，笑著吟鞭一豁眸。翻江倒海寇氛狂，嘉定城西語未忘。謂我從容摧敵燄，喜君慷慨入戎行。柔腸消受千鍾酒，壯膽溶成百鍊鋼。誓把河山重鑄造，中興義氣自飛揚。

附田漢和作

江山畢竟異南明，菊部如雲聚桂城。直待馳驅隨定遠，豈徒歌哭慕田横。七年備歷千般苦，一隊真同十萬兵。何日大軍齊破虜，鄱陽湖畔舉新聲。非常時節可憐宵，又與將軍醉百瓢。走筆尚能吞敵寇，高歌争欲裂雲霄。十年教戰兵家法，三户亡秦楚國謡。今日危機同昔日，各抛心力起狂飆。兵火倉皇氣概遒，外岡回首幾春秋。愧無著作追莎氏，差有心腸似陸游。血熱不緣千斛醉，鬢斑寧爲一身愁。何當載酒沿江下，再到尖山一縱眸。東西羣盗勢猶狂，太息神州半健忘。逐利最傷蠅滿地，憂時同有淚成行。横流未必迴輪轍，艱苦翻能鍛鐵鋼。且與將軍拼一醉，落花春雨正飄揚。

附柳亞子和作

詩篇酬和眼能明，叙滿高樓燈滿城。霸業錢鏐詎羅隱，壯懷劉季遜田横。吴淞秋老晨殲敵，灘水春深夜論兵。絲竹東山裙屐好，幾時聽唱凱歌聲。

相思江畔度寒宵，負我尊前酒百瓢。此日又虚陪末座，新詩空唱入層霄。仲家豈應當塗讖，楚國争傳篝火謡。擲筆書生原自負，登壇會見起回飆。

風雲才略汝能道，卅載嬉春變早秋。鏡裏頭顱亡士老，夢中髀肉少年遊。麻姑桑海空留命，子厚詩篇未破愁。剩粉殘脂雄鬼血，懸門曾記抉雙眸。

窮途殘寇尚能狂，便欲懷安意豈忘。江左旌旗猶變色，海南島嶼儼成行。要看民氣成山嶽，纔許軍威鍊鐵鋼。失笑老夫慳醉飽，愁邊心事尚飛揚。

桂林山水自昔著稱，余兹來主軍鐸，公餘暢遊，評爲峭潔。但愧筆拙難狀，因集陽明句詠之十首

頻年馳逐事兵革，塵土聊乘半日閒。此地從來山水勝，宛然風景若瀛寰。

磅礴扶輿元氣鍾，羣山萬朵玉芙蓉。城隅碧水光連坐，翠壁丹書尚有踪。

樹裏茅亭藏小景，碧山重叠畫圖開。風光於我能留意，晴日須登獨秀臺。

山有洞兮洞有雲，不教猿鶴更移文。我來鋭意欲一往，暗水穿花石溜分。

閒觀物態皆生意，就攬春雲結小齋。碧水蒼山俱過化，化工無乃太安排。

工夫原不在陳編，兩字良知是口傳。欲識渾淪無斧鑿，試看何物是青天。

世味知公最飽諳，卻逢人事偶相參。時方多難容安枕，歸卧楓堂夢石龕。李菘圃先生居此常過從。

憂時漫作中宵坐，乘興相尋陟萬山。四顧峰頭盡落日，世情平地猶多艱。

每逢好事談奇勝，遊興年來獨未消。天下名區皆一到，安排春色候停橈。放舟灕江，暢遊陽朔。

澗草巖花欲鬥纖，今宵風月好誰談。白鷗亂浴清溪上，門外羣峰玉筍尖。

抗戰七週年湘戰甚劇

三三七七七週年，七澤三湘戰火延。誘敵不妨三舍避，縱酋也應七擒先。能穿七札除三猾，欲格三苗撫七絃。三户亡秦終復楚，好齊七政麗中天。

復興關 闗下設訓練團。

高踞山城最上頭，雄關豁眼霽光浮。誰從活火烘爐裏，冶得精金鍛爾矛。

樂　觀

崎嶇世路險難名，人海風濤更可驚。自有安心立命法，樂觀奮鬥坦然行。

受命編練十萬青年，組織青年遠征軍，元旦成立，賦詩二章 三十四年

國計民生繫念深，每逢新歲託新吟。今年樂事抬頭幹，成語埋頭苦幹，余今反其意曰抬頭樂幹。掃盡蝦夷起陸沉。

十萬青年事遠征，乘風破浪斬蛟鯨。臺灣收復東京陷，洗甲重洋宴太平。

《龍鳳月刊》題詞

龍驤鳳翥新天地，俯瞰人間大戰場。萬象包羅齊蓄力，復興序幕此高張。

五十初度示訓練團及總監部同人二首

雖曰知非尚許狂，丹忱似鐵鑄剛腸。吟摇海嶽詩無敵，氣挾風霜劍有芒。青眼廿年餘赤膽，朱波萬里憶紅妝。壬午生日在緬甸事。春籠細柳花生樹，頗愧尊開緑野堂。

雷雨連宵洗萬愁，此身真欲障狂流。張弧射日沉滄海，伸手拏雲觸斗牛。眼底崢嶸期後勁，胸中憂樂接前修。朋僚好共攻吾短，佇放祥和曜五洲。

分赴各地校閲青年遠征軍，各繫以詩得六首

一聲號令若洪鐘，萬壑争鳴遠近從。地湧風雲騰士氣，天教熊虎壯軍容。璧山陡起嵯峨勢，綦水瀾翻江海洶。指日誓師參義戰，書生韜略已蟠胸。璧山第二零一師，綦江第二零二師。

長江日夜向東流，莫訝旌旗擁上游。兵勢嚴連三峽險，軍聲横撼九州愁。伐謀尚有平戎策，投筆當追定遠侯。十萬青年俱健者，鞭山摇海吼貔貅。瀘州第二零三師，萬縣第二零四師。

革命精神貴自强，健行不息勇知方。倭軍氣已瀕衰竭，盟國威看正發揚。都作反攻新戰士，當争勝利首開場。薰風時雨南來便，莫負今朝好武裝。貴陽修文第二零五師。

漢王舊是斬蛇郎，李廣微時射虎狂。地固有靈人屢傑，世遭劇變史重光。心書尚在思諸

葛，兵法翻新隘子房。繼往開來從此始，桓桓奮發北方强。漢中天水第二零六師。

愛國青年最熱誠，從軍發軔在昆明。當時西出參邊戍，今日東行亦遠征。莫怨無衣情益奮，須知有志事終成。乾坤扭轉看吾輩，矯矯前驅劍欲横。昆明曲靖第二零七師。

東南巨浸欲稽天，賴有羣英障百川。手挽狂瀾成砥柱，心馳窮島闢桑田。盟軍夾擊當呼應，倭寇投降莫惜憐。來日斯民登衽席，東征鼓角又闐闐。東南地區第二零八師及二零九師。

江行過涪陵忠縣，贈同舟饒聘卿前輩暨錢光中女士

涪上詩翁稱健者，忠州淑女顯英豪。江山助我生吟興，笑看桃花點戰袍。

青年軍第二零五師分駐修文貴陽訓練，因檢閲部隊，得遊修文縣城，謁陽明祠訪陽明洞及附近勝景，爰集王陽明句留題十首

長江東去正無窮，行脚何緣到此中。澗壑風泉時遠近，旌旗曉拂陣雲紅。

我亦經過一駐兵，競搜物理外人情。石門遥鎖陽明鶴，古洞幽虚道意生。

蹊路高低入亂山，近聞苗俗化衣冠。甲非乙是君休問，翠竹黄花好共看。

客來繫馬解衣裳，應説陽明舊草堂。坐起詠歌俱實學，夜深虚白自生光。
未會性情涵泳地，卻於何處覓知新。千年絕學夢塵土，敢謂心傳啟後人。
莫道聖門無口訣，良知即是獨知時。不離日用常行内，痛癢何須更問爲。
餐霜坐雪金剛身，俎豆猶存畏壘民。夜擁蒼厓卧丹洞，此中豪傑定誰真。
山城高下見樓臺，六月深松無暑來。登陟未妨安石興，青天飛瀑瀉雲雷。
丈夫落落掀天地，猶自中宵煎百憂。濡手未辭援溺苦，暫時邊將駐南州。
萬化根源總在心，人人自有定盤針。天應爲我開奇觀，秋虜强王漢水陰。

修文閲軍謁陽明祠

公到修文開教化，我來閲武事征倭。收京渡海平三島，他日軍聲報凱歌。

貴　陽

一水清流穿市過，四山蒼靄撲城來。貴陽今日真堪貴，鎖鑰西南起蟄雷。去冬敵由桂湘分路犯黔，迫近貴陽，陪都震動。我軍憑險峻拒，轉危爲安。

前歲遠征，縱橫緬印，履艱蹈險，未暇吟歌。兹集王陽明句追述其事成百首，不啻快飲百杯也

舊瓶新酒還堪醉，古語今言可共鳴。正欲排胸澆壘塊，百杯到手意縱橫。

校閱女青年軍總隊

易釵而弁氣如雲，要與男兒共立勳。亦有心期馳萬里，今朝權領木蘭軍。總隊長陳逸雲女士機敏幹練，才調縱橫。

八月十日各報號外宣告日本已向同盟國無條件投降，即改杜甫『劍外忽傳收薊北』詩誌喜

號外忽傳收戰果，果然倭寇已投降。數千盟友環城舞，百萬軍民動地狂。壯士高歌兼縱酒，同胞約伴好還鄉。豈徒東下看巫峽，更慶蘆溝復瀋陽。

還粵主政四首　有序

抗戰勝利受命主粵，八年浩劫，滿眼瘡痍，補屋牽蘿，時懷儆惕。中秋節由重慶飛返廣

州，雲山朗豁，珠海生輝，又覺有清光大來之象也。

廿年戎馬愧無文，方面南歸駕白雲。耳目一新天地泰，欣看珠海起氤氳。
越秀山前喜受降，黃花崗上黨魂香。一匡九合功初見，祭告同登國父堂。
家山八載苦風波，父老相逢忍淚多。當盡歲時牽補力，政通終是仗人和。
五嶺煙塵一掃開，中秋圓月伴余回。好將今夜清輝色，照徹乾坤再造來。

書生

書生戎馬久經過，廿載黃塵事止戈。出戰恒呼破陣子，填詞喜作定風波。民無奢望煩苛少，政有新猷建設多。休養從今期孳息，牛羊桑柘問如何。

答訪香港總督夏慤爵士，並參觀英海陸空軍

雨洗乾坤自有真，鵬飛龍躍陣猶新。威儀嚴整能增誼，樽俎雍容倘可親。雲破終還珠浦月，花時應返海陵春。吾民吾土分明是，慚愧今來作上賓。

出席青年團二全大會於廬山　三十五年

一扭乾坤光禹甸，八方風雨會廬山。同心伸出拏雲手，李賀句云：『少年心志當拏雲。』創業開天莫等閒。

中秋夜含鄱口賞月

百戰河山卒我還，遂教黄冑破愁顔。勞人獲覩含鄱月，安得中秋歲歲閒。

國民大會閉幕獻詞

制憲經天業，四旬而舉之。順成三讀會，欣奠百年基。濟濟謀皆善，喁喁治可期。行兮遵大道，攜手赴明時。

附記

本集編稿已竣，置之書架，于役南北，幾忘之矣。忽一日青田朱全性兄見之，願協助付梓，且親任督印校讐之勞，卒獲出版，盛情至可感也。特綴數語於此，用誌謝忱。

三十七年七月慈威附記

長毋相忘詩詞集

王陸一

重印王陸一《長毋相忘詩詞集》序

一九五五年夏，在臺北得王陸一《長毋相忘詩詞集》，爲張庚由西安編印本； 同人喜甚，謀重印焉。 江君絜生舊與陸一爲文字交，請其校定，將付印矣，忽失去。 一九五七年又在友人處得一本，絜生校后，又遺失。 此爲劉君光斗所藏，經年始印成，即此證明陸一之詩，愛者廣故藏者多，必傳之作，終必傳也。

余識陸一在民國八年，時陝西靖國軍已在危急之時，總司令部忽得一有天才、有思想，而兼富文學修養之青年記室，天之所遇靖國軍者亦厚矣。 民國十三四年，陸一留俄，知識日廣，作品日肆。 余爲援陝事亦入俄，由蒙古歸國，而以道路不同，頗爲間闊，對其進益不知也。 及民國二十年左右，陸一編余詩，始發見有懷陸一之作，余亦發見陸一長處，能鎔鑄古今，激揚時代，甚矣文學家之難得，是天之所特生而偶一合者也。

民前余辦民立報時，遇一徐血兒，後爲報界特出之人才。 靖國軍戎馬倉皇之際，得一王陸一，等於在胡景翼、張義安、董振五戰將之外，又得一戰將，世人傳爲美談。 徐王二君，皆以熱血青年，欲投身大時代，其生命之源泉，偶然與余匯合，而波瀾壯濶； 其生命之火花，偶然與余相擊，而光芒照世。 是天耶人耶？ 然余負二君多矣！ 余輓徐血兒詩存集中，所謂民立七哀。輓王陸一聯曰：『心肝已碎難爲補，文字無靈且自寬。』今日之心境，猶前日之心境也！

一九五九年七月十日　于右任

詩集

三原王陸一撰　涇陽張庚由　合肥江絜生輯

總理奉安哀辭（應中國國民黨中央執行委員會徵選之作）

廣道兮填填，哀吹兮極天。日月兮時邁，靈輀兮既還。肅奉安兮國父，動萬衆兮號攀。森全史兮象設，愴若失兮羣顏！謨動兮日昃，逝景兮何迫？遺命兮諄勞，黨人兮式則。四十載兮胼胝，奉興繼兮有責。致心力兮陳辭，天青青兮日白！崇闕兮崔巍，隧寢兮邅迴。萬歲兮永閟，臨禮兮崩摧。駢千塗兮會葬，穆奔赴兮雲雷。惟精神兮不死，見天地兮昭回。

唐園題壁（民國九年三原作）

中原誰使見降旗，問壁呵天意絕癡。遂令人才歸赦後，相攜名字到平時。棘門一旅兒嬉耳，漢上諸姬楚盡之。碧血繁花征戰地，臨風指點不勝悲。

慟哭黃台淚已枯，河山無恙孰歸乎。人從郭泰危鉤黨，世使酈生號酒徒。陌上漸多花側媚，樽前寧耐語模糊。潮音驀聽勞耕好，人意春風到緑蕪。

哭于鶴九先生（民國十年）

先生爲余外舅，遇難後年餘，乃得哭於墓次。哀詞三首，竊欲髣髴先生生平。

門庭郄鑒失尋常，敢爲人間友道傷。滕國尚能容許子，夥頤初未負陳王。十年戰伐生豺虎，萬死煩冤愬鳳凰。痛苦新墳增尺土，嵯峨山色太沉荒。

五步相持勢且休，唐睢一怒失回頭。人皆欲殺何須罪，智不侔時合見收。絶調竟爲山鬼賺，遺文空剩故交求。即今揮劍臨危處，萬木號風戰烈秋。

血點斕斑跡未平，情馳知己禍偏攖。人難死後争爲友，世論生前太不情。邑里始應知教育，肝腸終被累才名。事關天壤孤軍命，不獨西州有哭聲。

經敵陣至武功行營（民國十一年）

垂危抛病母，伏地一長號。此淚終天別，横心百楚遭。倉皇從間道，險阻望金弢。問訊軍中使，陰雲入陣高。

教稼臺空在，周原久輟耕。壺漿隨一旅，煙火賸孤城。幸續遺民命，還依上將營。弓衣潛出涕，月色轉危旌。

陝西靖國軍諸將持義不卒，勢將瓦解，書憤二首

悵望軍門日已昏，天心人事兩難論。羊頭有地容新貴，馬鬣何年弔故魂。秋草夕陽明劫火，平沙軹道送蹄痕。早知秦士終迷惘，兼併餘威固尚存。

莫訝高歌變徵聲，丁年冠劍自崢嶸。牽機尚賜降王長，輿櫬寧寬孺子嬰。根本已難遮百口，蒼黄猶欲浼同盟。誰摧革命將成業，愧絶南天有義兵。

淳化方里鎮宿外舅于公鶴九兵營

故山巖壑苦相招，住與梅花近此橋。河水澌冰思履虎，霜天和雪冷盤鵰。縈迴磴道窮幽險，歷落潮痕認漲消。暫許投荒成獨嘯，人間音息總無聊。

鳳翔兵敗，隨右任先生間道走隴上作

隴頭流水欲何歸，惆悵孤軍願竟違。始計遺民終粒食，頻勞上將撫戎衣。馬嵬鼓角方聞戰，鳳郡營屯痛解圍。天壤自存心力在，山河回首未全非。

天水道中

渭濁尋源渡，山行路更長。水聲喧亂石，人意得平岡。往事成豪放，前途亦邈茫。隗囂宮在否，城邑莽蒼蒼。

徽縣將之碧口

麻鞋南去蜀，杜子此曾行。野渡歸樵唱，村旗落雁聲。劍關天失險，秦塞事還平。更泛嘉陵水，蓬舟兩槳輕。

靈臺夜發

鈴鐸相聞月尚斜，兩三星火見人家。盤空瘦馬驚難定，破曉啼鵑聽亦差。失路心親緣岸柳，避兵行倦故山花。年年西北無端淚，持與生民應有涯。

嘉陵江中滯雨，上下四方皆水也。夜深右任先生與同行諸友均念李春堂參謀之死，同爲淚下

浪撼空江意未平，江雲如墨逼船生。夜深感事兼懷友，聽盡孤篷急雨聲。

度　隴

策馬荒山强自寬，重圍初出路漫漫。時經喪亂逢人怯，書寄平安著語難。百戰舊疆迷曉月，萬家新穫擁晴灣。柳陰牧笛横吹好，六郡材良氣豈殘。

將近天水，白玫瑰花夾道盛開，好香卓越，騎次口號

山花三百里，行路裊青枝。下馬眠香雪，鳴禽唤客時。

清水宣化岡道中

層樓霜堊鬱岧嶢，遊牧東來事已勞。淺草平沙牛馬過，孤城斜日隼鳶高。自爲生活安羣族，追惜夷傷有二毛。偶向居民問遺事，尚餘風俗種葡萄。

函關西發

從亡何意竟生還？閉道崤西晚度關。亭障風雲千里際，人家離亂十年間。河沉牧野無秋色，山聳潼津有客顔。舊是鼓行東向地，即今成毁事方艱。

海參崴登陸，入俄疆矣

鎖港歐西困百年，極荒馳驛水雲邊。雄圖鐵軌東通海，絶險冰層北竟天。萬派繁星山市火，四圍濃墨估船煙。入疆砦壘成憑弔，兼併餘威一憮然。

過尼布楚，舊有中俄國界碑，今廢矣

多事分疆域，巍峨國界碑。勒文諸體異，遺蹟百年悲。牧馬今無禁，盤螭昔屢移。籌邊封冒頓，太息尚羈縻。

經烏拉山入歐洲境，山下爲革命軍誅俄皇處

烏拉山頭路，蒼松舊戰場。聲非呼萬歲，勢且動危邦。試取獨夫首，先爲天下倡。可知民有怒，撼嶽孰能强。

西伯利亞道中譯歌

朝渡黑龍江，夕至烏蘇里。可憐古時月，千里相思死。

停車自汲水，天寒冰不化。君心不可知，松枝不低亞。

柏枝焚更香，松枝焚耐久。耐久終作灰，相思亦何有。

過黑龍江橋入俄境

萬里平原振北風，輕車如夢入俄東。雄關時已輕山海，界國江猶號混同。分野人耕新授地，黏天草没舊離宫。行歌相答勞勞者，莫逆飈輪小駐中。

車中

雪野連車語細聞，相思知隔萬重雲。閒支月苦霜凄夜，不怨梅花忍怨君？
輕輪載夢碾寒衾，夜漸迢迢月漸陰。恰看火花飛繞路，一隄煙襯草紅心。
何處紅樓静遠燈，玻璃寒透一層層。分明窗上冰花濕，結得同心字可曾？

朝鮮海峽贈同舟韓人（民國十四年十月）

樓艫横東海，鯨鼉接浪來。還因三島近，轉爲一韓哀。地氣終難屈，天容鬱未開。白山終日望，禱爾國魂回。
昔聽箜篌引，蒼凉唤奈何。連波侵海岸，聚鬼瞰山阿。國已東其畝，公毋北渡河。至今箕子國，猶動黍離歌。

水湧憎戀起，因人感廢興。情親稱上國，淚盡指諸陵。白袷遺民服，青燐照海燈。寶刀持共視，珍重渡滄溟。

莫斯科感懷（民國十四年十一月）

我欲臨高臺，高臺多悲風。山川日慘厲，何以慰孤衷？陰雲西北至，仰首與之逢。委衣坐塵埃，荆棘當我胸。當胸不可觸，觸亦毋怨恫。嵦嵦金鵲山，鬱鬱沙皇宫。高枝守殘雪，凄清聞禱鐘。故疆始遼廓，念我來時踪。北荒冷酷地，氣寒無春容。同根不同葉，草木何葱葱？斜陽散工徒，舉酒黄不濃。昇平太平世，遠想心爲忡。何當來暖流？入境今融融。耿耿倚孤衷，哀哀進命違。受恩念未報，前路當日稀。行役云有分，不得中顧私。壁爐凍不焰，寒雲愈低垂。同情復同情，無情能爲誰？仁民愛物意，即此一推施。任爲世所遺，此心當有歸。

鴻鵠初遠飛，飄風鍛其翼。哀鳴落大野，痛此盤旋地。矰繳雖未逢，已失寥天唳。我欲戀故鄉，胡爲至於是？嘉樹珊瑚果，黄花得新憩。水杉木屋陰，相與歡然聚。嗟嗟異言服，知察淵魚志。願持光明心，八表瞻依至。

悼李君春堂。君死陜西靖國軍之難已三年矣（民國十四年十二月）

李君死難前，遺我一紙書。我適赴西師，未知書何如。惟聞持大義，軍中定策殊。皎皎獨難潔，况欲救兵符。以此惡主將，狙擊不須臾。傷心高陵會，東門無回車。我時奔喪歸，匍匐望靈輿。殯道下慈櫬，恨不身與俱！墓門懸血淚，有生痛不渝。此時天地隘，麻衣無一隅。割恩去故里，周原趨薰荼。危城繞重敵，急難寧趦趄。與君阻魂魄，明君辛苦圖。所哀魯橋路，白楊千萬株。悲風作急響，孤墳草日蕪。數年不夢君，知我念君疏。濃雲會窮北，新羣始驚呼。朗朗照故國，君心猶有餘。

王君榮霆爲革命死西安，蒼茫生念（民國十四年十二月）

燕人王榮霆，慷慨多奇節。奉命靖國軍，死矣長安烈。長安一杯酒，倉猝照顏色。關中苛政猛，苦戰驅民賊。嬰城發大難，事敗禍旋及。朋黨瓜蔓盡，破柱難相匿。我走三原軍，青旗隔渭北。敝廬籍没去，痛得君消息。骸骨不可收，三年化爲碧。數數問寧河，未得君家邑。蒼茫故國心，月色皓不滅。

莫斯科送趙文炳張庚由兩同學歸國（民國十五年三月）

春風吹綠行道樹，送君復向來時路。趙君慷慨歌隴頭，隴頭流水不可住。張君年少美豐骨，萬里之行棄不顧。誰當含忍學相跡，挾策俱亡求寐寤。鼻息人間動鼉鼓，此意堪哀獨何故。出入不言復不辭，山川大國生芳露。

莫斯科春感

春盡俄疆草未青，但餘人與慰飄零。相持一掬瀾翻淚，不似當時獵五陵。散盡年時載酒徒，青袍如夢一驚呼。梨花釀熟橋頭路，記取重歸認綠蕪。

烏拉山頭之歌

海陸一月道，漸入歐洲境。泠然御長風，山川日以敻。松杉萬里樹，夾路參差影。板屋亂心曲，況乃霜雪緊。努力當行邁，遂登烏拉嶺。山洞四十餘，冥行只一瞬。感此懷故國，陰晦千年永。昨者經赤塔，内戰復聞警。我聞此嶺下，俄皇就誅殞。前事爲之防，民生耗已閔。革命大仁勇，天下赴平準。遺教何諄勞，黨命矢無隕。嶺頭一高望，皚皚雪猶賨。慷慨動嘯歌，天地爾自冷。

右烏拉山頭之歌，民國十四年作於西北利亞車中烏拉山下，即俄皇尼古拉斯第二被革命軍執治處也。山下松杉億萬株，鐵道繞山行，又鑿洞四十餘以通車。山迤東爲貝加爾湖，風景絶佳，産玲瓏小石，行人多擕取作紀念。烏拉山石亦瑩緻有美澤，山中人以之製諸雜珮，殊可珍愛。

歸國十首寄上右任先生(民國十六年)

陰雲急雨裂層衣，相送諸人涕共揮。握手苦云須努力，撫心前路願無違。遺行刻骨頻哀悔，積羽沉船果是非。一哭縱聲今返國，此行何處始爲歸？

草草離觴向晚寒，同車百里轉相寬。奔波竟夜爲謀酒，珍重前途屬盡歡。燈下暗愁明日淚，衣中還展素書看。殷勤更與教言語，知我人間行路難。

詎有秋莼繫所懷，蕪城南去怯沉哀。三秦形勝重圍合，長路風波獨客回。轉折竟難追瀚海，艱危終自念輪臺。烏頭白雪心無毁，不卜靈氛藺足來。

時西安被圍，右任先生兼程歸國赴援，余獨從間道經俄蒙邊境歷長城歸陝。

盼斷征程絶袂行，中天好月夜頻驚。還公無恙軍三北，謂我何求劍一鳴。生聚十年兼教訓，考工來日化農耕。誰思卻送車塵後，獨向新豐射獵營。

淹留失計動長嗟，悵徹河源有去槎。衆口淩陰凋夏葉，一身絶域改春華。羽毛自惜寧多事，聲影羣猜庶不譁。南雁孤飛罹百苦，哀鳴猶得落平沙。

裹糧行處緑成痕，故國江南舊此村。殘破已多曾戰地，蒼凉共有未招魂。人謀能淑無餘計，黨錮何嘗及九原？便使煩苛豺虎滿，歸從排蕩不須論。

松林排似萬山峰，回認來時雪後容。别以莊嚴開世界，何妨人物有秋冬。千家日下牛羊牧，幾處歌邊水石舂。消息神州知不遠，一時深省絳雲鐘。

聞道前綏已撤防，居庸關下舊嚴疆。長城戰格秋全棄，大漠軍臺草正黄。移戍漸看過北斗，會師真欲誤南方。雁門横斷還堪慮，拊背神京計更荒。

途中聞國民一軍退南口，二三軍餘部將赴包頭。

飲馬何人就野泉，冰霜垂老下胡天。已多部曲成名將，猶念黎元問井田。入塞崎嶇尋間道，寄書茫昧試三川。桑麻徧野當年事，捲土重來未偶然。

知在黄雲野戍頭，駝鈴鏜鞳度邊秋。東行獨石途初阻，西向長安戰正稠。心逐穹廬忘海陸，身餘明月照沉浮。何因爲糾羣材起，即守雍州出豫州。

留别上海諸友（民國十九年）

事業艱危百劫餘，中原纔是亂離初。樓臺雨濕春燈冷，送遠將歸竟不如。

末路真難故步行，連蜷雌霓掩名京。最關國命俄延處，又聽移宫换羽聲。

割裂河汾競北盟，眼前都望奉旗旌。纖兒惟解窮鈎黨，還痛東林鑄錯成。

誓海魚龍聽可真？朱絃橫絶復何人。刺船豈得從茲去，夢想還驅草木春。江近金陵失上游，脂柔香勝水波羞。從來六代銷沉地，苦遣荒城號石頭。

離歌（民國十九年）

故人高意頻留客，江水流春漾行色。客散江南第幾回，醉淚漂花兩舷側。夜闌燈火接船明，哀咽魚龍弄水聲。爲有美人青玉案，防傾哲婦石頭城。年時惜别依稀記，曾誰厭勝金陵氣。寧長還鄉鐵券多，庶人失國雌風異。沉痛陵園負土期，無聊輦轂儒生議。不是雲臺物色加，難分宫井胭脂膩。緑楊城郭月徘徊，臨水登山意最哀。人謝梅花遲緑萼，詞傳瓜蔓抱黄臺。横流滄海攜家去，北望長安無限路。元戎垂老念鄉關，幾挈蘭成成久住。風雲難問舊儲胥，百萬人家破碎餘。又向灞陵收棄子，重來秦火燼藏書。鎬池白馬逢傳語，汾水霜烏質檻車。南還江鎖舊千尋，天塹嚴秋戒晚碪。誰意中原生石勒，還開半壁諱韓擒。褰裳復作無家别，投璧寧疏誓水心。未是鵷雛見毛羽，忍饑詎欲飛何許？違山苦復長畏人，倘願蟪蛄聞十里。有生但乞蹉跎盡，淮海微禽斯已幸。相思相望柳依依，一陌春雲問來信。

寄懷絜生南京

每從愁裏讀君詩，樓外春雲雨萬絲。一到千年魂魄句，肝腸横絶恐君知。

君贈時有『魂魄千年更相覓』句。

入海捶琴事未安，幾回分食向人難。相逢恰有君如我，好把心魂共守看。

艱難惟恐散同羣，又恐羈遲太累君。祇有苦心兼熱淚，留人漂泊過春分。

相依申浦一年餘，記得挑燈發禁書。中夜讀完燃火笑，指天畫地兩狂奴。

送遠勞歌一再行，最含哀意過南京。宣城酒熟江風輭，空岸猶傳踏步聲。

安徽大學寄絜生（民國十九年）

初日芙蓉擬妙詞，綿綿珍惜遠如期。傾懷徑欲輕名物，人世真難决受持。將子不歸春且晚，伊人何所水之湄。無靈文采烏棲穩，空負驚才絶代知。

薄愬江靈挾瑟行，淮南鳴羽引晨聲。交游劇孟多亡命，文字繁欽有定情。地氣豈爲吴楚祖，人才如共亂離生。長江東去天無盡，早晚荒雲野望横。

遊雨花臺和絜生感時之作（民國二十年秋末）

勝算能空胡馬羣，人民城郭卜靈氛。寧能一戰真無策，竟啓重關痛所聞。陵廟忽生秋後草，衣冠行逐嶺南雲。憑江莫倚偏安業，紫蓋青絲屬上勳。

隨右任先生奉使粵中（民國二十年冬）

安危天下使君槎，百粵威靈館越華。地近赤𨞎冬若夏，人還滄海國無家。成言趙尉消雄長，作喻相如謹畔涯。重惜中樞輕付與，嶺南來看木棉花。

國難有懷南京諸友，即寄曦亭、文炳、古心、劼剛、丹符、庚由、絜生

頻年相待餘今日，海北天南望豈知？絶未商量逢國破，竟無安頓負交期。定爲恢復還須共，真恐流亡或見遺。瓜剖豆分如隔世，歸來尋覓亦成疑。

哭張治東兄殉南康之難（民國二十年）

江岸燈芒立，寒更動遠書。慨慷當國難，離散逼年餘。有誓嬰城守，無援備賊疏。早知身欲殉，已在量移初。

骨肉今餘幾？聞哀戰地來。猶尋生手足，長痛遠沉埋。亂血皆人子，糜軀屬異才。遺民初未負，指説哭城隈。

庾嶺招魂葬，彤天亦焰棼。所傷猶慰母，不返已如君。作計憐漂泊，無涯感誄文。窮冬濱海地，垂淚惜臨分。

贈王劼剛

十年征戍話秦軍，猶記艱危一見君。人事日非相識邈，東南天遠散微雲。

鄠杜桑麻種樹書，人天三策竟何如？南山逐虎都年少，遲惜逢君羽獵初。

入海師襄絶故紘，峰青曲渺聽無邊。感君臨水登山意，進酒如泉一惘然。

香港偶成（民國二十年冬）

吹海離披草當春，偶然佳想屬行人。衣裳細雨都無恙，爲汝橙花酒一巡。

新識南荒草木心，桄榔葉暗老榕陰。臺灣亦有相思樹，深處相思水百尋。

百萬人家阻海哀，丸泥誰障浪潮迴？艨艟東掠尋常事，曾是天南貢使來。

天半樓臺電火繁，鮫人珠海夜聞喧。沉香如水綃如霧，絶望中原望故園。

馳道環迴海上山，蒼松萬簇作離顔。車行寸寸傷心地，咫尺人如去國還。

鄺露攜琴聽海雲，尚留孱土惜離羣。原知無益中興事，冷抱嶠書盼義軍。
山靈無檄可移公，漏盡鑾彝大長同。好水好花峰乍轉，有人低首望南中。
故應朝廷用法家，安危功罪議如麻。亦悲負手逍遥意，繞屋彌山爆仗花。

謁胡展堂先生於赤柱寓廬，退後書感。

遊九龍宋亡臺（民國二十年冬）

失國山花歲盡開，潮根留見宋亡臺。更無王業偏安地，早辦心腸蹈海來。
飛水淪胥半島春，南音無改號遺民。荒城極土原防海，有客升堂憎主人。
割愛山名與水名，九龍城盡夕陽明。存他百堞胭脂色，猶是生辭上國情。

遊雨花臺（民國二十年）

弓矢錢唐戀舞腰，殿前新轉鬱輪袍。太平萬歲誰顏色，學士如花左右曹。
鍾阜何繇洩一渠，卻從天塹種芙蕖。山名水姓都靈異，乞就龍威檢秘書。
海内威加又此時，蒼梧雲遠陟方悲。何因原廟崇弓劍，猶有湘神近水祠。
一箔啼鶯簇上春，斷無紅軟北方塵。飄燈夜送秦淮漲，時有銅章露告身。
祥詞争唱定風波，夾道朱門漸麗峨。一事自哀年少日，見人開國鑄銅駝。

故遺司天奏客星，羊裘猶得去冥冥。可知伸足中臺夜，無復靈瀧一派青。

清涼山題壁（民國二十年）

樓外春雲水半鋪，橫江通得一辭無？從來南渡沉荒地，僑植瑯琊柳萬株。
隴頭嗚咽水曾經，萬里東南白下亭。握手與君雙淚下，猶留開國一山青。（與趙文炳君遇南京）
青溪打槳女郎身，卻采芙蓉訴水神。不是關心南國事，碧波頻送渡江人。
輕帆移處水雲低，城郭青旗屋瓦齊。吹轉庶人風一派，百重春水百重隄。

遷都（民國二十一年春）

匆匆翠蓋聽遷都，辭廟倉皇事有無。定例君臣皆一走，寇來惟見白門烏。
盟如能劫又何盟，將事槃敦有重輕。五步周旋今日是，斷難賢者恕公卿！
山川氣散亦誰云，南渡衣冠望益紛。莫弔太平天國事，支持猶得幾元勳？
陵園誰更戀高丘，壞土猶新樹未稠。私意淒涼謝陵户，寇來無敢犯長楸。
父老叢祠卜廢興，山前埋没舊諸陵。今來不是西巡狩，寂寞城頭守夜燈。
隘巷雞鵝叩故家，華燈清拍夜方遐。傳聞桃葉初春水，慣送啼妝去館娃。

江流無恙繞金焦，北固山迴早夜潮。稍怨横波太多事，相逢明月廿重橋。
艱危留後奮全籌，汴水東南去住憂。好謝高家舊兵馬，萬梅花足守揚州。
一轍南都望左兵，城頭傳鼓月三更。庾樓哀宴羣賓罷，起爲蒼生衛上京。
虎踞龍蟠勢未凡，可憐行在竟無關。萬人都望何留守，遂令神州得保完。

舟歸南京，礮火中過吴淞(民國二十一年)

誰念南東有國門，早應人物蕩無存。邊籌未定長驅入，廢壘難爲累葉尊。效死軍民祈廟算，絶愁天地見塵昏。吴淞樓艦乘危過，歷歷孤臺苦戰痕。

望國際聯盟訊(民國二十一年春在洛陽)

雲衢高議沸和戎，盡海西頭望豈通。薄怬往逢媒已拙，傾城來顧事難工。人爲刀俎遲亡鹿，我辨芻香盼遠鴻。不信森河流匯處，丹書盟府有無中。

夜坐秦淮水閣(民國二十一年)

寂寂沉船漲夜潮，秦淮涼月一簾高。可知玉笛人邊意，吹近紅欄第幾橋？

汴洛道中（民國二十二年三月）

北道青蕪苦告荒，中原歲歲見流亡。大隄麗質濃初柳，梁苑才人送遠楊。有地能消南北意，無言沉弔古今殤。風雲猶護中興業，痛定民情惜戰場。

二十二年十二月與溥泉、星樵、雄夫先生奉使粵桂，舟次南海

一舶東南水作塵，萬方多難幾行人。天平海岸無疆堠，風勁晨空望歲春。誰假兵符移列郡，羣於元輅寶椎輪。魚龍靈聽還山立，凝告憂皇國步迍。

遊番禺蘿岡洞（民國二十二年）

萬頃寒香散縞衣，天南何處不忘歸？祠神樂静谿山碧，丹橘垂垂嶺四圍。長水高山撫舊題，（山亭有湛若水題『山高水長』字）遺民多半入山棲。梅花誰種人間世，一髮中原望眼迷。

珠江江舟遺意

脉脉珠江水有情，雲低一片遠航輕。青青兩岸榕陰合，時有濃歌約隊行。

蒼梧夜泊

水落蒼梧帝女祠，皇皇虞舜亦何之。當時有念私天下，誰則家無不肖兒？吹竹黎歌上古心，呼來山月太飛沉。停舟似霧非煙水，文字衣冠患可深？

過容縣勾漏洞（民國二十二年）

仙人求丹砂，或以兵解去。養生失肩背，十指毋乃巨。狼疾古所嗤，况生亂離際？事貴竭心力，無爲多避忌。哀哀世已窮，倏忽年命遽。艱難赴應殫，念以忠貞繼。振衣陟重岡，山川望不異。巉巉石怒出，危微時戒懼。山洞初窅冥，垂突若爲厲。深邃竟莫測，云此真逸憩。處兹轉平平，人世失詭戲。山榕多苦心，根枝下無地。停車一嘆往，雲過垂天翼。

過廣西貴縣石達開故里，得石氏先塋被掘後殘碑。又土人言城西北天平山下鑛工隨太平軍掘隧道轟城事，爲長歌以紀之（民國二十二年）

粵西之山崒地起，粵西之民反天子。金田一幟動胡天，長白連山靈氣死。鑛工萬數掘天平，驅穴名城城盡圮。困頓農夫不得耕，去打江山爲種籽。髮散紅袍萬陣來，太平開國虜廷哀。花縣貴縣去咫尺，一時霹靂生人才。士夫奴性大一統，尊王變夏忘其種。洪王獨用西方法，不辨太牢祠孔某。儒冠自古供溲溺，有時亦利慴隴畝。南京不開鴻博科，遂有鄉紳練鄉勇。天塹不渡人將渡，中原亂者正無數。分兵諸道下幽燕，何至諸王争五步。此時田者浩將歸，地主豪家有腹誹。固是衣冠還故國，無從號令出重圍。鍾山一慟翼王走，忠王侍王力愈微。甜露日盡民亦盡，蜀道崎嶇胡可爲！天下大勢北爲水，屠南京者功巍巍。一朝聲烈空城在，湘水洋洋淮水肥。至今父老傳説苦，斷碑剩字墳無主。先人爲戮事不成，弓劍橋陵哭皇祖。赤手元元傳好句，石破天驚醜羣虜。今來瞻弔禮原野，眼底茫茫事何補！我聞西川有杜鵑，猶爲翼王啼風雨。

哭同學温百非少將（民國二十三年）

獵獵寒風出楚聲，軍前沉失大星明。將軍夜獻戡除略，旋痛玄黄一馬横。
寇猶深入死何堪，百戰中原漸迤南。應是渡河成痛絶，心魂臨碎奮呼三。
板蕩逢君宿羽林，一時初頓亂離心。春風細柳行都路，吹淚黄埃忍再臨！
冰雪遐荒掩卷哀，艱危曾犯赤圍來。中興一旅兵猶在，悼此桓桓革命才。
生平寶愛于公字，將與求書寄遠期。不謂長風竟無待，手持一紙誄文時。

書事（民國二十三年）

一帶星河向曉明，微茫吹落步虛聲。從人未慣東王笑，驚注崑崙第五城。
小集蓉衣籊舄寒，峨峨雲近九星冠。中天顔色飛相往，自擇修眉羽從還。
天際靈厖事亦常，淮南高去有餘霜。誰抛秘帙狂揮斧，簇染香雲一袂黄。

北行過滕縣懷古（民國二十二年三月）

小邾滕薛共微封，獨拜滕君大國風。異代人思耕井地，分廛客許述神農。能因喪葬儀羣牧，旁顧縱横起七雄。憑軾屬當開創日，敢陳民事望南中。

去杭州迎内子周沛霖歸南京（民國二十三年三月）

無恙山容氧不靈，人歸緩緩水微青。傷心去是臨安路，南宋朝衣幾候亭。
禹域淪荒有禹書，讖圖能卜國年無？從來明恥傳兵地，空救湖桑百萬株。（時方議救浙江絲業）
武林排弩莫潮譁，燕啄中原恥故家。干羽信能仇寇格，塵揚東海詎無涯！
遠從皇祖遡東來，亦有三苗盡族哀。今日容人分尺土，羣公應費報施才。

不能神武不能降，不保黄河欲保江。天下爲公私亦可，有誰擔貨到無雙。（長城陷矣，朝議惟遷重器於東南。奮争無狀，書此永哀）教廷威轉黑衣尊，震世開天闢一門。鬬獸新場韡子國，（意大利地形若女韡伸入地中海中）慚爲下策到圖存。

將之南昌，舟過安慶，有懷舊游作歌（民國二十三年）

東水漫漫人欲西，簇岸宜城緑葦齊。去住心魂舊商略，經行村郭鳥頻啼。身世投荒容一往，誰爲此者嬰塵網。百花亭與讀書佳，安徽大學在城中百花亭。塔影日沉凌獵想。迎江寺塔矗立江邊，行人望此塔知至安慶矣。菱湖疏落極煙波，菱湖傍城限有史閣部碑亭。曾是聞歌惜奈何。絶勝兩橋三步地，累人才盡落花多。長淮士女傾城見，書生南國如南面。遂擁臯比授講章，時承乏文學院。春袍環眼春裳靚。絃誦猶能昔昔聞，家山未許端端念。憂讒天地抱冬心，人夢蘅蕪陳下願。江頭送客月微茫，吹淚西風水一方。算是人生沉絶處，一船相對幾流亡。中原苦亂無全策，蝃蝀天東事更荒。陡聞敵火揄關入，遼海驚心有城郭。關東萬里盡淪胥，柳條邊土無春緑。奇貨寒灰出衮衣，遺民日望天兵哭。江表連屯討賊營，十道兵符夜飛出。天塹自限難成渡，播遷匆向行都路。此時奔命窮南朔，流離賸挾偕亡怒。西望重溟鬱不聊，誰能劍履及崇朝。人間呼籲無平等，坐綏生靈釋憤潮。圖存忍恥羌何限，薪瞻寧猶假我曹。愁因改郡臨安例，日使黄河北斗遥。元戎苦伺赤眉賊，謀國孤忠誓天日。前席容陳迫切詞，此水此心沉白壁。憂患將興每所期，叢祠晚泊禱靈旗。連兵舊夢迎江寺，一望春痕護水隄。

過崑崙關有譚狄青往事者，感民族播遷之跡，歌以詠之（民國二十三年十二月）

猺黎避華族，入山苦不深。黄河渡堅冰，江漢背高岑。文字陋貞卜，語言猶古音。相忘即大信，無事爲結繩。九嶷涉蒼梧，上世山青青。草木未痛毒，鳥獸惟元形。遲陵及叔季，生活猶淳淳。即生其地者，思淵含芳貞。至道言虚無，至治言並耕。至文若楚騷，悱惻光紛綸。此其所感印，人物窮狉獉。初民在中國，乃患無容身。崖谷一逃竄，流水動千春。中原去日遠，北望惟埃塵。豈如武陵人，猶知時有秦。榕陰卧白日，老籐垂猢猻。瘴癘不足病，椶櫚舞蹲蹲。峒歌山月高，相思持精魂。忽然悠久世，衣冠云獨尊。兵戈深僻境，關險失崑崙。銅面誰將軍，元夜臨砦門。既破儂智高，萬騎若雲屯。北人蕃南土，土著益遠奔。暹羅蕞爾國，作息長子孫。鄉語尚約略，至今哀其存。吾族乃不競，淪胥逮此羣。蹙地日千里，寇至猶紛紛。隘道引長慟，往跡愴所聞。行路念興復，空山及未曛。

春前（民國二十四年二月）

誰信春前有萬哀，一時心緒苦樓臺。猴因沐久啼榛栗，鹿縱馴多憶草萊。人海漸深吟感遇，山容無恙數羣才。何關收復巫閭事，淚眼長風料峭回。

事甚孤兒鬱苦行，路旁惟有啗瓜情。每憂能竭中宵警，長動才難夙夜聲。狂放祇堪隨據亂，支離誰遣事公卿。至今負俗真成累，還對春原錦繡明。

折節裳衣可有期，跅弛捐我少年時。情真哀樂無餘計，變處河山有不宜。塞上春荒曾戰馬，海門人憾最雄旗。都來謀國知誰是，寶劍珠槃總費辭。

讀革命史感詠（民國二十四年）

撼代潮心壯欲消，孱存今世更何聊？苛煩壓券原田債，棰楚微生草木徭。儘有餘軍來赤野，斷無新法豁青苗。迴旋人紀知誰待，交迫饑寒陣已高。

小隔琉璃趣夐分，瓊筵微望履逾紛。踟躕舞袂窮衢雪，散落歌塵別墅雲。天地不仁芻狗遇，風波無所水龍聞。繁音漸變人容急，將換寒微又一羣。

罪如吾等復何言，魚網鴻離尚作恩。三代以來相食獸，九招猶遠百罹魂。綏徠異族輪駝馬，塗飾凡民列冕軒。勞力勞心夷又夏，野人長養士夫尊。

起自田間殖産殊，長蛇應勝火鳴狐。惟求屠狗能開國，曾託生龍下腐儒。秦籍盡收爲約法，緯書相率頌祥符。誰言時代能超越，地主豪奴士大夫。

等威懸絶地於天，名分端嚴有史年。治術蒲盧今亦古，尊權疇範久能延。思如出位違其命，窮且彌堅汝則賢。好是朝衣盡明聖，黔婁蒙袂遞爲妍。

分野封疆瘁九州，公田桑土委綢繆。鞭箠既及降王長，職貢惟修小子侯。通海遠求難得貨，尊盟虛綴在廷旒。併兼相尚豪家貴，遂放貲奴出一頭。

捕逐髡鉗責負逋，諸侯疆界暫蠲除。刑移巨室嚴租户，議正盈庭下賈胡。民主自來卑勿論，人權何與酷無殊！誰知券約從容外，卻有游離待死徒。（封建諸侯爲互換逋奴，而有盟約，地主爲代諸侯聚斂，而有刑罰逮捕之權。今資本主義下人人身份自由，而游離待死者多矣）

潰決隄防又此曹，自由高嚮出錢刀。都無限制乘輿馬，更致奇贏任土茅。平準有書連貨殖，鐵鹽新論伏弧氂。摧除封建伊誰力，時代爲之壯所遭。（歐洲資産階級革命推翻封建社會）

歷史旋輪未可迴，坐需勞力若雲雷。農奴解放爲傭作，僮約蠲除好去來。毀屋凶梟悲取子，辭梁文雉苦從媒。王孫龍種窮途淚，大隊田家蕩析哀。（農人應市場需要貨産，去鄉而爲都會勞動者）

雄詞代議策天驕，不信銅山點鳳毛。誰選賢能科五殺，羣矜門閥夢三刀。盈庭自達豪家意，鑄律綦難賤者逃。四海困窮民主制，枯骸文繡定何聊。（此代議制度也，以資産爲選舉之標

準，則其所代議者可知矣）

粉本高門畫九重，樂遊原苑賦遊蹤。刺心染血丹顔麗，繪影爲聲古態濃。才士無靈隨俯仰，玄言多事聳垣墉。俳優見畜還恩重，兩字臣饑率類從。（文藝家恒依託豪顯以爲生，哲學家則爲豪顯者求形而上之根據）

粤若遥稽苦用心，分明勞者發元音。其能枵腹嬉干羽，何自茹毛鼓瑟琴。旁證竟曾疑甲骨，種原端又辨人禽。護符專欲私天下，否認源泉古萬尋。（否認社會進化史實者，乃欲爲豪家顯者求天下爲私之根據耳）

井田遺制莫能詳，百畝閑閑稼與桑。膏澤九分公雨露，收成同享萬倉箱。世間土地誰私有？民衆生存可健忘。幾輩儒生勤數典，然疑偏訂庶人章。（有疑井田制者，可謂忘其祖也）

奇器新成倍物工，般倕垂手古無同。初開籥槖驚人代，旋廢桑麻奪女紅。品製漸多輸海外，資源争與發寰中。不關衣食爲生産，闤闠充盈世轉窮。（工業革命後農村經濟全破壞，生産消費之衡平亦全破壞矣）

不舍江河日夜流，尾閭琛産浩難收。先疇農服行看盡，舉世人饑絶可憂。坐奪依依家與室，誰歌緩緩去能留？無涯束手啼號者，酷甚相持歲已遒。（工業資本興而生民道苦矣，舊時倫理及人生意義蕩然無存矣）

相承矩矱溯高曾，戀絶冬茅晝夜燈。世倚耕桑成孝友，鄉同守望識雲礽。機函所及情全

失，鍛灶交逢語未能。如此人間如此變，愁來披髮望橋陵。（人類倫理隨工業資本之興而轉變漸滅）

萬物無涯盡入機，更無作息更無歸。剩餘勞動誰論價？鐵則工貲莫破圍。幾素幾縑傭值較，酬材酬器用途微。妻孥貧賤兒童苦，又續殘傷垢敝衣。（資本主義下之生産關係如是，可哀也夫！首句指人類役於機械，次二句謂價值及利潤，第五句謂按件工資，第六句謂以貨品作價付工資也）

不因封殖不豪雄，壟斷乾坤曠劫中。金穴自堪鎔社會，銅山初與啓鴻濛。曾完締造開新代，卻障平成累物功。革命真爲難已事，洪潮夜告海雲東。（舊社會中孚育新社會，故某時期中某階級亦自能完成某時代中之需要，而奠新社會之基礎）

揭竿人起事尋常，戍卒饑疲生亦亡。苛税繁刑叢有爵，廣田荒草路迷羊。逃空何擇先焚券，迎闖相傳不納糧。萬里呼徒雲一捲，政如無失孰披猖。（此農民暴動之因，爲政者不可不懼也）

呼籲傳曾達帝天，彩雲紅海幻埃田。明神夜誡摩西石，僇族雷奔法老鞭。大漠莎沙埋犢像，迦南蜜乳失魚筌。從來聖哲深微意，計在生民苦趣前。（猶太教之起，始亦民族自求解放之一形態也）

駝衣闒路幾遊巡，曠世沉淪有下民。從古何曾貧者福，犂泥元已晦無晨。罪囚賤隸初聞

教，大國羣官正殺人。十字一軍還遠略，當年王冕苦荆榛。（基督教）

峨峨皇冕教堂來，費盡中天頌禱才。檀獻已看盈聖殿，寶田何限入神媒。券能贖罪兼金易，祆竟成焚野火哀。無數白衣修士院，萬流膜拜萬層臺。（封建時代之僧侣，自與當時統治者爲因緣）

人天諸苦究何因，緣覺緣知有此身。月色古時明印度，雷音西土吼元辰。婆羅門教嚴階級，般涅槃禪惜轉輪。夙世來生都不住，五千年下有遺民。

射雉元弓上古開，美人親啓笑唇來。競遺翠羽驕全飾，卻换明珠媚麗材。受姓有因從母系，羣婚初未藉良媒。旋成家室旋成累，莀楚聞歌念幾回。（婚姻流革）

凄凉人世萬天孫，清淺銀河望有痕。永夜流黄中婦錦，一生潦草定情樽。支機石确蘼蕪路，壓線鍼搴板木門。未省爲誰公子服，眼前捐盡少年恩。（女工）

一層鴿子一層樓，方寸盤旋歲徂修。壁蝨生涯兒女共，垤蟲居處友朋稠。全家骨肉宵能識，計日租庸緩莫留。廣厦盡成窮窟宅，有人歌舞下簾鈎。

重輕工業勢循環，勝策貲王執兩端。初取錙銖求罄盡，旋開壁壘若酬還。掠無可掠濡殘沫，窮且愈窮計累丸。横攬殖民荒落地，已應燎火動危冠。（第二期資本主義，茹者吐之，將絶者續之，然而愈危矣）

躍冶祥金語夜釭，千秋吾業絶誰雙？曾經教主分隣寺，况有皇家助遠艭。四屈彌綸隨野

馬，一時奔蹻藉靈厖。驚心鎖鍊周人世，嶽嶽勞民總劇降。（經濟侵略共争世界）

饕餮羣魔哆口行，嚴郊請隧亦明明。隸徒歌挽黃金葬，身手經營赤野成。曾是洶洶謀末運，疇能苦苦忍蒼生？ 層巔自隕滕公室，人世山陵轉漸平。（磨牙吮血者之末路）

充牣資糧數類迷，難填無厭賈奴谿。營爲遠可離陶冶，殖貨翻嫌守畚犂。左券同操還轉易，藏舟有力任持攜。不勞而獲成疇範，物論彭殤詎可齊？（此詠金融資本也）

末期資本變財權，威海艨艟竟八埏。政令舉隨經濟力，憑陵都作世時賢。兵車有會誰低亞，矛盾相持孰後先？ 迸裂遂爲寰宇戰，昇平據亂又年年。（帝國主義之形成與世界戰争之恫）

千年争伐黯無停，龍血玄黃化已零。競擁旌旄驕義戰，從難金革服元刑。諸侯闢土乘人國，大盜操弧測海星。誰謂生民成過賸，故將銷鑠課朝廷。（世界不仁，以萬物爲芻狗，以戰争爲平衡生齒之法）

曾聞公社起巴黎，萬古狂徒劍盡西。山嶽黨人初激越，但登羣衆最沉迷。旗翻烈火春紅競，兵合諸王日氣低。倉猝皇家憐併命，民邦奄亦碎琉璃。（一七八九年之法國大革命）

初從狂幟擲羣骸，前陣勞民後我儕。中道乍回曾戰士，百年誰保最堅懷？ 太平天國哀何及，夏后殷周鑒且佳。應是紫金山色永，城隅江浪任横排。

陸一讀革命史感詠都三十四首，成於三十四年之春末，格調恢華，詩筆贍麗，所寫歷史之變嬗，不假增減，一依原著。詩成先以示余，並謂余曰：　他日託弟編定詩稿，此詩不可不存，然亦不可盡信。因原書之作者，雖自有其一貫之理論，然有時不無偏激之見，與其他各國之歷史學者，見仁見智，皆有不同，尤與我國國情，不倖遠甚。蓋吾觀所有中西學說，無有能及三民主義之完美者。故末章結句：『應是紫金山色永，城隅江浪任横排』二語，再三祈禱三民主義之顛撲不破，其相勗黨人同志者深矣。絜生敬識。

題曹靖陶看雲樓圖卷（民國二十四年）

高樓西北望遠齊，雲樣中原度眼低。不作永嘉人後語，一時紅豆鑄雙棲。曹君寶雙紅豆鐫印珍示，相遇於絜生弟所。

隔坐黄裳最少年，嶙峋雙印照名鐫。凉簫何處人如月，吹近桓伊夜泊船。絜生弟有『何處玉簫凉一囀，美人如月客如雲』之句。

中歲情懷浩已哀，國門誰揖敵騎來。長雲變徵聲初越，持與淮西一世才。

黄母劉太夫人六十晉壽

忠孝關開國，名家嶺海春。從來山水郡，如奉福慈身。蓋代循陔子，同聲作頌人。戎衣清甸宇，還共獻觴辰。

壽劉母黄太夫人百歲

粤海春雲護，期齡閲養堂。慈心綿長育，寒抱歷滄桑。撤珥邦家重，茹山祚蔭昌。祥徵興復際，冠劍有輝光。

題龍鐵崖兄畫（民國二十四年）

飄歷江雲一畫師，眼前山水失雄奇。南中粉本無多意，卻寫靈均草木思。
天爲生民産藝人，不平人世有冬春。狂濡汗血胭脂色，絶掃低昂百代塵。

題嶺南熊璧雙、耀雙、珮雙姊妹畫册（民國二十四年）

崖山風雨未模糊，沸海哀濤陸秀夫。天地孤舟紅粉外，一齊流淚宋亡圖。
動魄三姝筆一枝，燕雲十萬碎男兒。江山鴆毒如何寫，已是黄河不渡時。

過蘇州（民國二十五年春）

細輦將春草欲滋，紅衣芳透水南枝。横窗一送盈盈者，行柳依依未忍垂。
畫圖人試畫圖衣，山影傳眉黛一圍。恰是水紅衫子好，梅花消息正霏霏。

寫懷（民國二十五年）

天又黄昏與夢期，秋花如海太迷歧。寧知欲斂澄澄淚，是我横心自去時。
霜樓一語感平生，轗軻人才不世情。卻顧迴燈孤去影，風波如此定原卿。
自瀝心丹鑄綺詞，不須愁苦得卿知。分明緘札啼相絶，衹憶相逢各媚時。
人天缺陷本來多，奈此蒼凉百感何。我欲通誠千百地，眼前清淺失横河。
留作相思淚幾分，定情詩有在山雲。還因宛轉存儂聽，不改纏綿總憶君。
沉沉心緒動無端，破戒清愁十載難。悔向緑梅花下去，紫衣人正悵迴欄。
驚鳳愁鸞慘淡投，爲君頻起視簾鈎。斷然珍重桐花意，文采中年氣已秋。
出處梨雲苦用心，箜篌聞撥往還吟。神光離合多無準，腸斷江斐去後音。
何須挑剔到微茫，本自温馨换感傷。攬住芙蓉秋十里，楚辭中亦有玄霜。
仍受燈闌忍淚辭，十分清怨畏人知。書生衹踐平生諾，聽汝珍言再會時。
滄海横心遠故家，史傳游俠失如花。月明飛袂垂紅粉，珍重風波水一涯。
園材霜氣點吴趨，南國秋晴感慨餘。髣髴樓居嬌比玉，有人低數白芙蕖。
木瀆停橈酒一觴，萬千哀緒集詞場。靈巖山館秋凄麗，耿耿疏星鑒下方。
歸途輪轉幾晴原，各掩紅楓哽不言。未是有情能解脱，重來珍認水南園。

我渡黃河君涉江，無須消息駭靈龙。相思亦是人間事，江上芙蓉有遠艭。

尹邢相對百宜秋，我爲如花下一籌。從古漢家軍左袒，紅蘅飄汝乞靈修。

岑寂生靈氣不温，江山憑仗美人恩。定知城下盟成日，心史荒寒此一痕。

中原馬蹙欲馮河，沃土難材哭當歌。臨右北平霜草闊，戰場聲祇楚人多。

北轅無計哭秋風，身在江南組練中。换作紅蕤初枕夢，寒笳吹月白濛濛。

燈火樓心夜欲微，降幡城下送君歸。啼紅不爲嬌顔色，如畫江山見燕飛。

九閽不訴訴才人，慚愧天家草莽臣。剩有高華金紫地，桂堂東畔竚星辰。

已是波澄水不芒，惹人初踐板橋霜。南枝越鳥天風外，解識同心解斷腸。

永嘉天下幾流人，日以中興禱大神。才氣漫隨江左盡，六朝城闕太相因。

何處羈纍有故鄉，東南孔雀厭迴翔。祇今九宥都成絶，淚結青袍掩佩章。

便娟傾意亦何論，此罪蛾眉爲入門。竟是書生持下策，平平無改説酬恩。

還多心力爲交游，深獻芬菲淺獻愁。誰采湘蘭矜服媚，冷從衡芷去低頭。

平對如花意卻迴，不辭巵酒撥寒灰。悠悠慰藉憐行路，自許心魂爲汝陪。

天街遥夜月方華，樓外春明百萬家。中有玉顔相寂寂，寒梅低吐淡黄花。

江山猶是在重圍，人物衣冠望且非。何處尚尋雙照月，同車輕載舜華歸。

翡翠三珠定羽衣，漢南移柳故依依。情深一往春如水，沉玉何人願已微。

無方吹笛月飄飄，水聽風披出遠條。何忍相持卿泣下，低徊仙袂五雲高。

弱願難持等遠行，橫江淒咽轉秋聲。尋常一樣高樓酒，纔送花枝淚已傾。

可能憐惜眼前春，花著仍飛有漏因。尚是微生孤信在，不曾綿惻對時人。

宛轉瑯琊笑此兒，不謀蘭佩與春期。江山草創須靈氣，消受盤空本事詩。

一灣流水欲朝西，門外王孫草更齊。雙燕自來相識地，尋常人户護春棲。

好去春羅水不塵，如山冰雪有神人。傳聞姑射瀼瀼露，小浥翾風道引身。

書生涼薄愧星冠，錦瑟橫宵斷一彈。自惜芙蓉衣太冷，不曾遮挽月如丸。

橫江津吏有微詞，風急蘋花水國知。惟有玉釵曾掛處，小留赬頰道旁兒。

漢上諸姬盡楚弓，偶然文珮辨玲瓏。何知執戟明光後，真見朝顔軹道中。

羌無故實，旋成惻麗之詞；若有低徊，事在芬菲之頃。秋其春矣，思之憮然，遂成三十九章。民國二十五年三月陸一並記。

卻憶（民國二十五年）

大荒而北，念攜手於年年；零雨其東，肅歸心於往往。蘭釭紅燼，雙魚不來；芸案青鐫，孤鴻何許。河梁之别幾時，天壤之間猶遇乎！卻成十九首。

歷歷人天有散雲，十年心地苦思君。深松萬里來回路，誦與明神詛楚文。

情捐國命蒼黃別，淚與風波慘淡凝。生入玉關無好語，悔留君影照玄冰。
九微火弱寒將睡，中有明窗望斷心。可是衣裳親手覆，十年消息太沉沉。
行路何曾不雁行？最依依處感窮荒。停車取水寒呵手，持與冰心總斷腸。
春水華年一擲温，對人霜意背啼痕。玄黄陟馬高岡日，我爲群山定一尊。
雪壓寒更火不温，輕車乘夢走蝹蜿。添薪愛受纏綿意，推枕崑崙有墮痕。
晶瑩燈炬百枝垂，瀲灩温馨意絶知。分到玉瓊依倚地，最憐虚左畏人時。
深蒼溶作往還心，小語微茫月又陰。似有一痕紗入望，少時分手即沉吟。
玫瑰珍翻枕下函，大荒今夕雪猶堪。百行細字低徊絶，感激難冰水一潭。
薄怒心猜幾夕曛，故留雙玦斷知聞。還因人影如花近，春水重温子夜紋。
幾回行近卻無言，腹内車輪轉亦煩。天上白雲衣上月，凌陰差幸護荃蓀。
車行緩緩雪飄深，中有伊人助我心。雪有盡時心不盡，朔方留得兩文禽。
卮酒霞顔淚斂渦，罷彈清徵聽君歌。路旁亭子燈初定，拂拂春襟罥女蘿。
小識鮮卑域外音，姓君簽入五雲深。還知放逐還歸國，多謝窮荒惜季心。
雄劍窺秦去不凡，淮南鴻烈攝縢函。何能著眼黄金合，卻落謀夫策第三。
傳來温語最調停，北極冰霜柳舊青。强拉紅絨窗下見，彈箏修怨尚泠泠。
似挾長言返國來，聞聲幾度苦相猜。君家淮上年年問，豈不懷歸念此才。

慘緑黃裳隔座時，生愁相認失心期。存他百遍難靈影，勝阻伊人水一湄。

不負歸心負別心，貝加湖水久沉沉。行人漸遠長相憶，上國寒花有夢簪。

吳中絶句（民國二十五年八月）

不定紅裳道路勞，目成親費楚辭招。花時城郭狂人淚，輕注寒山寺夜潮。

通辭還借緑章新，鑄劍吳門事久陳。斷盡闔閭王者氣，年來歌哭爲才人。

遺世靈和柳不垂，秋來簾影有涼吹。酬卿薄命文人業，愁絶張衡日獻辭。

吹香爲海水爲家，粉本生年未有涯。垂手一秋花窈窕，淮南招與月重華。（鄧尉看桂）

石壁精藍枕太湖，花前人卜紫姑夫。松枝別罥溶溶月，商略真靈位業圖。（遊石壁禪院紀事）

是何緣會總茫茫，一往難知久自傷。共向人間沾臆地，更休啼怨越羅裳。（慰雙文）

畏罪人間萬口瘖，十年生息感朝簪。沉哀莊鳥身難死，微動青袍去住心。（舟中有誦『白足禪僧思敗道，青袍御史擬休官』之句者）

南土投危苦自輕，北人旗甲入胡明。降臣傳下千秋淚，文武淪胥總弟兄。（座客言宋明之亡，南文北武，靦然事仇如一轍爲之，因歎）

和淚霜燈定客筵，天香濃沁月娟娟。秋波送上黃河遠，不夢敦煌夢酒泉。（客談隴西近日事）

陳安壯士隴頭歌，文采如君更不磨。難得冬青私樹後，情高六郡少年多。

同遊趙君文炳通渭人，工書有好詞，留俄舊同學也。奉贈二首

還濡大筆換吴鉤，文字流沙墜簡求。語挾隴頭嗚咽意，尊前惆悵是高秋。

雙鬟鴉雛緑未成，玉瑲緘怨怨書生。聞歌梁武河中水，玳瑁春梁護小名。（雙文有女弟，稚年索詩，能歌丁督護也）

丰神濯濯最張生，才調東南有重名。剩得填詞年少事，酒醒微悵柳耆卿。（張庚由弟同遊，庚弟有『且去填詞』印章）

芙蓉初日映蓬山，小盞親持怯醉顔。慳與低鬟人勸飲，沾唇秋夢酒籌間。（木瀆石家飯店秋燈小飯，庚弟意有回護，作此嚼之）

飛龍成藥爲卿多，絶作傷春意若何。若繫韓憑生聚約，西陵松柏至今歌。

永蘅堂下即湘君，起定秋絃詛楚文。縹緲一襟花未醒，支硎山畔九嶷雲。

空山黄獨七哀哀，叫破天閽事未迴。難遣尋常花慰藉，故應多費往還才。

羲和鞭日九天驚，長爪才情舊已名。悔是南華蒙忌地，不關詞筆似飛卿。（江絜生弟驚才絶采，投我好詩，敬酬四首）

詞懷麗則酒懷賒，空際華鬘事有涯。難慰令狐知己感，一秋紅倦秣陵花。

淮南鴻烈倚相招，旋换文通碧水袍。第一關河年少恨，秦時霜月漢弓刀。

褰裳投我如張儉，詞采斜川夢欲蕪。猶是北周摹大誥，眼前文物未全枯。
好慰湖山汗漫遊，漢廷新置大長秋。誰關宣室蒼生事，有淚朱雲殿檻頭。
馮翊才良歎往中，孤懷貞亮即高風。分明去就關朋黨，北望燕雲萬感同。（同遊安耀宸峻絶平津之招，今之志行君子也。君渭南人）
五陵儕侶又相呼，曾是稱名舊酒徒。山水一時弓劍裏，可應垂淚棘門圖。（安君爲西北革命軍中舊友）
白下宜山祀蘇王，黃河有夢夜橫霜。空思十道盧龍卒，還與君家據范陽。（調安君）
傳存三户楚人弓，恥迫三苗繼鬻熊。又是思君隔秋雨，船煙初濕水蘅風。

憶熊君保頤有約未來，君楚人，留俄舊同學也。寄四首

絶域生還事已哀，十年前識軼羣才。沙中偶語今如昔，花發秋山人未來。
溪山無恙費華年，十載難歸塞草煙。忍念旌旗明朔地，長河今在敵騎前。
欲飛材武孰能群，敢以艱難測上勳。舊以關河輕俠子，城頭烽火照雄文。
情懷芬烈欲誰傾，何處温柔有百城？天壞虬龍紛下土，九歌原是斷腸聲。

有寄（民國二十五年）

城闕雲依静女心，秋腸淮海變微禽。如山冰雪如山願，人世聰明解未深。

蓬屋天寒浣苧家，湖山佳意屬如花。自憐時世含清怨，萍水淮南柳又芽。

相逢難謝兩眸青，長策東南太渺冥。獨向荒城明月際，一時清淚爲君停。

秋襟十首（民國二十五年九月）

夜色秋分冷未知，杯停相約簡言辭。明夷觀象東林淚，已是雌風不競時。

苦恕雲裳事已多，和恩和怨兩難磨。凉秋紅燭靈巖雨，門外江深擁檝歌。

松下群山静遠波，幾曾歸緒爲梨渦。華嚴萬字鐘聲入，淚濕還元閣上多。

玲瓏雙珮藕爲心，我亦逶遲緑綺琴。唤起千巖凉月聽，與卿知是最愁音。

春旗明出萬芬菲，北斗城南雪打圍。我作貞元朝士久，雲中夢繞鐵騎飛。

相對無言意轉長，玉蘭堂下月如霜。主人苦問明春約，紅萼還深老桂香。

輕舟容與出秋山，紅袖難温欲别顔。檢點藏襟花一朵，横塘人去太闌珊。

鳳凰簫咽虎邱衣，此夜天孫未可歸。連臂月明清荈冷，人間多感是紅薇。

橘華清露淺霜天，亦是東南悵惘年。月子九州今夜好，高寒水調有嬋娟。

虎邱花氣馥清秋，苔點生公舊石頭。偶説可中亭畔事，月華如水記綢繆。

紀懷絶句（民國二十五年十一月）

次第名園涉望存，三吴歲歲早梅尊。故家喬木春風入，江左池臺杜宇魂。

多謝靈英種女貞，雲藍沾袖爲詞人。籌思有淚江關外，南國紅心草應春。

關心寒盡負深期，報答秋羅薄送時。凉笛海門潮夜漲，滿船明月爲相思。

飛過天台雁蕩頭，自持深願盼齊州。下方縹緲靈槎意，望眼銀潢隼翼秋。

吹鬢龍華塔影温，飄衣難倦謝天孫。年年春轂繁桃路，長認平蕪久立痕。

蕙怨蘭啼忍不言，花枝樓上掩黄昏。聰華占斷南中氣，祇問平生師友恩。

理弱媒勞總費辭，碧城高處藉心期。箜篌教後猶相諒，卻謝蘭家主簿時。

露重南衣絶世身，衆芳蕪落欲誰陳？宜追漢晉詩風格，將護温柔悱惻春。

紅豆青山兩放歌，眼前雙淚已峨峨。沉思篳路南中事，祇爲才情折節多。

七諫難靈制誥才，柏臺操簡染沉哀。梅邊獨檢唐人例，曾是春華萬樹來。

二十五年十二月十二日西安變作，右任先生奉宣慰西北之命進次潼華，隨車掌記，感事成篇

奔命崤函急，祈天涕淚公。狂兵生路寢，長彗逼元戎。不濟臨河恨，平摧建國功。符書傷帶礪，聲罪萬方同。蕩掃紅巾跡，頻煩用六軍。貳師方失道，狂寇遂成群。壞國關城坼，囚堯塞日曛。妄援兵諫例，消息痛傳聞。逐虜陰山日，潛師出漢關。三城飛雪控，萬騎絶塵艱。有備儲胥急，傳驚將帥還。九邊聞一哭，蒼莽陣雲間。更始收東賊，韓公用北兵。豈知容謬種，幾致壞長城。侍從刀光盡，山河檄羽横。敢攖天下怒，貙虎九關生。泉水名京近，蒼生氣類温。自從寬醉尉，寖假犯行轅。入衛諸方急，端辭上帥尊。萬千東北淚，誰與説酬恩。驪山穿塚盗，篝火五陵哀。檮杌逢中世，星文逼上臺。久經銅馬帝，如遘柏梁災。投閣誰枯寂，紅雲匼沓來。故國危長狄，群官殉尒朱。望中青甲兕，城上白頭烏。耆獻知誰惜，矛弧挾異圖。舜華鳴

犢盡，屠狗未全誣。

大雪臨河路，重關度急車。朝衣争土木，兵氣接潼華。子弟歸何處，田園入亂笳。七旬能感格，干羽祝邦家。

廬山講舍（民國二十六年）

民族中興地，匡廬曠古青。大聲騰海會，九疊矗雲屏。教戰明奇恥，盟心感萬靈。祇今哀奮際，尊攘有傳經。

二十六年七月七日，二十九軍始擊日寇於盧溝橋，從廬山聞訊有紀

盧溝霜月上弦高，右北平秋一怒號。世界事痞持義戰，人民情鑄復仇豪。圖存早愧孱焉地，逐虜今纔壯所遭。海水應飛山應立，東方横出漢唐刀。

起陸雷龍劃代秋，心埋吾族萬重仇。曾從明治窺全策，肯縱倭奴寇九州？氣奪燕雲新敵壘，神完山海舊關樓。即因一炬燔天下，已碎砥昂竪子謀。

震撼頻年念北門，陰山誰惜陣雲温。軍行尚念龍沙捷，城下難蘇宋義魂。斷碎中原盟敵意，堂皇人世復仇痕。長虹易水蕭蕭在，此日戎衣一戰尊。

去京夜宿蕪湖，諸友遠送至此，感奉六章（民國二十六年十一月十一日）

舳棱蓬。草木寒生渚，旌旗夜轉蓬。舳棱京國去何往？遲遲戀不窮。蒼茫一相送，天地亂流中。

萬方臨急難，沉痛卻行初。未遂涓埃補，還傷檢制疏。天人相信地，高遇負何如。伏闕情空熾，悲凉談簡書。千里望，還起大軍東。

踽踽匡廬去，空山恤所思。猶以書生習，其如衆口時。畏人成客子，寒抱甚孤兒。柏臺聞律令，操簡亦霜姿。

夜闌霜岸火，疑與照京塵。已瀕强寇入，還對列廛新。轉徙先江表，憂危逼歲春。地縮畿南重，寒潮咽亦親。

前方殊死戰，堅護况神京。高空聞急警，窮穴守寒更。無恙尋晨語，相逢若遠行。誰忍兵間別，還來共一城。

還因江上月，相望亦相呼。傳杯尋好語，停淚即長途。多謝故人意，難忘報國圖。珍重别蕪湖，風波去未孤。

楚詛（民國二十七年二月二十二日）

自詭日出處，胡不恤爾居？　生聚五十載，思啓海一隅。　世界戰初已，人類猶瘡痍。　華夏仁者域，大道在均夷。　國父道東土，告爾肫肫辭。　生民許並育，廣宇容蕃孳。　耒耜受我畝，主義同溉滋。　山川日以闢，亦與衆族資。　領土不可侵，主權不可移。　以我生成惠，與世咸熙熙。　云胡槖弩矢，寇我堂陛爲？　仁言在息壤，狂兵在城隈。　昔聞羅馬舶，遠掠海之涯。　列國競貨殖，蕞爾愈饞飢。　争奪殖民地，猙獰爲伺窺。　哀哉有東事，從來兵刃期。　德皇既敗廢，俄室亦隤頹。　帝國主義者，顛覆若相追。　爾墓行自掘，白楊風依稀。　海陸起薤歌，奴隸奉喪輿。　窮兵在隣境，氣奪將焉歸？　歐洲舊戰場，有爾前事師。　光榮與迷夢，下伏千萬屍。　揚塵到爾國，血紅如爾旗。　天地一震動，起者孤貧兒。　膏血既已竭，求生得飛灰。　大藏餘髑髏，冶突無煙媒。　不戢爾自焚，況有旁睨威。　國體失明徵，國際援者誰？　同盟泛繫者，勢盡交亦虧。　鷹隼來蔽空，鐵翼旋張垂。　下瞰樓船隧，風波滅没悲。　櫻花好城郭，島山空巍巍。　況我九世仇，與爾無旋迴。　倭刀磨在手，即爾人頭杯。　横以三韓甲，突之臺灣圍。　后羿厲十射，魯陽寧一揮？　崦嵫維我西，投爾扶桑枝。　爾變旁死魄，我揚青天徽。　莫復東南宇，滌蕩東北棲。　大武告成功，統一我完圻。　爾窮無所止，斯時爲爾慈。　領袖上陵告，長淚動威儀。　敷天一釋憤，先鑄靈湫詞。　時日爾曷喪，大神今在兹。

我空軍轟炸臺灣敵陣，聞捷作歌（民國二十七年二月）

臺灣我民神明族，明亡不亡存正朔。舟師直入撼南京，絶島孤臣孝陵哭。地割强隣數十年，隔此水分同此天。父老黄雲看落日，夢魂滄海祝中原。祖國雄飛去日望，祖國中興尤有仗。雲端騎士爲汝來，堂堂之陣天爲開。翶翔使汝認祖國，霹靂下土臨春雷。雲端騎士好顔色，煜如朝霞輕羽翮。朝發崑崙夕海東，扶摇水擊將毋同？汝弟汝兄知相恤，爆彈惟使敵營空。敵營狂火沖霄紅，燬敵鐵翼爲飛蓬。飛將凌之中天中，行掇蝃蝀如冥蟲，世界震此泱泱風。

過桃源（民國二十七年三月）

結想開靈境，人世久苦辛。五溪過征戍，幸哉山水民。桃花麗雲日，稍洩天地春。邈邈芳草意，求之即逡巡。蒼松不識路，相思此中人。

高築長城長，馳道廣南北。完囷無傾危，有此山水宅。秦歌胡無人，漢道昌邊色。大漠迴風沙，遼疆静鳴鏑。始得桑麻閑，雞聲出明月。舉酒各相親，千春視朝夕。今日虜塵暗，傳烽墮州邑。經過不忍留，山花正春日。

流觀周王圖，黄竹歌悲壯。靈山搴異華，白雲隔相望。居生苦不樂，人世鬱孤愴。因之理荒穢，山海託殊狀。姑射非神人，穠桃夙無恙。戴月荷鋤心，不在羲皇上。山外即勞塵，臨風悦相向。

徇兵紀事詩

始戰河山早厲兵，東來狂虜太縱横。更無涕淚文人地，起向疆場大步行。
東南地陷無黄海，百萬生靈盡國殤。況是五雲哀寢闕，神州有責未茫茫。
江漢飛騰意未孤，晨風開翼飛行都。元戎威令前方肅，拜受軍容節制符。
賓客南樓去已稀，武昌行柳自淒霏。秋宵一派江隄火，但築臨衝不潰圍。
行色初驚遍列城，夜深頻聽馬蹄聲。街頭更築相持壘，遠遠紅燈認守更。
户户渲塗異國旗，未淪胥處見降兒。還須一例黄河水，告汝人民大節時。

喜聞臺兒莊大捷（民國二十七年四月客武漢作）

鐵券河山戰鼓殷，臨沂春服萬朱顔。公仇十世無情報，狂虜千營一夕殲。皇漢大風芒碭際，元戎神武指籌間。臺兒莊畔明明月，起爲中興照故關。

爲庚由弟題張善子所畫虎

目無全虎其神完，射石飲羽南山間。虎笑不顧山巉巉，爲君獨立静九邊。大風猛士俱開顔，丕變國命無屯艱，胡爲拳龍五千年。

聞王革非渡河擊敵死於軍次，詩以哭之（民國二十七年五月）

危邦思致命，哀憤別南京。忍淚千秋意，輕身一劍行。疏狂誰竟許，倉猝事無名。報國空多願，因君痛死生。

河華長歌入，升沉遂十年。不辭爲薄命，相失即窮泉。謗下尋知己，魂孤盼凱旋。神京猶未復，沾灑戰場邊。

任俠難今世，來歸甫月餘。兵戈離合際，滄海往還初。客子中朝事，家山越絶書。羽林多不賤，投置欲何如。

垂涕規吾過，相憐太率真。危城依舊月，提劍復何人。柳屋深燈夜，煙隄小舫春。傳空風笛緊，吟望更無因。

江　漢

節度隨江漢，星辰擁仗旗。始疏芒碭戍，旋費汝淮師。敵慣乘虛入，兵難決勝移。四方懸一哭，禾黍洛陽時。

憂危天下計，大烈倚專征。六載衷衣急，千門請劍行。蒼茫隣國訊，崩坼莽原聲。應有兵車合，風雷作蕩平。

江夜（民國二十七年七月）

長江何綿綿，千里一逶遲。月色漾晶波，寂寞風吹衣。平野入沉睡，遠山明火微。欲住不得住，欲行行亦非。水聲獨酬答，念我無家歸。猶夢平生友，歌思酣若飛。樓外酒船間，未知落芳菲。意氣欲傾盡，相期在艱危。叩劍無干鏌，起碎雙瓊巵。今日事行路，思君返自涯。國家至此亟，江行無已時。

近宜昌始見江上山

郢歌將復行，楚岸無青山。蘆根出新水，落日懸孤帆。始得雙坡陀，白雲時緲綿。山田過耕雨，遠遠生峰巒。故人若山中，相慰青青顏。

哭熊保頤同學（民國二十七年八月）

自神京失陷，道路阻兵，奔命華陽，與故人遇。一年間悲辛淪歷，語猝猝不可休。君欲深涉邊疆，探尋資備，知抗戰未有涯也。舟行排難，永没長波。念君由德而俄，同學相愛，修能瑋抱，依倚頓虚。戰敵之身，興國之日，此淚懸爲君耳。

秋雲黯寒陸，前綏方厲兵。岷峨勢高抗，肯作荆楚平？故人分散去，中原從戰争。君落西南端，鬱鬱送干旌。悲歌出帳飲，行道無稠情。脱略誰生事，夷酣江海行。偶然得期許，傾心臨死生。難馴跌宕性，哀樂由至情。所學期有遇，所守尤難傾。十年繞京國，困苦無餘鳴。酬知抱危涕，卻立高門春。朋居見諧笑，寧知非苦辛！柏林森劍色，俄土多寒枝。偏狹與冷酷，非君心所宜。與君私取酒，偶語潛歔欷。共保黨人節，不爲環境移。青松送行路，我妹曾致辭。來去柏林意，皎皎君自知。風波古時别，各去天一涯。君名淹禁牒，逢君春雨邊。笑謂贈我車，其值金逾千。須我縛獻君，可得國門錢。買車錢所餘，充君腹便便。思君成宿痛，沉困猶昔年。涉江遠相迎，憐我心煩傷。不忍見岑寞，招攜盛衣裳。我憂深自訟，誰能憶容光？容光舊如此，感君沉摯腸。峨邊鬱鬱山，岷江悠悠水。投荒昔所悲，況今戰未已。君行欲山中，君心沉水沚。胡爲使君然，傷心負知己！一逝寧不願，故國驚波裏。決石與懷沙，千春如可起。

已矣平生意，傷心爛縵孤。早知遂長別，執手不相渝。沉痛記前語，平生慷慨初。意氣獻儔侶，恨不致軒塗。忽然仰面視，踐踏如泥芻。心哀不可怨，人世將無殊。聞君將去夕，徘徊我寓廬。夜深猶不去，風雨沾離裾。失墜怨舟楫，江水懸疾徐。春風吹旅殯，戰時氣未舒。國家定興復，告君春不蕪。宿草豈止哭，年年春水俱。

襄陽過隆中道，行路間得謁杜墓孟亭，感懷今昔，賦呈戰地諸同人（二十七年十月）

兵車西道阻且長，哀哉西去無戰場。荆襄往代出兵地，群山擐甲猶趨蹌。隆中感激請一對，早爲黯弱悲劉璋。用蜀嚴法在出戰，褒斜十道連旌幢。鹿門擾攘盛兵氣，春風虛緑成都桑。哀今蹙地千萬里，一隅何足供流亡！緬想千載思欲絶，劍門不出無雍梁。紅顔軒冕亦何事，峴山之淚徒浪浪。詩人空山咏諸將，至尊獨憂餘徬徨。道左高碑争表墓，當時惜不哀湖湘。楚北不靈楚南緩，困敝即已如國殤。君牧桓桓習塗飾，劍佩庭趨紛裔皇。土荒物廢生理竭，民心民力淪鴻茫。體國經野可如此，危難所迫煎中腸。嚴城萬雉無鼓角，誰與爲守况四方！ 黃葉不飛霜不下，秋風大國猶泱泱。

荆襄巡察過夔門（民國二十七年十一月）

起陸橫雲地氣尊，雙巖懸浪壯夔門。九州令牧留金紫，一代山川對子孫。開國魚凫憑藉少，斷空榛莽轍轘存。雄謨故應通西北，棧道當年有鑿痕。

萬騎濤聲動上游，空江人語響孤舟。風檣入峽親天府，雲陣連秋遠石頭。楚國虛悲文藻地，山靈如見大夫憂。還持極望原疆意，玉露紅楓四百州。

法蘭西哀歌

我爲君歌法蘭西，哀哉亡國如柔荑。春風忽斷花三色，黃金鼻息沉巴黎。警鐘未絶香霧烈，大軍百萬成降兒。低空鐵翼驅之走，劍鞘猶懸金線衣。森河黯盡胭脂水，但有月色無寒澌。宫闕晶瑩過騎士，伏街那有公卿尸？ 馬賽曲沉鼓手絶，緑茵軟藉柏林蹄。含笑竚立看破國，紅唇掩抑歸來旗。哲人往矣聲響滅，火炬銷歇玻璃巵。豈無文藝照世界，謂他人母空爾爲！ 斜陽冉冉海波外，欲戰不戰愁者誰？ 防線蜿蜒亦何有，馬基諾死無餘吹。當國纍囚已難復，生春野草何離離。哀哉盟國使汝戰，汝何爲者天之湄。凱旋凱旋誰之子，健兒健兒胡不歸！

今兵車行

兵車朝發襄陽，午過當陽，晚到宜昌。車夫醉飽，花枝繚繞，不知昏曉。載兵器，赴戰場，田間有女逢採桑。採桑蠶不飽，嫁與車夫好。車夫今是交通兵，連身袴褶容橫行。高飛遠走碾人過，那能回顧路旁塵。涓涓油泉，不塞成川。源泉混混，車夫不困。簇新車，大桶油。發高歌，臨九州。以戰養戰，車夫不憂。車夫情所親，亦救流亡人。去爾老欲死，載此花枝新。苦戰茫茫無歲月，天壤音塵兩沉絶。村居告汝有同鄉，亂離好做閑家屬。一時買得鄉村肯，春綢遠道杭州粉。緑衣短髮時世妝，三軍喜氣蝨弧冷。兵車行，側目看，車中亦有兵單寒。出陣入陣誰家子，前方但見雲漫漫。

傷兵行　隨縣棗陽行次

戰場春花春欲栖，傷兵瀝血成紅泥。烏鳶啄肉雨洗骨，不肯偃蹇軍團旗。九日不裹創，九死猶有歸。祖國相呼赴争戰，乘盾時見殷紅衣。酸風驚沙射創口，致敵寧因將吏威。蹩躠進軍路，目逆驃騎飛。路旁或有問，勉立猶巍巍。稱名上帥必肅禮，顛險忠愛誠不違。豈云前線異苦樂，但言我軍方决圍。格門復格門，奚用歸還爲？歸還道路飢或疲。醫院按名認編伍，有時難徇傷纍纍。血腥斷隔花葳甤，獻花者誰歌者誰！

兵衣單行

漢唐明月飛霜天，下聽秋砧秋不眠。南雁過盡九邊雪，寒聲催月冰塞川。千家萬户急作健，征夫戰場秋女線。軍帖流黄繾綣恩，佳兒慈母綿綿願。天山之東北斗南，戰場如雪兵衣單。春風亦知認故土，七年不忍吹榆關。春風未回戰火冷，燕支山色沉不燃。衣單抱槍槍可熱，凍雲縷縷填刀瘢。嶺南出兵千勁旅，有生報國無鄉里。單衣掩骭赴狂敵，去去木棉花未已。木棉不作身上衣，風吹裂衣如裂旗。乘勝逐虜洗瑟縮，春衣簇簇春顔兒。

關山月

吁嗟乎！蒼鷹啄泥誠已飢，盤空爪翮還依稀。春山何致逐薇蕨，射聲高獵猶可爲。沙場白骨良家子，求國生存爲國死。冷焰青燐向曉飛，殘旗怒裂硝煙起。含笑歌鐘千大夫，横天意氣連金紫。銅山蜀道新除闢，緡錢算入綿津紙。輂路西南開海陸，寇來封鎖誰家國？難得新亡十四邦，燼餘正賈王侯物。官山府海入私家，騶卒垂鞭氣沸霞。戰苦郊疆留尺土，幾生南面馬塍花。文綺瓊瑶盈大邑，曼緑千眉皆第一。可憐都受戰争恩，笑啼偏得胡奴惜。一時風氣驕閶左，閑話黄金入青瑣。捷書早晚入甘泉，關山月色無烽火。

河無梁

河無梁，三年戰。搭浮橋，平兩岸。水越深，船越爛。船家搬上沙灘住，守著枯船不能渡。水不能耕島不漁，夢裏襄陽大隄樹。襄陽女兒好顔色，城郭如花看行客。三年不見客船來，聞説扣船守船側。官家不肯造新船，三年造船船幾千。船家守死官家笑，造船那有造船錢？搭浮橋，一萬年，沙上破篷無春煙。

湘江船歌

湘江船上千百家，船栽湘草開春花。戰前捉船運兵器，水草齧船生白芽。缺戕破斧年年運，二百隻船行遠近。餘船官眷省租錢，小旗寫插公家定。湘水清清澧水波，船頭三客唱兵歌。浮湘涉澧走私去，將不弄錢奈戰何！

拆祠行

鄂東戰亟，奉命徇兵，鄺黄道中書遇，時二十七年十月也

拆祠拆祠黄崗縣，黄陂黄安無瓦片。玉亦碎兮國欲蕪，浠水麻城詎相怨。祖宗歆食百千年，陵谷不遷社不變。今日民族瀕險危，隳城墮邑亦何限。炎黄子孫皆戰士，矢不盡兮石不厭。何況築路陳兵車，大軍欲東神所眷。涕泣告祠祠有聲，載主爰征應共念。一瓦一甎

紀年代，碾石成塵轍不亂。浩歌如山更進軍，佇取讎仇爲血薦。

築路行

天門雲夢間書所見，時武漢殆不守矣

朝築路，暮築路。畚鍤如雲，男女萬數。裹餱糧兮枕霜塊，路不成兮縣官怒。我欲蒼涼慰一辭，百步扶鋤聊相助。縣官離城號游擊，輕車田田夜何處。大軍轉進恃此途，剩挾秋哀一迴顧。嘆息如聞責備聲，壅棄輜軿皆汝故。築路築路日向西，望君之東苦延佇！

從軍行

戰區中所見

新兵哀！新兵汝勿哀，我亦與汝從軍來。倭寇侵疆過萬里，人民城郭成塵埃。辛苦作戰快數載，大軍不斷前方開。何必抽籤始出征，人家有錢能買人。何必牽曳怕繩索，此戰光榮爲民族。但願師管區，愛惜新兵軀。但願補訓處，不造空名簿。新兵有病或有傷，莫摘符號委路旁。新兵戰死國不死，袛勿埋没誰家子。行行赴戰場，願得學會能放槍。□□乞丐笑囚犯，願發兵衣飽兵飯。臨行妻子送錢物，官長搜將怕逃脱。何處逃，逃何處？戰骨嶙嶙正無數！不費黃蘆片席錢，故國青山死生路。

荆門空城吟

羣山東來勢雄突，大路垂楊照城郭。來憑高塔認荆門，一片填城春草緑。城中行步足音重，城空山響聲相送。寂寞桃花斂怨聞，千門剩與春風慟。垂空敵火無殘宇，亦有官兵今日炬。咸陽三月楚人歸，併作啼煙春不雨。

難童行

萬千好兒女，淪亂同江舟。江風冷夜色，哀歌無停留。一唱松花江，家鄉阻悠悠。再唱哀徐州，骨肉紛漂流。明月不忍去，夜深照船頭。夜深呼父母，夢中猶啁啾。父母在何方，聞汝哀音不？容體日黄瘦，况將天地秋。雖有護送人，恐不體深憂。尤念淪陷地，老少遭寇仇。尚作流離子，苦難非慚羞。我亦隨飄泊，哀思爲汝謀。祝汝身體好，願汝心神優。立志速長大，明年堪戈鍪。

炮車瘦馬行

炮車瘦馬何方秋，長嘶無力心夷猶。崑崙渥洼久汗血，葡萄喂肉何咻咻。豈無毛骨生神采，桃花叱撥來青海。可憐蓄息隔風沙，行空欲向江南買。句容短塔纔過城，國道旁通六尺春。總惜漢家無遠計，卻拋天馬産佳人。圉人牧正皆顔色，水國啼鶯正春日。飛騰旋踏六朝花，便作霜啼嬌欲滴。種馬場非事已空，當時都笑北方風。條支大宛無良種，尚費伊蘭選六龍。龍騎此日無千匹，牽車略用駑駘力。暴敵能驅萬乘西，掩面真懸燕冀泣。炮車鞅靷亦虚施，愁見疆埸轉進時。槎枒不值如花换，卻載如花退卻遲。

桐子青青行

巡視戰區在均鄖道中，鄉民砍伐桐子樹，痛公家摧毁之甚，又爲言舉桐子債之苦，謂一家放青，百家破産矣。

桐子樹，何青青。春山無花春笑人。紫玉作冠紫綃萼，一時映照千山春。均州家家種桐子，亦有清聲隨爨底。熟時桐子盈筐挑，燃脂四照光明起。異域搜求尚丹漆，陸海髹塗殊未已。人世膏沐恃貞固，花貌棘心謂如此。桐子亦作衣，桐子亦作食。年有豐年色饑色。叩富兒門借一鍰，桐子在樹還君錢。一鍰三斗好桐子，從君市之斗十千。城中大户千倉賣，窮人未了桐子債。一鍰三斗算不窮，子子孫孫永賨在。官家不管桐樹稀，桐樹生山山亦啼。

紀抗戰初南京空戰

九月廿五京郊趨，將展黄栗山村居。此日家家作中秋，戰場月色稍清癯。長江石頭久凝定，天堡地堡城不踰。忽聞凄厲聲，破空來荒墟。孝陵翁仲久按劍，石獸騰鬣思天衢。馳車秋林陰，柔桑散行徒。旋見九十六鷁退飛過上都。盤旋鷙瞰迸火珠。此是暴敵所驕之荒鷲，乃如長安城頭頭白烏。啄人大屋啄小屋，鵂梟夜黑相追呼。鬼車毛血腥我土，尾旋傾墮如狐濡。硝煙簇空蔽白日，曳光飛彈交縈紆。我軍神武壓空至，鐵陣四合紛驅除。萬馬行天渥沫汗，射潮潮色如胭脂。翻騰下上争鬣尾，星羣辟易無頑夫。大聲若在世紀末，雷霆私語無硼訇。彤雲出火焰，烜赫垂銀魚。虎亦不鼓瑟，鸞亦無迴車。奇肱電掣肱無餘，與我下土人民骨肉同模糊。我民骨肉化爲天地之正氣，悲哉暴敵肝腦胡爲塗，野火不肯生春蕪。可憐千人針，可憐十二天山避彈符。灰燼羣翼時須臾，中有海天綿綿之家書。血與淚兮沮洳，容光隔海照秋裾。窮兵夢想猶雄圖，悲哉歲歲明月長如初。

巴水名都篇

戰外山城煙簇簇，導引春風巴水緑。弓裳遠會作塗山，禹跡沉沉向東哭。人家千萬舊殷填，好隔菱門不計年。避路燈輿官校過，起坡門巷庶人眠。層居危倚山城足，天裊漁竿臨水築。百尺琅玕碧作梯，由來苦費邛州竹。聽風聽雨聽波聲，不是樓居近洛神。比慚無土西王蜀，直上高雲日望京。城郭無花春欲市，名家晚近多文事。將軍作樹大夫松，朱門愛榜山莊字。惜矣夫人百道梅，馬蹄塵漲月明催。都來貴重誇夫壻，浮動黄昏雅載回。公孫儀陛翻輕薄，鶻語啼春瘦春骨。遠遠摩訶玉作池，盈盈花蕊春留幄。玉壘松州雨雪開，殿前軍應近天迴。未憐時世妝倭墮，早競新詞踏鳳來。誰家風氣傳纓坐，門前亦有驃騎餓。故尉逢人掩箭瘢，危辭懼累豪情破。名士傾城各作奴，流離兒女點行都。肯惜清華同故土，共原征戰誤傳車。影濃歌管霓紅外，事急存亡震怒餘。略知辛苦驅除歲，屢下臺躬有罪書。何人感激宵衣起，兵符事事勞撝指。南嶽雲連赤燼哀，北荒氣廢玄冥死。長宜三户出湘鄉，漸定兩京乘渭水。橫空幾召雲臺議，金戺玉帳親傳示。還嚴失律馬當誅，不遺罔功龍武肆。宵謀誰意發殊尊，幾撼中原未蔵勳。勞貫格天灰一德，精魂填海負雄文。即今苦語思安定，絶世哀絃悼水雲。輦下霜心乍復柔，稍聞瑶瑟按梁州。分塢酒鉤藏鶴色，傳街香語屬都郵。行京橋置千州郡，北地南天多問訊。柳條邊土失遼兵，草色王孫憐楚姓。尚説姚營殉寶山，微聞代馬輕真定。望帝春心望不孤，鼓行直盼東征信。中樞謨告近堂堂，井絡天彭際運昌。已見飛芻開廣道，更來佳語協遐邦。槃敦始定皇華畝，霜電紛騰聖武光。初晨元會東風入，羣帥悄然含淚祝。芻香沉默奠神京，下土茫茫動春緑。憂勤恢復八年艱，兩翼江河整輸轅。偏肅戎衣凝敵愾，竟除鉤箭拜昌言。扶傾逐虜蒸民粒，不聚千花聚千邑。悲凉萬億上陵心，誓有偕亡待時日。轉折名都親氣象，春明喜值青旗上。威儀行與萬方新，泱泱大國鐃歌壯。

二十七年冬，由戰區還渝中出席中央會議，時值武漢撤兵，長沙有倉卒之火，異軍掠地，訩動人心。而行都靡侈，歌吹連雲，張霓紅之彩燈，隱萬方之多難。江岸竹樓，填委流者，都郵街一帶，香墮歸鵑，花沉去劍，日夜談笑晏宴。蜀中有天地以來，開國魚鳧，自爲史系，今日覺風景不殊，乃始萃江之南河之北人生之樂。前方人還，刺心酸臆，每過留春幄鶴色塢之門，樓外天寒，骨真餓凍，元戎震怒，屢下嚴辭。南嶽西安兩次會議後，論誅失律將吏，羣情肅然。而汪兆銘叛逃於此時，中央益以抗戰建國大義告天下。二十八年元旦在范莊高處，遥祭　總理，檀燎初升，萬懷愴勵，鄰邦佳意，紛告來同。感動遺忱，遂成長詠。

怪獸徘徊行（民國二十八年一月）

巨浸恣稽天，大春失亭毒。黑衣與褐衣，終風暴人陸。匹夫攘袂起，鼓刀試爲國。羅馬朝進軍，柏林時解縛。衣冠盜跖流，相顧始眙愕。萊茵逼駐兵，非洲遠蹂割。殖民無餘土，染指隨禁鑊。狡哉不列巔，艾已三年蓄。掌握使爲犧，哀鳴就屠戮。可憐意阿戰，笑問誰家哭！巴薩龍勒城，西寧慘覆没。便欲資叛徒，齎兵藉糧秣。謂可轉戎機，金貲事籠絡。灰煙瑪德里，命運阿皇續。法人狃昔敗，鉅創知未復。踟躕顧歐洲，危端只一蹴。貲王末路心，掙扎虞淵落。右傾復右傾，羣邦共懾縮。老矣張伯倫，漏盡猶秉燭。飛行幾乞憐，皓雪盈顛掬。通國頌苟全，其民已無族。人世諸不平，何望薦紳若。捷克隨棄捐，始怨繫維弱。怪獸久徘徊，摇頭伺愚拙。

巨人（民國二十八年一月）

巨人問膳宰，開國餘人幾。簿録檢屠夫，可盡供炰洗？宰夫同朗對，惟剩君而已。惟冷故甚酷，地性或如此。不必問爰書，爰書皆白紙。

空軍文學頌歌（民國二十八年二月）

籲雲吹海空旻空，天風浪浪天顔紅。鞭撻虹霓落九日，銀潢蕩漾兵旗中。星球雨點森下擲，怒號萬界光溶溶。天地平成視分野，我軍今在高旻東。生靈沉睡大塊噫，馳翔割裂隨人工。中華空軍偶出露，激電射笑東王公。下方細碎聽哀愬，號泣海野將毋同？還汝聖潔夷汝怨，復仇此日猶初蹤。人世鬱鬱望天上，相思不隔秋羅重。鸞皇縹緲虬奮鬣，諸空沸沸青芙蓉。響答時縱億鐵馬，比翼妙瞰情欲穠。離居羣聖鑒深愫，龍伯之民心爲忡。何物覍螟能作氣，嘘霧時作蚩尤風。我軍蕩掃出閶闔，雷霆桴鼓騰威容。春弓折落無俯首，熒然劍視驚羣兇。海山渺小從碎擊，扶桑若木零秋叢。有時明月不忍下，明明可掇還哀恫。神慧慨激起作字，朗朗摛寫空人衷。酒漿勞苦酌北斗，呼吸躔道聞琤琮。清寧宇宙期顧盼，煌煌神采發羣蒙。須洞霜語萬鈞力，綿綿生命隨沛充。上爲列宿下爲史，空之戰者何其雄！運斤大斲還運筆，時代恃此開冥濛。眼前醜虜何足滅，春風穰穰隨春躬。中華空軍萬萬歲，空之大文弘成功。

盗　族

盗亦有其族，乘邊或掠海。水國威尼斯，市交今未改。還結獲東倭，弓旌遞雲采。開門覓當對，追尋普法外。聯德爲同盟，棒喝佔時代。侵略詡天驕，妄極忘危殆。持彼兼併貪，四方求一概。中華有戰耳，天責今此在。圖存固吾圉，所憂猶世界。長訏蠢爾儔，神聖在土芥。高惟千金貲，大惟萬利貸。衣冠裹髑髏，全世負汝債。議辭與國策，至極此市儈。何望仗一言，稍引不平戒。此輩去仁勇，不知道里邁。争利較堡壘，殊途還同害。一朝革命起，爲汝歌蒿薤。中華會中興，八荒顧慷慨。興滅繼絶世，柔遠貴能賚。都護易葡萄，苜蓿蕃邊塞。樓船横海初，反憫蠻彝敗。有史五千年，保大舊難艾。平成天地心，春吹大無外。

峽中山家

淺雨柔春莽，新沙上水痕。帆輕風未力，耕暖草初翻。萬古不殊石，千花無礙村。寧知征戰日，高峽氣猶温。

襄樊撤兵書憤（民國二十八年）

金城千里又全師，見突長圍轉進時。頑鈍敵懸三舍遠，迂迴謀失百回遲。還明心跡求參佐，肯向疆場惜羽儀？如此便經樊鄧役，彌天悲憤更何爲。

形勝山南黯一登，呼鷹人去野埃騰。五城殿氣銷雍鎮，十道軍符委竟陵。父老望隨旌旆盡，麥禾年共亂離增。戰場正度春荒日，漢水孤流未可憑。

楚上公歌（民國二十八年夏）

當年三户抑何雄，楚人今日嗟困窮。何以爲寶責賢者，楚於今日多上公。民貧且弱愚日懶，悁悁心目縈聲容。中樞大官領牧伯，此餘事耳咸匆匆。亦莫肯顧江漢廣，謂他人母真雌風。地不足闢山不樹，道路嶢确争蠶叢。可憐勸學識時務，今人翻憶南皮翁。彼何奥略爲異族，作始猶有生民功。至今隄堰氏張氏，平治水患豐田農。宫冶製作逮絲紙，桑竹楚利民所同。織麻作袋棉作布，衣被中夏興廛工。尤聞長計開書局，官書流布中原中。不以宦廢論其世，育才兼使時景從。安知後來向革命，不有前驅稍啓蒙？亦如湘鄉引風氣，士誼真與今時通。彼皆素位知所職，本末粗具原平庸。哀今之人遂無此，鳳歌聲遠徒遺蹤，嗚呼鳳歌聲遠徒遺蹤！

史所云謡

哀憤亦多端，春山生春雨。濛濛向四方，籠窣安得語？
脱手一鈎金，使士爲我死。我偶獲其力，千秋賤人子。
出門何所圖，里中多大夫。養鷹搏家兔，何用生讀書。
登名在緹隸，捕賊日三十。光榮祠祖先，一一察顏色。
高識闤闠理，遂登光顯塗。治國衹如此，準哉賤丈夫！
於越多金店，翠羽交明妝。邑子入官去，無復售珠郎。
口銜天憲者，手亦攜王爵。都插侍中貂，隨風生出入。
漢官千列傳，由來貴侍中。可憐應天變，只策免三公。
丹青圖宿交，上功亦上賢。獨以椒房戚，寧闞馬文淵。
天有宦者星，九重知貴近。彼能忍其躬，何有於愛幸。
不有錦衣尊，不有東林酷。廠衛血爛斑，中隱煤山骨。
曾聞宦者侯，節度監軍事。科舉一千年，不聞作主試。
何怪今靡有，辟雍牛馬走。奴輩解育才，國亡亦已久。

風氣傀焉傀，使詐亦使貪。以此定天下，夷齊寧不頑。
老成真老成，明哲惟保身。沉默復沉默，眉有三代塵。
五代五十年，死節不勝死。所以五代官，彈冠笑廉恥。
千古判太學，獨有魚朝恩。哀哉争座位，名器何足論。
大明無不燭，亦有所不照。帝堯如天雲，就之滿春抱。
種柳隋煬帝，其事亦高華。聖明唯元后，無敢復吁嗟。
從來九錫文，都出文士手。符命獻已窮，汝身復何有。
控馭羣兒頑，使之互訐擊。以此察下情，何事能相匿。
國人曰可殺，途窮獨投我。死生肉骨恩，何驅而不可。
奔走求庸奴，神明惟獨用。爲邦不百年，天下隨夢夢。
揮金自如土，殺人亦如麻。售語在千古，天下爲一家。
紅山傳舍舊，符璽相承受。不殺舊降王，無以善其後。
朝廷惡直言，勢必成壅蔽。所以古神姦，慫恿殺諫議。
人不能盡言，堯舜亦孤立。耳聽惟聖明，眼見惟宮妾。
姦回蔽其上，首在塞言路。奈何利姦回，哲王而不寤。
天下無復言，天下若無事。卑之無高論，而惟曰予智。

不戢兵自焚，國亦需文治。馬上得天下，亦有馬下事。讀書留種子，此語絶堪傷。今日言此事，所隔益微茫。大風思猛士，氣象自堂皇。千秋莊烈帝，遺恨作君王。萬幾日獨理，天下難爲才。或則萬物治，或則萬事隳。博大祥和度，觀人識濟時。洛陽諸父老，心定漢宫儀。

七月七日與倭奴戰兩年矣，時徇兵荆襄，爲詩寫念

大義除侵暴，飛騰海水初。羣邦劻攘，上國獨征誅。此已輕監府，仇猶藉護符。起看天地色，不覺一軍孤。十日無中國，今驚苦戰年。天河秋耿耿，凉月歲娟娟。草木隨新陣，風雲識故埏。八荒堅忍意，雷鼓出山川。謨定三年克，從容伐鬼方。名城恢楚越，秋馬振河湟。痛語移軍下，窮兵入戰荒。更添兒女雋，今日共疆場。刁斗明新令，前軍報合圍。謀夫哀骨嶽，勝策出金微。九地齊攻勢，連兵斷敵歸。告天横一淚，文采照戎衣。莊嚴經此戰，國命問昇平。濫灑羣胡血，從知僞種情。萬端求舊闕，大政急民生。此日且

籌策，山河礪帶迎。

扶傷兼問恤，何地不繁哀。忍此猶衣食，歸歟亦草萊。春壕填旅穀，野設哭叢臺。鼓角神靈起，桓桓作異才。

流離千萬户，乘勝幾人還。血肉曾耕地，烽煙入夢山。野營猶戰色，故邑各愁顔。涙定談翻覆，心摧遠道間。

播越定頻經，風花幾候亭。江聲盤激石，兵氣墮危星。志士宜辛苦，征年不渺冥。所悲無恙國，人負故山青。

帝　女

心哀殊已怨，悵悵欲何之？持義無旋踵，爲邦有誓辭。花明空谷在，春遠杜鵑知。帝女孤沉苦，蒼梧日涙時。

憶安耀宸兄關中

別涙縱横久，江城晚送行。風煙上秋色，草木作軍聲。事共春門遠，心原渭水清。相思明月色，天壤故人情。

泰和象山兄元日見寄（民國二十九年春宜昌）

五朔猶能頌漢年，多君晴雪寫長箋。春容浩瀚吟間見，國運昭回戰外傳。有念匡時同氣節，相逢孤往即盤旋。才難共作冰霜約，紅萼千林寶故妍。

彭水城塞問邑人爲述太平軍入蜀時事，因紀以詩（民國二十九年十一月）

西南懸道入天斜，霧列羣州有故家。牛角河山埋地紀，龍飛人物出蟲沙。千盤陣麗紅棉草，百戰弦空紫穗花。傳是翼王兵過處，馬前明月即天涯。

兵問（民國二十九年三月）

艱危千戰國能存，肯乞亡秦軹道恩。山嶽地尊湖沼地，椎埋魂起士夫魂。百年環海無亭障，萬里提軍有棘門。明恥備兵頻下教，歡然皇祖在崑崙。

牧誓明明久啓行，春風黄鉞肅前方。攻謀舊許全軍上，告誡今毋六事忘。遠國並哀兵火及，生民真念版圖荒。憂勤任戰無廷野，劍水耕雲繞陣長。

兵情陣説淚深捐，苦誤丁男入伍年。兵帖半添疑似録，國殤全使姓名湮。多殘子弟同仇誼，更占燒埋入地錢。汝等共親元帥教，可能危迫一瞿然。

鉤距（民國二十九年春）

九牧陳箴有法言，明明綱紀告黎元。錦衣能失中書重，白簡難如詗卒尊。兩漢名賢悲黨錮，一時風氣拜權門。尋思治道原平正，博大宜留國俗存。

廷尉何堪綜重權，愁聞罪罟竟張天。沙中聚語還多事，闕下懸書亦偶然。敢望開明存國禮，稍留名節待時賢。廉隅自惜無窮士，被髮惟應向潁川。

爝火難周物萬羣，光華還念舊如雲。淵魚細察徒多術，國盜潛移已二分。盈篋謗書馴宿將，如山鐵券付殊勳。千年高廟藏弓懼，況使危疑動所聞。

奉和右任先生生日遊北温泉遇雨寄示三首

天壽元公國有年，定分時代附公傳。無雲就作崑崙雨，高立黄河見大川。

開代磨巖待勒銘，紫金山色嶽亭亭。中興制作浯溪頌，文字光芒手大星。

平民期運待公昌，每話家常愛故常。纔自少年開本紀，一時天地斂羣王。

右任先生生日往北碚道中長句，命賡一首（民國二十九年五月）

陣朗春雲護劍霜，萬重心海國無忘。上尋降地開天日，近託生民長世鄉。四裔懷安思未老，千年文采照猶忙。即將草勢飛全捷，霖雨山川作聖場。

戰地見『步步設防，人人敵愾』字，右任先生語也。感念近事有作

大步關河幾設防？人人心上即嚴疆。敵於子女今非利，我應江淮遠就糧。東向鼓行開勝策，西來天府逼前方。兵家守勢超危點，欲獻孤枕有對揚。

滇緬道阻書憤（民國二十九年秋）

皇家高計媚遥東，輸挽途窮力未窮。豈有再來分鹿地，更難相信賦狙公。三年我正開嚴壁，百戰誰能撓反攻。天地自寬人自窘，汗顔勳爵戀殘功。

同情何望薦紳間，灰滅名城意尚頑。屈膝儘多無恙土，降心從鎖不嚴關。燔鄰己鑄西方錯，遏糴如尋上古慚。此路定須君自啓，輜軿還度萬重山。

聞倭兵假道越南

銅柱天聲總未荒，大軍何不下南方？難憐軹道新降國，惜唱蘭陵破陣王。收復舊爲秦漢郡，扶持原亦弟兄鄉。他時解放仍吾事，肯假倭騎推背狂。

哀三審計

浩蕩晨風吹野祭，傷心共是流入地。勝策中興此大招，殄瘁危時三審計。天胡百日奪三君，沉沙況有横流墜。始聞綜核建邦初，國用平亭勞作制。績學宜爲世所欽，想見師承開治具。制節謹度求不匱，成書平準都民事。三君遠學極殊風，德治精嚴美詳細。當時草創向京國，數共追從賓風誼。常君看劍久慷慨，聊得黄花結新憇。蜀山碧夐人嶔崎，餘事多君好詞句。至今念過雲湄居，寒之友寒松竹氣。茫茫永遡播遷悲，春柳黄河戰前去。任君一鳴在計院，君子謙撝無矯異。長憶春明講學年，何限心哀諸子弟！爲國鉤稽更大方，絶愛從容江左趣。新亭收涕漢之湄，亂離共極居停意。從今風雨大江聲，入峽船空向遼戾。戰地施南近行役，山川大好皆摩厲。猝聞哀訊冷新蹤，一月前頭若甫至。芙蓉在山雲在野，皎然明月如君志。我歌已哀仍激越，乍疑國命臨傾棄。不然黄鳥再三音，未肯遺君永新治。將毋黷貨徧邦域，國危寵賂愈無忌。軍民原野盡膏血，戰爭戰争成市肆。元首端憂元帥苦，依然上下交征利。何必盈庭有簿書，泥沙見汝乘除字。寧是波飛水立心，有使曹君由此逝！軼華盛年早白髮，淮上交游數誠摯。當時升堂拜母人，雙淚爲君垂此世。愁向江津問水深，今日華陽奔命際。

赤足

赤足赤足水將深，離居蕩析山之岑。風波驚沙不得息，螭虎雜錯桃花吟。娟娟春趺日流血，趾甲紅墮征人心。吁嗟行路千萬里，非耕非織倭來侵。

紅行纏

深紅深紅亂馬蹄，細馬馱來春雙棲。蛾眉宛轉不收骨，羅襪盡濕胭脂泥。堂上舞死兵走死，紅心草拂春風齊。杜鵑啼花山躑躅，彈箏嬌澀紅趺雞。

流浪

流浪流浪誰家兒？高歌不聞聞哀嘶。年年唱苦山月裂，松花江水寒無湄。大刀進行行欲遠，血肉築城城始齊。爲君擊鼓君舞劍，春聲浩浩春城飛。

渺小

天地渺小有角落，崗位崗位何局促。壯闊原須放步行，祇語時髦失遼廓。不願此言成心聲，顧盼森然橫萬族。

稱名

何所月刊名國代？稱名每感微詞在。國如何代代何人？不是妖言亦人怪。南京中國殯儀館，幾葬邦家如不返。近來中國又運輸，播遷不足賣之乎？

軸心（民國二十九年十月）

納粹狂流警萬方，横兵肉擊亦尋常。同時人物生屠狗，斷代風雲起大王。誰任軸心盟宰割，自然元首謚披猖。春風未識今何世，吹海翻騰卍字芒。

嗷嗷（民國二十九年十一月）

大地農家告稔秋，前軍似聽復宜州。傳籌苦唱沙成米，制國真聞玉作樓。啼雨萬鄉飢餓陣，承恩一世武安侯。祇今廣座誰能酒，放膽蒼生訴遠憂。

司農（民國二十九年十二月）

誰遣司農仰屋聞，連驅珠桂出河汾。兵情國命收支籍，鐵券銅山貴重勳。世澤漸堪延少子，高奩都足嫁三軍。平生意氣輕宮掖，自斂金黄染大雲。

臘日象山兄惠詩奉答（民國三十年一月）

元嘉草草況詩風，江漢人還氣未融。檮杌有年哀楚子，東南無怒觸共工。真成餘地天方蹶，獨起名章歲正中。采得輶軒辭絶代，與君平視控弦功。
山掛佳雲上水濆，祠神歌曲辨湘君。接鄰湖雨生春草，飄樹人煙釀社醺。臘日尚聞傳鼓急，丁年初惜故衣芬。原知揆度嘉名始，多費庚寅廹降文。

巡軍川楚間，林祖餘弟相從載筆，每話往事，悵然有贈（民國三十年三月）

空山夜雨十年燈，春柳辭鴉夢幾層？猶是江南初見地，寒花飄淚上觚稜。
漾月明枝未忍棲，東風長角百城齊。原拋心力遲知己，十道春紅遠障泥。
苦話丁年事最哀，忍將時難定誰才？相從冷戍寒灰境，更采紅蘅傍水來。
長笑中原事有無，淮南春望楚山孤。真成公室三家概，分向斜陽據緑蕪。
竟難宣室問蒼生，昂首疆場放步行。君到湖湘春正好。團花出陣望千營。
開創當時誦策文，壽春閑老故將軍。啼鵑莫認宣城住，兵火京南有剩勳。

黔江遇柏烈武先生，將同還中央會議（民國三十年三月）

將軍百戰感馳驅，決策艱時老更劬。長揖遂無公路座，專城紛佩信陵符。兵車歲晚衣裳會，賓客春歸草木殊。鴻烈幾函鬚鬢白，萬山風雨向行都。

君不見（民國三十年四月）

君不見列車開出莫斯科，屠場樂舉衆不訛。松岡敵酋右眄大洋一百八十度，眼見無數國家碎擲呈微波。右肩一拍山嵯峨，乃是巨靈之掌親如何！腹内車輪轉已多，各人歷史任務無相磨。道路震動星流梭，香檳清冽雙顏酡。世界生命殘滅隨漩渦，海陸俯伏如駱駝。惟存羅刹兮與東倭，相對軸心兮廢此天地而狂歌。

徵一兵不如救一兵行（民國三十年四月）

山川有如語，告我新花雜春雨。誰家棄兵填泥沙，覆胸黄土生春花。眼枯見骨若相顧，春風千里東來路。誰甘病餓垂死委路旁，誰肯埋後呼叫使人傷。吁嗟乎！徵一兵不如救一兵，我聞此語陳將軍，戰場獨有如春雲。

夔州舟次

薦闕朱櫻道路看，夔州風物益軍寒。紅旌三峽雙嚴夢，白帝孤城萬里觀。春雨樓臺迷戰伐，中原哀淚事壺簞。奔騰大禹南功水，氣力千尋故未殫。依斗南門水上痕，孤懷高詠見朝昏。邊庭早誤資驕虜，回紇時猶有舊恩。舉國正酣鹽鐵論，萬流都共稻粱喧。後方飽死前方苦，可爲傾危念罪言。

聽音（民國三十年四月）

噍急宜非創代聲，甚難寬厚得和鳴。春雲釀雨齊原隰，大火流天惜性情。草木尚生秦二世，威儀終重漢西京。民生文物皆雄渾，絕徼流沙控制明。

相逢（民國三十年四月二十五日）

明月何年似潤州？約黃初映柳絲柔。重生紅豆如南國，新翦哀梨已舊秋。江上酒船中夜發，樓頭春雨薄晨收。相逢往日還珠別，葉葉羅衣避亂舟。

江防巡次贈洪參謀長子熙（民國三十年六月二十四日）

慷慨艱時共急車，大軍東定萬春華。防江艘艫初臨峽，效命山原久作霞。籌策兼憂秋稻末，還歸終慰舊人家。角聲朗聽松棚午，指看宜州水一涯。

戽水行

五月六日之間旱，山川大國當征戰。田禾莫向萬民枯，換雨盡流賢者汗。長江不漲桃花水，襄河淺淺生沙嘴。真難三户楚人心，秧苗半絶耕無悔。長官徒跣戴斗笠，挹盡江聲車水立。炎天火暈眩生花，看見眼前皆粒粒。正開兵役會，便作灌田隊。當時訓練團，争作戽水班。軍民不禱桑林雨，溝洫能勒饑可已。車水車水終日水不深，中有殷殷千頃心！

貧農行

貧農汝爲中國誰人努力誰加餐？家家粒粒水晶盤。無衣無食向千古，犂頭吹盡東風寒。倭奴侵我疆土千萬里，抗倭者誰誰則起？大官肥死黄金槨，小官日買如珠縠。官亦商兮商益官，賢哉未賣當前國！生民水火粟菽皆統制，可憐無與軍需事。高價都歸國難家，空前共得江山利。田連阡陌市盈廛，敵火雖燒燒不完。何況西南國道通香港，更有亡國樂土如安南。婦女口不言錢説港幣，一時風氣落伍羞何堪！夫壻弄錢猶不足，花枝別映春顏緑。胭脂水粉占軍輸，法國雖亡花爲都。官家更得彈冠意，知爲新除青苗鹽鐵五尚書。勞人於此不草草，戰時都言出力好。百倍工資千倍驕，真成技術專家了！擔夫争道驅公主，天空望見車夫舞。一蟹不如一蟹豪，持螯醉向車茵吐。泥水匠食萬乘錢，破鞋一補飛上天。雲中皎皎天孫手，亦羨裁縫熨斗賢。貧農出糧亦出命，富農屯積稱天幸。保長抓兵抓運伕，荒山日落驧聲定。貧農貧農汝爲抗戰之骸骨，中國不亡汝生肉。

山中芙蓉

空山和怨長芙蓉，娟楚齊雲更上峰。擁上秋潮回首看，對人鉛水一重重。

宜昌喜逢劉象山兄贈詩奉答

天地秋心冷繫舟，孤城兵氣動旄頭。夜深霜角寒猶戰，陣上星文怒不浮。花見大隄襄漢永，人來空谷水雲幽。昭明臺畔呼鷹手，淚爲蒼生灑臂韝。

勝策高游喜不眠，乘秋窮寇未容憐。徇兵大楚行持節，報國雄文與控弦。星斗北簷猶舊好，風華南贍要重全。竟陵詩卷彝陵酒，試袚江濤悵惘年。

徇兵荆沙渡長湖，將之潛江監利

雪浪菱歌路幾千，長湖風水泛華年。軍容前敵觀宜壯，山氣臨秋對更妍。心上塵桑情未遠，行間吴楚策初全。濤聲晝永魚龍聽，隔岸荒煙故國田。

空　警

彈丸哀島國，舉國擲中華。豪放持孤注，飛沉醒萬家。深仇無岸谷，及爾入蟲沙。聲色從俱厲，神州自早霞。

行察江防，歸舟過白鷺湖長湖

湖藕香輕擁劍衣，柳隄黄沁水魚肥。盤弓滿注乘垣敵，逼壘猶支往歲圍。沼國新秋菰米足，故園深夢芷蘅歸。澤蘭不是無消息，江上孤行願可違？

歎　事

從來生計課耕桑，盡願民間有蓋藏。自奪水鄉魚米市，重聞天府貸泉荒。雪山飛挽開馳道，香海珠瓊擅勝場。歎絶乘軒羣罔利，驅誰兒女碎前方？

地變天殘海谷波，淪胥仇痛浩難磨。乘時覗説降兒貴，報國新成富賈多。風氣難回江以下，干戈長問夜如何？橫空日日驚流火，別遣千城事綺羅。

哀降敵者

無顏文字泣明靈，上下河山氣息腥。日暮危行寧至此，哀沉身死似曾經。黄金名節全垂地，白水盟言失未形。痛是當年承顧命，有何心淚孝陵青。

秋庭晨課付終風，刺字還誰手線紅？燕市刀橫成淺笑，雁門詩好失元功。人間短氣無文采，國命將興有困窮。忍此須臾千古事，萬方聲罪戰雲中。

哀招賊者

降奴交衅亦何言，穢跡腥聞海宇喧。豈有神明能内疚，尚煩家國作殊恩。私情寵賂非長計，末路蒼黄未可原。縱使一時招反側，百年多故哭籬樊。

射羿還彎學羿弓，賊曹傾轢古來同。鬼謀於社情如揭，寇入乘垣技竟窮。大義誅心投有北，全車擐甲答遥東。神明苗裔精忠在，萬陣清除願故雄。

干城

大度山東出草萊，齊驅將相撥秦灰。干城二卵寬無問，使酒千筵罵已哀。公亦還鄉誇父老，國猶多難要人才。光明四照春風入，笑費黃金遍築臺。

炸區

斷堵危垣屹不移，明年春上好花枝。故家喬木灰煙地，大國長風震宕時。豈獨山河終健在，相看民物益雄奇。無人濺淚連城火，正爲艱難締造知。

兵情

不必傳聞盡異辭，有懷深願廟堂知。事宜討賊分諸鎮，情痛嚴城走大旗。兵號補充新銳少，敵能騎射禦防遲。一從軍府文人盡，得借諮謀似往時。

巡察第六戰區，越南川彭水間大山

山更高華水更清，誰人知向戰場行。江南潤碧春三月，路底團煙蜀五城。有約磨崖全勝了，相逢今日大雲生。芙蓉萬嶂秋成海，壯我青袍按部情。

歐戰亟哀英帝國

九百年間海宇吞，尚攜籌算向天門。王侯有例環封殖，奴隸隨恩忍夢魂。太上情忘辭冕帝，欠伸人起給孤園。垂空射海如雲火，漸逼紳羣棄雅言。
慚遲大道告羣蠻，歲幣長輸事已寬。漸變民風隨步驟，更無人氣似王官。戰爭第一贏鴉片，嗜欲能兼轉蛣丸。謝汝傾頹關世界，長虹吹息萬雲端。

第五戰區聞捷，奉簡李司令長官德隣

快決薔薇戰，南風大麥時。軍哀祈祖國，敵苦用全師。故使長圍合，旋麾十道馳。荆襄乘勝地，濃緑上兵旗。

悼張總司令自忠戰殞襄河東陣地

動地危歌入陣酣，戰場譻下半旗藍。横襄東向無來敵，伐鼓南軍斷左驂。慘淡孤忠明宿謗，蒼凉餘力謝叢慚。如公大將行間起，虜寇長驅竟可戡。
荆門抵掌寇圖明，春柳重城永夜旌。遠水孤流心共語，羣山如夢戰聞聲。纔從上陣窺雄略，更忍巡疆看部兵？西北多年艱苦地，江頭飄淚望千營。

五月戰場喜見我國飛機擊敵

雲端飛急響，鬱怒更無言。始辨高翔色，稍伸久蓄冤。歡呼觀勁羽，驚喜擊窮猨。有日重溟去，排空下一燔。

張總司令自忠靈櫬過宜昌西上，恭紀

張自忠將軍忠櫬之過宜昌也，軍中未公布，民間已有所聞，不期而集於東山寺者逾十萬人。入夜，紙帛熒熒，銜哀私祭，山頭路角，終夜有悲歎聲。隣家老母，夜起手製麵食曰：我爲張將軍作北方飯也。凌晨，移靈上船。由東山寺直至江邊，千門萬户，争於街頭設祭，香花佳果，低頭虔拜。望靈輿且近，手燃爆竹，目注棺行。祭桌上有盛設珍貴物品者，其意恨不盡獻所有于此民族英雄也。沿途人山人海，悲壯熱烈之情，送靈者無不垂淚而過，莫能仰視。其時警報緊急，敵機已凌空，而送者無一人退，祭者無一人去也。前面軍樂激楚，覆棺之國旂愈顯光麗，十萬人綴以行，莊嚴沈毅，初無部勒而整肅無比。敵機盤旋，蔑如也。靈櫬上船，素旐徐展，岸上人猶是心送將軍，欲溯江俱遠耳。敬爲詩紀之。

哀笳夜半隨清徵，東山寺外天如死。萬潮奔動祭將軍，戰地怒騰江漢水。自忠將軍身百戰，祇今倭虜魂猶顫。民族威靈震兩間，年年春壘臺莊畔。去年鄂北復乘勝，卻控襄陽鎮南郡。羣山萬壑凜風聲，千營課學如行陣。提兵冬季嚴攻勢，東向驅除先此試。眼看部曲折殘多，行行早決偕亡志！元戎況是深相許，獨斥羣喧付軍旅。由來感激定酬知，國家多難蝥弧始。宜城追敵殞前方，能使倭騎拜陣亡。死作軍神生上將，幾見都戎中步槍！軍民私説淚紛紛，裹革孤歸痛所聞。都向靈輿遮路祭，萬千紙帛一時焚。隣家老母傷心極，欲奠東山無氣力。悲凉夜起製餻蒸，説與將軍作朝食。短衣黄髮盡低頭，曲曲精誠自露流。夾道香花縈爆竹，蒼煙人淚是宜州。斯時警笛横空惡，尋聲正見貓頭鶚。爲毛爲血或塵沙，從汝盤旋誰復覺？軍鼓銅鐃大隊行，江船沉默上銘旌。人心都爲將軍起，殘虜當前未足平。

宜昌三遊洞與辭修司令長官立三主席籌戰守夜，中正委員長四次傳機宜，遂至天曙

不忍山行見夕曛，杳然流水去沄沄。疆場住久春相識，草木聲多戰已聞。尚檢兵符催六郡，定回天步仗孤軍。夜深頻降元戎語，瀼閣高寒大楚雲。浩急風雲峙此樓，支持同重國家憂。兵書寶劍隣三峽，錦纜牙檣得上游。坐惜江天人幾許，最懷桑土事綢繆。荆襄近日猶消息，早晚援師雪涕收。

統制

紅女千家織，青倉六穀升。天心憐戰伐，物力足岡陵。誰挾軍興策，羣先壟斷登。儲胥翻匱乏，民困日飛騰。物資隨統制，原是爲軍供。百姓生機竭，群公富有同。誰該塗野草，爾竟作冥鴻。報復燃臍及，終風起暴風。强寇猶憑境，山川日向西。闖焚明屋盡，盜發漢陵齊。鹿血親王酒，螢膏將士泥。怒濤隨敵火，心動好棲栖。抱布今何地？藏山有棄糧。甘心臨陷落，絕望作流亡。敢謂慈仁竭？長憂寵賂彰。戰場聞見切，惶恐諫侯王。

六月十日去宜昌

頻被山川看出行，大軍移後峽門輕。殘旗留認休先拔，故壘重來欲自平。江上兵歸遲五日，城頭燈急遞三更。當陽不是無防守，散碎盤荒敵馬聲。江城枯意水雲知，形勝荆襄苦護持。九十四軍追敵遠，一千餘里盼援遲。秭歸路恐南漳入，鵲嶺防因董市移。日對兵圖風色裏，千門吟望更何之！

民心切切問風波，奈此逃亡歲歲何？　每説將來皆好語，漸難牽强辨傳訛。　行間喚櫬誰根葉，客路辭花自蔦蘿。　試上籌邊樓上望，荆南山色惜人多。

兵退望宜昌

戰苦孤城不忍行，江波慷慨影垂旌。　湖湘南北餘飛越，草木春秋變送迎。　漸遠已空桑米地，重來知有怨啼聲。　西陵峽口沉沉望，寂寞山頭大字明。

歐　戰

世界生兵火，燔天亦比隣。　春風無小國，烈焰到垂紳。　快意哀和約，侵疆縱遠因。　友邦投贈盡，危急更何人？

大地飛鷹幟，天風海浪兼。　狉榛羅屬土，鞭撻出垂簾。　馴服既云久，婪欺更不嫌。　豈知含忍極，報汝羽毛燔。

隔海觀風色，重遭狩獵群。　冰期臨到汝，島國更難軍。　賂敵今剜肉，呼援苦不聞。　稍稍持正義，何至事彌棼。

重惜均衡墜，蘇聯放手時。　發縱窮角逐，失馭抉藩籬。　海域安寧判，人天慘黷知。　况堪盟會地，紐絶更無辭。

北碚村中

鳥雀柴門尚有村，燔空流火幾家存。人親無定干戈日，客問重來涕淚言。春韭園荒巡猛虎，露葵餐好念窮猨。流聲隔座嘉陵水，苦憶前軍羽捷喧。

高　議

謨猷前席事方艱，漸徧生民慘悴顔。天府可無平準計？行都猶作去留間。還家冷落丁年使，隔坐銷沉甲仗班。能許賈生垂淚説，漢時明月有重關。

越　裳

自雉來周海未波，冠裳殊錫日南多。迷方俾爾車能復，置郡乘時象不吪。帶礪衹今原顧惜，門閭依舊定摩挲。千秋重譯朝誰是，奈不雄風一競何。

黔江彭水道中

西南天地走轘轅，僰道黔黎静不喧。民已困窮無布帛，俗猶蒼莽任屏藩。時當修戰宜良牧，人未多嫌棄罪言。莫訝夜郎曾自大，萬山高處看中原。

奉命巡察戰區，由重慶飛航武漢，進次鄂東戰場

清夷神甸竚全功，大野玄黄死戰龍。百道山川連陣格，六州持檄出公宫。軍門謹下辛毗鉞，原廟懸歸楚國弓。早歲尚窮司馬法，宜將恭命報元戎。

三十二年十月絶筆詩三首又半（民國三十二年十月）

挽粟陳兵事引殷，六年東距盡諸艱。懸懸歲穀春方足，隱隱雷輜國啓顔。制梃有隨秦楚後，籌邊多望漢唐間。卻聞隴右繁征徼，天上黄河水尚閑。

宫中生棘露沾衣，歲月兵車望且違。春雨越裳千帳遠，靈槎星渚一帆歸。連雲大國門楣淚，落日孤城淺近圍。多少江南流怨地，年年玄鳥向人飛。

學府高寒草木驕，移家薪火仗親樵。已窮辭色勞中婦，尚算衣糧養二姚。賢者升天隨孔僅，餘才終古注韋昭。漢家枉設乘車禁，冠蓋京華盡此曹。

蠟炬歡塵照國仇，紅楓霜遠不疑秋。月華倦認黄初域，柳色閑生白下愁。（下缺）

詞集

三原王陸一撰　涇陽張庚由合肥江絜生輯

金縷曲

遊三原東里半耕園，園唐時建，古木參天，玉蘭梅桂數百年物。花時散馥城野，風日芬麗。有讀書堂、桂靈樓、石舫旋廊諸勝，尤爲遠近學人遊息所樂。至其西北，嵯峨山清涼山邑清麓書院在焉

雲木相招久。便重來名園覓句，滄浪濯後。落日荆駝誰致此，付與高樓杯酒。數水碧年華十九。竹馬在牀梅昨日，乍悤悤已向天涯走。還展望，嵯峨首。　清華水竹都依舊。自蒼茫、故家文物，蔚然深秀。飛上千家啼戰伐，何處燃萁煮豆？似這等吟愁儘有。堂外玉蘭清越意，豈成煙、柳色閑叉手。可竟挹，浮邱袖。

金縷曲

橋居漢嘉，是郡國海棠獨香，地歸長安。就學去蜀中，山川日以遠。中經帝制之亂，故人慷慨，吟念增哀。填詞寄所親，已百端横集也

長笛吹春久。甚春人春衣慈母，和春長守。往日溪灣抛夢裏，來去月明清漏。定碧水海棠新秀。三十六株親約略，恨東風不與雙紅豆。香有約，詞初就。　無端棧道穿煙岫。試

中原橫戈草檄，少年身手。幾輩拂雲驕馬死，生護漢南移柳。定絮影波光邂逅。萬里春暉生草色，寫嘉陵天上黃河吼。歌正好，花明後。

金縷曲（民國十一年）

陝西靖國軍苦戰關中六年，最後由武功岐山退鳳翔，將佐多散去。余與諸友從總司令于右任先生越重圍走隴中，由此在山川行路間，蒼涼吟望，情見乎詞。

沉絕車轔矣。問頻年壁門狂寇，消除餘幾？收拾高原橫一戰，咤叱英雄豎子。便重把義旗扶起。我馬我車攻既獵，再登壇已作全軍氣。驍騎校，輕車尉。　人民生死相持地。最難忘風高月黑，孤城垂圮。老去元戎揮淚盡，平棄周原迤邐。又行向隴山無已。敵自奔攏軍自覆，事艱難反在垂成際。嗚咽水，流人意。

百字令

和永嘉夏承燾兄長安見贈韻。時天秋落木，西北兵氣銷矣

江山搖落，似宋玉悲餘，微辭容冶。不誤孤軍天下力，往事心頭猶畫。草檄研冰，移軍沒雪，笳鼓飄零乍。大風鄉里，一時豪意非寡。　便數成毀難期，風華自惜，寂寂君休訝。都送故人生死去，不到哀絃陶寫。北夢如荒，東林何事，相與樽前話。西窗暗雨，數聲清角吹下。

沁園春

元配于淑賢病殂，申江父死患難友朋之手。蓋三年不敢以聞祖母，創心長別，爲此哀辭。淑賢淳化縣人，故甘泉宮地也

一曲離鸞，命弱秋聲，淒斷素絃。共哀時心儉，商量他歲；隨江家遠，珍重留仙。少日夫妻，重圍形影，强算成婚還四年。從頭記，有凉碪攪夢，孤劍啼煙。還遠淚通天臺下邊。向嵯峨山色，蒼茫哭父；春申浦夜，宛轉埋泉。雨濕孤燐，衣單下葉，滴滴填心秋漏天。君休念，只浮生苦恨，長傍君前。

生亦艱辛，對此恩恩，風雨水湄。忍除將婦服，情文爾許；悲餘身世，冷暖誰知。剪倦春蕪，裙收秋樹，如此貧家煩主持。干戈裏，望隴頭嗚咽，蜀道迷離。尚相對花陰雨滿巵。乍支離瘦骨，珊珊還碎；單寒釋手，隱隱無辭。玉宇飄飄，蓉衣散裂，數影高梧霜萬枝。新秋夜，問月如無恨，端見蛾眉。

滿江紅

外舅于公鶴九爲無政府主義者，參西北革命軍事，民國九年死三原之難，義軍已駸駸敗矣。于公右任再起，巡武功軍主其家淳化方里鎮，由此率大軍而西也。外舅文辭書畫騎射並精絶，愴悼爲詞，以存光烈

大筆青山，換平居百端交集。還苦受、茫茫友道，撐腸嶽立。箋紙不磨疼痛字，石章細染聰

明血。定當時高嘆振諸天，天爲泣。　人才意，刀弦裂。關河在，歌呼歇。甚春風原野，並耕而食。籌策尚虚桑海願，支持未了軍書力。便蒹葭長倚露車哀，情無極。

慶春澤　俄京紀事

璧月閑荒，華燈晚剩，繁霜悄變人音。一樣横波，微風吹出樓陰。斜陽旗色雙鷗外，是從前淺草停琴。試重臨。雙槳紅欄，容與閑心。　還伊宛在情無奈，奈幾回明漪，葭荻深深。飛燕飛勞，憐他分到雙禽。明窗望去知將睡，又芬凉長夜沉沉。託微吟。吹雪梨花，域外寒衾。

金縷曲

莫斯科河泛舟，與李毓九、熊保頤、趙文炳、李秉中、梁仲明、張庚由、皮以書、黄文霞諸同學偕，秀清五妹亦在同舟。寒宵冷月，照人於荆榛絶域中，人語嗚咽，與水聲相凄瀝也

此際添凄楚。共一船，夜凉人静，月痕初吐。身世畸零今未了，忍住悲凉相語。料負盡生死知己！痛哭佯狂都不是，願寸心化盡成灰土。歸去也，歸何處？　深山大澤沉埋路。爲從前、饑來驅我，遭逢時故。一曲短歌聲淚下，百事今難自已。更莫問此生愁苦。夢與秋花相對冷，到人間總被癡腸誤。拚委棄，隨朝露。

百字令 掌記中央，奉寄夏承燾兄之江大學（民國十五年）

還嬰世網，剩窮荒歌哭，歸來都廢。學得鮮卑時世語，好趁琵琶柔媚，七發辭多，百罹逢此，耿耿心難昧。悠悠天地，故人相視憔悴。　猶記兵後五陵，疏狂未悔，意氣傾酬對。天遠難窮花照眼，共挽黄河沉醉。往事塵驚，新游蓬累，那更供雕繪。相思何許？一秋風雨如晦。

沁園春 寫感。時去南京，薄遊蘇淞苕霅間

投玦空江，采盡蘅蕪，長毋相忘。算酣嬉夷坦，累人特甚；芬菲綿惻，誤我何妨。千仞青谿，倘容絶世，依舊低徊望下方。人間去，又花吹蕊嚼，蕩氣迴腸。　心頭斷影迷茫。要自檢温馨慰所傷。恐紫臺歸遠，聲餘環珮；青旗勢異，勝絶排當。銷歇豪華，蒼天已死，君看秋來柳最黄。江南賦，莫輕輕指出，城郭斜陽。

水調歌頭 爲張目寒兄題陳樹人先生《月桂圖》，在晉祠所畫也

叢樹招何許，秋色浩無端。并州臏寫微月，天地絶高寒。莫問浮雲西北，還讓流波吴楚，清露冷誰看？塞草今宵白，人去事初難。　一條心，一江水，萬重山。相持草莽微命，沉

痛向人間。不是披香前殿，散作尋常花影，歌與月重環。風景無殊處，人意謝江關。

水調歌頭　安慶送别潘懷素兄，時同教授安徽大學（十九年秋）

天地秋如許，隄柳舊垂青。長江遠送人罷，煙水冷冥冥。説與芙蓉木末，還指横波爲證，何意不淒零。寥落聞消息，行路太伶俜。　散微心，人間世，作繁星。相逢少年詞侣，珍重小留停。莫解明珠倚贈，明日相思無住，腐草化爲螢。不照蒹葭白，迴夢謝前汀。

金縷曲　僦居南京飲虹園，答張庚由弟兼過從諸友，時民國二十年春也

欲謝殷勤意。好年華青袍如草，排來一例。自是雍容吾等在，笑倩花神書字。又慷慨悲歌而去。卻指秦淮如此水，入名都也有傷心地。春一派，繁絃裏。　人天三策關何計。竟從前、拂衣都誤，我疑非是。祇爲江山佳麗想，有淚無言而已。更不辨横波心許。南渡所關雙燕子，近烏衣未是無春氣。天下事，還相慰。

浣溪沙　有憶俄京舊游

一段林塘一段心。移船天氣舊沉吟。記曾斟酌到春分。　自隔紅樓天樣還，斷無青海月初生。空堪蘭佩一相聞。

浣溪沙　京洛道路間漫題（二十一年春）

手挽曇華一縱身。淡黄微月散柔塵。近江南路此行温。　旋省靈心來故去，欲裁清怨淺還深。重逢親與數啼痕。

山木枝枝影未消。題裙人去太迢遥。可能卿住水南橈？　强自沉心移燕壘，最難分手下虹橋。低云今世定誰勞。

水色如人不可來。但爲卿故且長猜。願曾行處有微苔。　倘會相逢非想像，卻緣同伴屢愁回。年年春柳一腸迴。

定眼瓊衣乍認初。風波臨顧最愁予。平停零淚惜沾襦。　有數靈芬原隱約，無端環結挽妍徐。竟爲瑶想竟何如。

百字令　京洛道中和友人作（二十一年春）

柔情似水，向京洛春衣，消除雲想。不是黄塵吹意盡，野曠天低人往。城郭花時，衣冠别恨，端與卿相向。惘然生受，靈思無限游漾。　倘更一例飄零，竟難爲地，芳草江南長。天遠仍迴鶯且倦，一箔啼紅催上。倉猝青山，悲凉朱露，事歇還孤掌。秦淮如語，中原珍重凝望。

沁園春　二十三年中秋北事書歎

絶代山川，一望煢然，沉碎未收。正朝衣無策，蒼茫民命；長城如芥，取拾通侯。度我陰山，豈惟胡馬，何處籌邊更有樓？金城柳，問圍腰依舊，換了兜牟。　盤秋嗚咽橫流。尚泱莽西風兵氣稠。悵蘭陵破陣，此聲長絶；澶淵飛蓋，孤注無由。累卵他年，低頭此日，都作文章風節憂。銅仙淚，莫中原明月，僑置杭州。

滿江紅（二十四年）

上國山青，曾俯視齊梁顔色。何從被、衣冠江左，漸忘河北。雪外巫閭沉痛地，雲中驍騎蒼茫日。對公卿鐵撥學鮮卑，琵琶急。　春不定，天如墨。聽打槳，秦淮澀。墜無殊風景，千年誰宅？去住心情紅萼憶，低昂裙屐青蕪窄。上橋陵從遠哭軒轅，天驚惻。

金縷曲　送劉傳中弟赴英國留學（二十四年）

卻放行人去。最悲凉人天關切，祇今無計。韋曲狂花春無賴，射獵五陵都異。更夢裏聞聲何地。翻覆瓜車誰助我，感冰霜猶得悤悤聚。投抉起，起相視。　江山一派銷沉意。儘周旋、永嘉人物，寂然風氣。誰望柳條邊土者，渺渺此懷孤寄。好準擬國門歸緒。行矣艱辛須努力，便滄波萬里天涯是。春月遠，天無際。

百字令

夜讀《靖康續録》，風霰撼壁，端憂倚聲（二十四年冬）

北檀弭節，有將軍還轍，北平秋倦。流轉混同江氣墨，落日大旗風變。白戰餘兵，紅戕偃甲，換盡長城險。匈奴等耳，千年邊釁誰翦？　幾看盟會三朝，降王争長，執戟穹廬免。撤我圍場山水外，顔色胭脂啼淺。五國城喧，三垂岡疾，來去黄埃卷。天驕誰族，霜空明月哀遠。

慶春澤

南京逢舊時學友。春年域外，不知今日相見之悲也。明月漾水，歌以詠之

緑萼花低，紫綃入倦，長江東去愔愔。水國層波，無窮往事消沉。森松雲母車窗路，捻薔薇婀娜愁簪。試重尋。春草長隄，深淺紅心。　霜華入塞今何世，怕歸來鴉鬢，不耐愁侵。染蕙成思，還君清淚沉吟。雙心待挽秋空證，早芙蓉凄到如今。數雲岑。不睡和衣，縹緲蘭襟。

金縷曲　鄧尉看梅，歸舟小停木瀆，飯席填詞示張庚由、江絜生、安耀宸、趙文炳諸君，兼寄依依、文逸女弟（二十五年）

草色遲春暖。有柔條、牽衣萬縷，春魂初綰。總是垂楊風信裏，不比春山平遠。甚隔座送鈎人晚。似與花神相綽約，最依依一疊雲難遣。紅欲潤，衣痕淺。　寒梅濃護香如浣。是人生相逢佳願，花林明滿。鄧尉幾回行可住，弄水柔橈歸緩。更細語深燈紅翦。意太凄涼花太好，定明朝淚又盈盈泫。珍重約，寸心踐。

百字令　西湖題樓外樓。時東事方亟，悵楚若無所之，同安耀宸君看畫船盡入西泠也（二十五年）

淡染紅裳淚。算這回、春懷惘惘，和花難擬。剛取玉顏清比照，第一難忘知己。早怨絕疏寒人世。獨有修梅凄念我，向春深夢近微黄蕊。冰雪意，隨容與。　十年心願酬儔侶。應何從泛香成海，苦緣心住。放眼青山嬌欲下，對此茫茫誰許。不信道偶然相聚。沾袂吴門春細濕，乍飄衣蕚緑華仙子。凄怨切，催歸去。

青山樓外，有暖風吹徹，遊人難醉。一帶垂隄南渡柳，便數臨安春最。城郭清波，招隄靈隱，一種才人慧。誰家甌脱，中原無此天氣。　不是嬌冶平湖，替人分謗，小譴嚴初歲。

爲是十年生聚了，顯得丰神修美。射海情孤，格天名陡，有此澄澄水。西泠一往，隔花清角吹未。

浣溪沙　南京明陵春望

樽俎謀官不定憂。艅艎東斷海難籌。邊聲一味薊門柔。行教地哀朱舜水，填詞人弔李昇州。傳聞隣國玉笙修。

誰使張元負漢多。單于臺下即明駝。每依南斗望如何。昨夜東風樓咫尺，陪陵諸將劍摩挲。真聞銅狄一春歌。

夢落中原大野春。何能神武望詞人。拂花成怨怨成塵。宛轉江皋猜玉珮，岧嶢天闕起觚稜。千官隨影問中興。

采桑子　春間與庚由絜生諸詞友蘇州小遊，美舜華於邂逅，攬綠萼之芬菲，春氣吹緜，紅蕤照水。東南天好，永嘉流者之心；西北雲齊，靈武中興之願。碧山佳語，遂得新詞，卻寄依依、文逸

心香遲汝今春閏，招手吟邊。垂柳橋邊。雙槳搖春水一舷。人衣花氣盈盈濕，含意前灣。何限溪灣。鵑語東南板蕩年。

采香涇畔花仍發，春雨吴趨。綠葦平隄。隨意輕綃起試衣。蘼蕪苒苒山塘路，塵夢雲

低。漲淚波齊。絶世芳華響屧西。

閑斟身世紅裳最，花鑒芳卮。褭褭垂絲。有淚難名不醉時。凝眸各貯分明意，可惜胭脂。簇染春遲。夢裹邊城雪倒吹。

嚴家池館垂楊泊，依約春曛。掩抑嬌雲。前度秋詞有墜魂。相逢卻指紅芙影，生怕重温。點袂啼痕。中歲心情怯受恩。

少年詞侶春星感，盼斷中興。盼斷中興。文字蒼茫欲化雲。隨身羽箭傞傞在，迤邐行吟。迤邐行吟。不爲梅花去住深。

疏寒牢握空山手，霏雪東林。遲日園林。中有春城草木心。無端挽個紅顔泣，吹笛誰音。嫋嫋繁音。綠蕚香深海百尋。

莫釐龍女遥相指，浩蕩靈修。鐘動波柔。縹緲蛾眉月上頭。春中記得初三酒，花滿香篝。小令傳篝。昨夜東風昨夜樓。

臨江仙

蘇州再遊，覺山川有凄戀之色，將忍此而不舍乎！祠壁靈怪，芳草芊緜，煩紆中懷，惝怳無次。與絜生、庚由、耀宸、文炳諸友相約爲祓，遺以花箋，書付木瀆石家飯店。旋上靈巖天平，輕舟至於鄧尉山下。雪海新梅，太湖方夜，月色在芬菲人語間。杵動深鐘，波吹凉袂，依依誦長短句云：『便千秋西子歸來，大夫何處？卻黯指風帆無語。』是蒼凉中酒時矣。後返南京泛舟玄武湖，謂城堞浸藕花中，將是六朝煙水氣。嗟乎！君今謂六朝耶？

春注赤欄橋下影，花迴亞字雙文。風吹留意水寒温。垂楊嬌一挽，相送太傾城。幾度

簾櫳驚燕迴，雨餘天氣微陰。明窗知算踏青程。這回君又肯，山色約晴嚥。

何處悲歌停淚久，燭摇花霧闌珊。白衣孤憤避紅顔。出關天樣遠，哀感不辭頑。綿邈

誰參前席計，容人疏落湖山。秦箏春泠澀難彈。具區三百里，漂飄好煙鬟。

叩叩通誠松柏下，山靈慳與祥辭。相逢鳩鳥告余時。梅花心事好，堅遞最紅枝。山田

清了梅花稅，照人春月明漪。此中人語更依依。晚寒侵細步，珍護六銖衣。

迴舟漸感雙流水，春帆水調難温。山容凄送珮環聞。黄昏真太忍，花遠數峰青。緩緩

經行橋第幾，歸雲晼晚宜停。怕催離緒近婁門。漁燈城堞影，知斷薄遊心。

細字將愁旋遠寄，開函葉葉啼紅。如花清照別前容。未申含蓄意，生澀問遊衷。自檢

年時眉樣，贈心情苦春濃。棠梨吹度寂寥風。一弓雙影月，潭水碧溶溶。

宛轉珍持清格調，花時哀怨些些。最無言處最聰華。細心尋體貼，餘綺散爲霞。不是

深藏釵鈿恨，苧蘿春水溪沙。青萍初小柳初佳。疏疏行道樹，隱隱遠遊車。

春國吳越平原天付與，清遊端感逢君。四山亭障度柔雲。遼東成割席，邊淚柳條青。

碧城無語地，胥江潮水沄沄。明知飄逸即離羣。朱絃誰入海，吹夢尚松聲。

藕葉田田初過雨，青絲翠蓋歌慵。衣凉玄武一湖風。語深都不寐，初月眷離悰。煙水高城横此恨，長陵原廟匆匆。如花人又六朝中。江山青眼在，停笛露痕濃。

祝英臺近 蠡園望太湖同依依（二十五年七月）

近清秋，湖上路。渺渺愁煙渚。凄寂隄陰，心事還如許。斜陽柳意低垂，山寒水遠，肯誰念風波人住？

儘相訴。爲了蓑笠平生，才華費無數。目斷歸帆，緩緩摇歌去。是他百意支持，一身零怨，卻衹采芙蓉無語。

滿庭芳（二十五年八月）

與文炳、庚由、絜生、依依、文逸姊娣看桂於鄧尉山，歸舟有作。還憶春間看梅之約，覺餘情付湖水湖煙也。

紅雪催春，青山啼怨，相逢遲了蘭襟。風鬟低顧，行路换沉吟。爲有梅邊小約，雙心裏都沁濃痕。旋輕送，華年蹤跡，清淚久難尋。

愔愔。隨萬玉，水明香勝，月淺愁深。更南枝高夐，將就柔雲。漸是小山招也，人窅窕花拂秋心。還來處，勻黄輕染，吹意桂林陰。

祝英臺近

棲霞遊後有作，示依依詞友（二十五年九月）

天寒輕度。濺紅楓，傳緑醑。瑟瑟秋堂雨。山淡棲霞，秋夢和伊處。游懷黯盡羅衣，相逢今世，又修竹且須住。南國紅豆多生，華年仗珍護。訴與明春，好換秋情緒。攝山飛下霜鐘，雙攜潭影，趁初月蛾眉歸去。

金縷曲

春事（二十六年春初）

城上融春雪。又長安芳華如海，哀鳴萬玉。記否太平前度事，湧起翛然雙闕。有燕燕飛來能說。試展青松紅杏卷，好江山誰竟酣眠足。相望冷，遼陽月。　當年節度今何屬。烱雙眸九關無備，此心難贖。環珮可歸春草外，無數南枝烏鵲。忍故國相忘吴越。一片長城蒼莽碎，向中興未是閑疆域。看使者，皇華續。

霜天曉角

大車傳捷，愛此龍沙雪。鬱鬱頻年刀冷，長城在，擁旄出。試擊陰山缺。虜乘霜草密。（下缺）

天仙子　二十六年書與劍青

展卷穠桃花際雨。剩託如絲才命處。縞衣和雪怨東風，春欲訴。相隨住。絶世風華人可數。　憶近凌波心倦路。手種江南如此樹。青山脉脉更何歸，清夢苦。伊誰故。解道詞懷濃似汝。

金縷曲

清明展孝陵，櫻花怒開，視桃花二南，無復人色，在城闕兮，有忸怩矣。因賦。

陵闕春無際。走傾城、鈿車兒女，永和初禊。擿壤九門收霜淚，惻惻新寒猶厲。與所遇武陵人異。繚繞丹垣紅霞色，伴櫻花一片穠桃地。容色外，今何世？　長吟亦是無聊避。曲江頭行春野望，東方千騎。喬木無多隨饗殿，零落九州春祭。又細柳新蒲姝麗。信美江山情婀娜，怪柔枝也作低頭計。誰定解，蒼茫意。

沁園春　二十六年春與文炳、覺民、庚由、絜生諸友遊西湖錢塘，遂登天目諸山，漫成此闋

入越羣山，蒼翠連雲，清襯此湖。儘五陵年少，悠揚春騎；　良家六郡，棄擲關繻。江介年年，採茶歌去，此事難哀今士夫。湖濱路，逐如花兒女，苦拜南株。　無殊景物愁予。自

天目錢塘差可居。甚花鈿陌上，濃歡扶步；東南春水，沉夢無書。繞槳紅蘅，摇燈白紵，曾是長兵行沼吴。湖山願，要黄圖舊月，多照儲胥。

百字令

玄武湖泛舟，庚由弟歌白石詞於江山佳氣間，舟中人吹雙笙和之。旋成一詞見貽，亦用元韻相酬，覺惘惘有離思。後相見武漢，猶客心未央耳。

碧湖清漲，换今來心緒，舊遊詞侣。尋問水芝花際夢，少個凌波人數。簫鼓填山，風瀾懷國，幾隊紅橈雨。露凝香噎，此生都付愁句。曾記影月高城，採菱風重，凉笛催人去。惟是修娥留不怨，料近辭春南浦。雪藕千絲，沉心萬柳，往事輕輕住。望中煙水，故情縹緲行路。

蝶戀花

寄雙文（二十六年三月）

乍過横塘相問處。好是停舟，好是盈盈汝。試近早梅春一路。和花還憶山中否？有酒不傾臨柳渡。有淚如潮，染出胭脂樹。怯怯心情誰與護。一春風雨相思住。

鷓鴣天　文炳學長見和新詞，喜奉一首（二十六年三月）

雅令傳箋草制餘。美樅堂外月明初。齊梁柔柳新詞影，西北高雲尺素書。城寂寞，樹扶疏。好春宮闕淚相如。梅邊歲歲紅裳跡，持照山川總未殊。

菩薩蠻　平門倦别、有柳初黄，寫以新詞，隨春寄遠（二十六年三月）

春襟曾映花如雪。東風吹起初三月。橋外是平門。中年子細恩。單衾宵倦酒，去去回頭柳。朝雨緑雲垂。沾衣人未歸。

望江南　南京春望

江南好，生聚石城年。春雨故家紅杏陌，長陵初柳後湖船。吹角對山川。

買陂塘

去年看梅鄧尉，與文炳、庚由、絜生、依依、文逸諸友偕，一時清事，各有詩及長短句紀之。今春重遊，則香雲歸舟，盈襟風雨，回憶木瀆玉蘭堂下，良夜深燈，傳花人飲，不勝惘惘之懷。諸友各有新詞，亦復春愁汗漫也。

近春原柳吹柔緑，宵來夢又風雨。淚痕移避沾新繡，一枕芬寒如許。勞記取。這冷暖誰邊，幾個吟梅侶。相逢也苦。便費盡温存，青山前度，依舊斷腸語。書生事，總爲傾心難已，凄清有此情緒。江南多半詞人好，况對如花才地。春且住！最融雪吹香，愛汝高華意。飄衣萬樹。是白碧深波，紅蕤南國，商略此生處。

望江南　春日南京吟望

江南好，春樹孝陵高。中夜山川翁仲語，落花城闕歲時潮。前度太平朝。

江南好，山色簇春衣。名士傾城天下事，青絲白馬石頭旗。將淚酹靈祠。

減字木蘭花

南京垂破矣，乍遇雙文姊弟和平門外，夾轂驚歎，城闉凄黯。自云蘇州逃來將之上游，各不勝來日天地之痛。惘惘心情，酷去京邑，成詞二闋（二十六年十一月）

飄然別緒。萬感幽單無一語。飛墮驚鴻。秋柳孤城畫角風。流離此際。輕惜紅衣成苦慰。雪後吴門。喚起梅花去日心。

輕妝臨水。心事白蘋吹不起。蠟淚深更。飲散傳花勸遠行。山川誰惜。玄武湖波留去笛。月又昏黄。別後何人照斷腸。

東風齊著力

二十六年十二月十三日南京失守，時在廬山講舍，聞訊悲苦。且聞委員長痛哭別陵事，益湧瀾翻之淚也。

帶甲江山，別陵城郭，深淚戎衣。孤危廟告，最此力窮時。寢殿寒梅舊繞，東風裏和月都非。江南北，幾多戰壘，斷戟依稀。　敵火蹙長圍。又忍是、白門碧柳頻垂。煙籠夢往，去路草紅萋。愁共趨行在所，秦淮水遠送還歸。憐今日，高穹后土，眷此微微。

買陂塘

九江送別，風江中千帆西上，各無從問行者爲誰，送者爲誰也

卻多時臺城城下，櫻桃卸後天遠。畫船曾掩千衣淚，莫是春哀愁遣。風又卷。漸仔細遊蹤，不印閑花片。柳絲且倦。算淺別還經，半隄車響，城內更誰管。　臨浦口，淡隔湖波似染。山川從此何限。人間次第趨行在，別是孤心難檢。卿亦怨。將百事蒼茫，盡付沉沙願。江聲隨箭。儘急雨移軍，千帆不是，楓葉荻花岸。

菩薩蠻

長沙遇文逸，云自京中辛險來湘，與姊雙文別將去香港。因問訊吴中遭亂事，黯然於懷，悲哉流離

之子也。

荻花一夜江帆急。飄湘人語多相識。知是白門來。孤城落日開。鄉心隨問訊。誰惜雛鴉鬢？何處晚峰青。君山在洞庭。定王臺榭沙禽歇。寒江遠送烏篷雪。得謝故園驚。春風又楚城。飄衣誰牧女。一樣家何許！衹隔去年身。嬌雲最上層。錦兒幽素當時寄。初三下九纔嬉戲。何苦護才人。嬋娟事未真。玲瓏原費淚。謝汝生成慧。縹緲莫愁予。申申詈女嬃。

暗香

芷江看梅有憶

高紅寒萼，散舊遊俊賞，疏疏人月。水國春蕪，漸遠高城漸離別。曾是嶙峋照眼，歲歲數東南蹤跡。向木瀆鄧尉孤山，詞語響空碧。輕惜。乍辭國。倚一掌哀鳴，去時宮闕。與君須説，綿邈余情耿飛越。豈得長捐珮處，隨意長春湘蒲荻。忍縞袂，開萬頃、玉華明徹。

疏影

梅影入懷，有懷不寐，此楚分也。因讀《楚辭》，正不似舊時月色矣

城孤宜月，聽笛聲遠遠，換了清鬱。芷願蘭情，帶與江南，應是好春音息。平生折節疏花際，有萬古才人心跡。更不祇清淺黄昏，長抱冷香如雪。記與填詞舊侶，對紅裳宛宛，

相慰成泣。細雨空山，恨望停觴，轉作一時哀洌。可能長愛傾巵地，繫一艇胥江潮急。況澧浦今日腸迴，早在九閽層疊。

一萼紅　湘西感懷（二十七年一月）

向湘西。似干戈隔世，消息楚雲迷。山静苗疆，人親漢臘，來認當日藩籬。漸京邑蒼茫浪捲，更念那江左百重隄。潤碧谿山，亂紅城郭，都襯狂蹄。　纔是國家新造，卻傷心萬户，又見流離。傳野旌旗，臨風鼓角，行趁芳草雄奇。便扶起中原紅萼，倩珍重還與好風俱。定有騎吹遠聞，復我邦畿。

捲珠簾　紀憶（二十七年春）

江上單衣梅雨候。不是春陰，翦翦輕寒又。波浪黄河天際吼。中原萬里軍行後。　隄柳鵝黄歌粉透。鉛水華年，氣與山川秀。慣憶西湖濃似酒，花時捲土重來有。

東風第一枝

芷江校經書院見紅梅初蕊，知山城已春矣。因念吴越平原，飄淪香雪，京華萬樹，陵廟震驚，哀惘中懷，寄之長調。

喚起春悰，還餘墜緒，江山漸颺新暖。記從鄧尉輕歸，正逢上陵未晚。心香萬樹，好玉雪苔枝勻點。向神京喬木寒空，别惹舊時哀怨。　明月外，野煙乍染。湘水去，夢痕欲遠。九歌不忍明姿，幾生自修倦眼。瀾翻吹笛，早愛汝梅邊紅泫。共迢遥戰外荒城，卻是好風相見。

滿庭芳

夏口公園與丹符仲偉共話南京舊事，凄然於懷，因填此調

碧柳拖春，青橈劃夢，平隄十里波圓。上游形勝，弓外楚人天。眼底六王三户，悲歌斷横槊樓船。高城在，籌兵奥略，明月似何年。　連翩。江左望，灰煙文物，蹄跡山川。定芻香誰薦，陵闕依然。苦費龍蟠舊壘，青溪水凄淡湖煙。消多少，心情才地，芳草郢雲邊。

浪淘沙

客心江漢，悲來未央，京國昔遊，悠悠懷想，成詞二十首（二十七年四月）

春水戰場生。花壓嚴城。五更吹角鳳凰聲。舊是人煙三萬户，莽莽軍行。　樓殿楚雲明。相望名京。紅桑東海偶成塵。扶路留痕重認地，無數山青。

冠劍上陵辰。歲歲濃春。鄉民插鬢野花新。石闕中天齊俯首，心上明神。　風雨黯然驚。别廟何人？戎衣必復記東征。大帝高梅聞此語，故國蒼生。

歲三月十二日出中山門謁總理陵，文武哀肅，植樹於陵地，其西近吴大帝墳。新種梅花萬株，雪海

香天，春遊甚盛。鄉人素鬢疏花，知此日上　國父陵也。

丹臒峙重楹。劫火頻經。倭兒閑上大明墳。不是孝陵歆野祭，端種繁櫻。平野碧蕪匀。春轂盈盈。是誰相顧定傾城？還趁紫金山氣好，萬馬晴旌。

孝陵饗殿廢矣，丹堊甫施，而山川不祚。寶城内不知誰種日本櫻花者，年年三月，閏位春魂。南京失陷前一年，島人移贈殆千本，大帝墳頭，凌藉幾滿。草木本心亦知有濺淚驚心者在乎！

高處聽傳籌，萬瓦春流。銀穹分野正齊州。歲歲青鸞行月令，飛蓋雲稠。城是太平樓。花滿湖洲。民時新授大農秋。伴取欽天山舊在，如夢黃疇。

紫金山西嶺建天文臺，儀晷甚備，爲中央測候之所，以隣要塞，尋常不能登陟。山右即太平門，由此望後湖一片水裙風佩也。春欲深，桃花尤麗絶。

水榭認紅榴。過了春鳩。藏鳩楊柳水裙柔。花外蘇堤橋外槳，絲雨菱謳。松樹畫人樓。竹石清幽。靖康而後念淹留。染管愁紅矜不下，吟望杭州。

過陵墓東，跨澗小橋，梅柳最佳處北望，則陵園管理委員會。其南塘水澄澈，傍水湄凌虛翼若者，即紅榴水榭池，爲中央軍校獻建。稍西去爲陳樹人先生書畫之樓。榭之對岸，柳皆長條拂水，春染鵝黃，若往若還，殆世間無比綽約也。遊者以比蘇堤，覺此間尤得天然愛好。

繁會衆音高。海聽風謡。層臺臨水紫藤嬌。十億勞民歌哭意，靈問難遥。今日洞庭橈。黃竹聲銷。故遲天地入雲韶。萬陣鐃鉦千乘復，慢拂春霄。

音樂臺在陵前平臺左下方，臨水石壁，環以青藤，春時映水披香，紫雲如掛，石畦中獨留一高柳，金陵無多喬木，得此便可作桓公當日語。每月色清虚，衆芳如睡，衣裳玉雪。夐矣，人是欲向柳花低訴時矣。

謨誥出中樞。開國規模。萬方曾此望晨趨。元老憂勤商略地，高閣雲徐。行柳覆民居。宛宛春渠。丁家橋近後湖西。不是漢唐鈎黨舊，大業皇初。

中央黨部位於丁家橋，其西爲政治會議議場。碧柳白荷，疏花漾水，車邊則中央執行委員會會議廳也。巍麗嚴肅，禮樂征伐之所從出焉。

黄栗晚煙虚。村外京衢。南山當户似關西。春谷白花狂作草，天下斯廬。松樹萬千株。泉石縈紆。山雲山雨萬方俱。自爲燉煌珍漢簡，長拜平居。

由京去湯山未至數里，路南五松高拱，稍入山則萬松如海，間以杜鵑紫藤，而白花條一種似梨花亦似野薔薇，春時漫山瀰谷，或謂亦杜鵑之一類也。地名黄栗村，于右任先生有茅屋數間於山中，集諸從學研究標準草書於此。榆林張季鸞先生來山中，笑謂此天下第一别墅也。右任先生欲名以燉煌草盧，旋自笑曰：燉煌字火勢熊熊，毋使燒我松樹也。乃錫嘉名曰白花草盧，蓋欲草書於天下。先生持此志久矣，將來收京，當以先生草書千字文刻石於山，益增嘉實。

城郭緑筠鄉。露篠風篁。有時明月正中央。仿佛九嶷雲氣下，湘楚茫茫。竹影好詞場。江上青箱。女兒君子各流亡。生事彈蕉羞左衽，行路難忘。

京城北區多竹樹，緑筠鄉紫竹林皆水竹明茂地也。自闢路造宅以來，昔之淇澳猗猗者，競變紅磚紅瓦矣。

靈谷樹千章。碧殿長墻。戎衣寒食萬椒漿。花是戰場紅躑躅，民族繁殤。無語看斜陽。城郭茫茫。人間正氣此祠堂。塔影清鐘盤馬地，門外蓮塘。

明太祖遷誌公骨函於靈谷寺，此江南巨刹也。今爲國民革命陣亡將士紀念堂，葺舊無量殿而新之，俗以此殿純爲磚砌，圓拱環門，巨麗無比，稱曰無樑，實東方建築術上之一偉構也。今榜曰正氣堂，爲于右任先生所書。其前後坊若堂若及新建之一高塔與將士公墓，皆陝工程師劉夢錫先生所經畫而督成之者。劉先生愛惜植物，於開闢馳道時，路中嘉樹猶多，勿剪勿伐者。寺中今又遷誌公石函西院，疏山鑿泉，風景獨佳，有平屋三楹，前軒後堂，擬宋代居室，建築極爲樸雅。軒前牡丹兩畦皆殊品，欲使長安洛陽及北平之崇效寺都成餘子。再其前，矯然踞地，挾雷而欲奮飛者，將牧兒打碎之龍碑帽乎。

秋閱大旗明。鎧鎝鼙鉦。遼陽子弟望邊城。聽唱黑龍江上曲，都化援兵。騎射廣場盈。雄劍長纓。投壺輕健雅歌身。早是會稽明恥計，駟鐵轔轔。

中央運動場在靈谷寺之南，南京失陷前僅一度用之耳。開會時東北選手高揭失地之旗入場，一時蒼涼雨泣，萬情凄動，今不知荒煙蔓草何如也。

芳露浥薔薇。雲近飛翬。行歌放學夕陽時。記得麒麟門畔路，吹笛忘歸。高塚念纍纍。金狄全非。國殤猶有少孤兒。保抱提攜誰父母，此亦庭闈。

國民革命軍遺族學校，總裁所肇建也。在四方城路南端，下臨京杭國道，校舍週圍，繚以薔薇籬。人行其間，聞絃誦四起，聲香道烈，如在莊嚴世界。

文獻萬千收。册府琳球。開天營建爲春秋。柱下守藏皇史在，青簡雲留。沉碎寶章樓。東觀誰修。半山亭毁認叢邱。知否殷墟微子淚，抱器成周。

中央黨史史料陳列館位於中山門内，與中央監察委員會大樓並峙，體構崇弘，其間留中央執行委員會建築基地，曉風白蓮，清漪相接。其旁稍後爲歷史博物館工程，猶未半也。再後爲半山寺，老樹林荒，遊人罕至，前對遺族學校園藝場，嘉場嘉樹，名花供應，滿城春氣也。

玉尺校華林。梁苑苔侵。大中橋水去年深。寧遠抗風樓峙立，霜簡文心。蘅宇下秋磁。相望沉沉。無多喬木對愁尋。冷月波心隨兩院，歲歲城陰。

考試院在舊華林園址，新建試場及問禮亭、寧遠樓，院外鐘亭亦新成，疏爲步園。歲之秋，以菊花輝麗試卷，殆何時可再乎！監察院在第一公園側，隣近大中橋院，亦新構，極樸簡。於其成也，院長于右任先生欲顔一堂曰抗風，蓋敬取　總理關於監察制度之演辭也。又爲院中書有《正氣歌》全文。

憲典五雲中。創制從容。年年侯府木蘭風。長説美樅堂夜集，樺燭深紅。師友念無窮。開代元功。人心不匱瓣香同。終古法家丞相亮，一羽晴空。

立法院在侯府，有古樅，遂爲一堂名。又有瓊花一本，花淡緑寖轉白色，如六蝀飛環叢蕊，細辨之，實繡球之一種，屬忍冬。聞院開會制法，往往至深夜，諸委員端嚴治學，咸自矜重，視車塵決逐者蔑如也。自院長胡展堂先生任事始，逮今風效猶然。

人語攝山鐘。江走長虹。梵音霜月五胡松。紅葉名藍龍象地，戰血都濃。荒壘有無中。斷鏃新蓬。太平前事泬寥風。剩是大夫魂不死，煙水金墉。

棲霞山歷興亡舊矣，紅葉九秋，斜陽血色，疏鐘林際，敲入深心，若細數南朝四百八十寺之陳跡者。江左播遷，烈於今日，民族仇痛，寧有窮期。山之高處有礮壘，下扼長江，京國雄模，蒼然在望。寺殿西上方越烏目山僧墓，隔桃花澗爲幽居菴，葬故監察委員杜義先生於此。先生河北人，爲同盟會革命先進，憂憤國難，以二十五年春上元之夕自沉於玄武湖。邵元沖先生爲作碑記，于右任先生書石。

牛首插秧天。山卧何年？昭明多試馬蹄泉。惟有背嵬兵獨壯，卻向中原。白骨亦紅顏。春谷春鵑。虜營曾潰紀元前。今日梅花香照嶺，春影凄然。

牛首山，所謂建康之天闕也。志載山下有昭明太子飲馬泉及岳武穆破金兵陣地遺跡。又有白骨塔，則太平軍戰清兵之遺也。山半玉梅花盦，譚組菴先生葬清道人李梅盦先生於此。又章武王世鏜先生字魯生，章草名天下，于右任先生嘗譽爲古之張芝、今之索靖，三百年來無與比並。特由陝南寄廬延京中，旋病卒，亦葬此山。于先生有『青山有幸王章武，來與梅花作主盟』之句。南京人每謂秋棲霞春牛首，蓋指遊觀之盛。牛首山之佳處全在山南，樹木深蒼，石骨嶙峋，蕙茝盈山谷。間有招提數處，掩映青松翠柏間，兵火遺痕，更增憑弔。山巔塔畔，舊爲礮壘，知去年南京戰，添多少壯烈之蹟乎！

高樹定淮門。帆堞秋村。于山靖健大江明。想見飄髯入獨立，淚眼蒼生。雄呰望中分。沙觜潮痕。南來無盡泊船聲。修竹早豪城守氣，青仗淩雲。

于家山在定淮門内，修竹一園，松栗茂美。望外江流歷歷，繞龍蟠里虎踞關而東也。前礮台二，控制長江天險。于右任先生喜種樹於此山。

天下已無家。腥血龍蛇。何曾人世仗桑麻？伐鼓撞鐘聲告汝，大地兵車。殘破問京華。高閣狂花。萬牛難起萬鼉譁。蕭寺紅墻都凜冽。閑絶明霞。

雞籠山下大鐘寺有洪武年所鏤大鐘，龔定盦有《齊天樂》詞詠此寺，去鼓樓甚遠。中日戰啓，敵機每空襲，城闕告嚴，鼓樓以電力發警報，作驚天動地第一聲。

松海故沉寶笈緑雲中。樓殿葱蘢，萬邦爲憲大文同。顧視熹平經石麗，鉅製鴻工。雄。天外諸峰。早磨崖壁待元功。盼得咸寧恢舊域，四裔春濃。

藏經樓在紫金山東麓，弘大壯麗，爲首都第一。環廊碑石恭刊三民主義全文，居中一樓奉總理畫像，仁慈博大之情，見於羹墻。樓上將藏全部遺著，此蓋中華開國寶典，與人類祥音之元匯也。國民政府主席林公睿畫督成，有文紀之。獵碣敷功，鴻都鑿籍，偉兹聖域，實弘漢京。

浣溪沙

晴川閣晚望，時馬當不守，武漢築壘備巷戰，消息日非，人心哀激甚矣

芳草晴川厭別離。楚宫傾國散花枝。十年江左鷓鴣時。玉玦關山生悵望，月華樓殿卷輕衣。滿帆風力大王知。

浣溪沙　聞北訊黃河决口，倭寇壓中原矣（二十七年五月）

春柳黃河六丈隄。中原沙色滿胭脂。清明難憶玉驄嘶。　四野歌笳西楚地，百年心力禹王祠。横流將壓大城時。

鷓鴣天　送友入蜀（二十七年夏）

玉雪千門掩淚潮。壺漿如夢逐空郊。天涯南海孤身石，萬里成都北去橋。　心切切，事迢迢。深江吹裂紫鸞簫。流入卻圮平羌峽，問我芙蓉舊岸濤。

好事近　别意

記識好花枝，門外亂離珍重。何處清華完宇，早春風私慟。　驚飄萬樹入天衣，芙蓉卷無縫。謝問丁寧行日，逐荒江煙送。

浣溪沙　村中梨花

凍雨垂江柳斂絲。我家剛好玉蘭時。梨花村落晚燈知。　何處水風沉綺瑟，幾年春月被微辭。吹寒香秀最高枝。

簇玉聞聲細不塵。九州明月拂雲生。傳花如夢未還人。淺淡自持清望皎，芳華宜照水痕春。五城天袂下凌晨。

香霧濛濛曉氣清。南京行後更無人。野風門外白蓮生。秀出中原花漸遠，化爲春雨淚還温。誰家樓外杜鵑聲。

陌上花 題董選觀《春雨齋填詞圖》卷，君自禾中避亂來江漢間也（二十七年五月）

傳空野火，頗曾留得，東南完土。廢代荒碉，狂過白題夷舞。窺邊早碎千城邑，喬木暝鴉啼苦。總故家長物，文人微命，惘然春雨。　　遍湖山羽檄，桔槔長草，閉卻水田桑扈。深巷他鄉，欲夢杜陵樹。煙波一卷生苕霅，水調漸明箏柱。換多情細寫，干戈滿眼，是行人路。

南鄉子 憶後湖（二十七年五月）

湖雨綠春愁。杏子單衫舊趾洲。月浸高城花浸水，清幽。行過垂絲柳外樓。　　去日惜悠悠。萍碎蓮衣不肯浮。玉雪吹波涼笛指，輕舟。年少何人記遠遊。

瑞龍吟 去武漢將之蜀中（二十七年七月）

京華路。頻憶歇指歌深，約眉山住。青春盡在狂夫，逸情付與，水痕花霧。　　倚金縷。

無限柳緜芳草，輕塵千步。何辭繞夢池塘，爲春請命，天涯夜雨。曾是莫愁湖漲，碧波斜日，飄沉菰米。高閣喚回流鶯，休去秋渚。將誰掃葉，似共才人數。總心上、年年愛好，蹉跎俱度，故國愁如堵。可憐去後，湖湘悵望，行又藤蘿浦。瞿塘水，聲聲啼鵑相訴。起依北斗，是城孤處。

水龍吟　江行（二十七年七月）

横流天地孤舟，洞庭青草隨雲掛。排山萬弩，板磯黄鵠，靈旗風下。獵火驚川，夷歌轉陣，竟何爲者？痛書生挾策，修翎整羽，心魂在，江聲寫。原是波瀾低亞。過孤山布帆一把。風燈暝宿，荻花凄怨，甚時都罷？可近清秋，還堪摇落，月明偏訝。要金戈故壘，都成采石，壯樓船話。

好事近　宜昌晚泊（二十七年七月）

萬壑赴荆沙，卻上猿聲三峽。故國那堪西去，换秋風晴色。旌旗行路屬車音，孤心繞千匝。不應横雲遮斷，舊黄河南北。

南鄉子 飛來觀在巴東江水間

山影濯空江。樓觀飛波樹幾行。雲泛千巖三峽近，蒼茫。月上秋篷水淡黄。朝暮在瞿塘。白帝灘聲響未央。井底公孫千載事，悲凉。不定西南是洛陽。

攤破浣溪沙 峽中

陣雨檣風急峽寒。高江懸壁作巖關。還是神堯舊家水，殿圖閒。破廟秋僧祠蜀國，孤城春日閉雲安。猿嘯天哀多杜宇，萬重山。

蘭陵王 懷舊

秋江急。江上垂蘿映碧。纔凝想、人去舊京，執手修門是輕別。青春照去席。還惜。芳華漫竭。縈紅地，飄臆十年，未是芙蓉減初日。酸風但凄切。記客散深燈，花冷長笛。高樓曾共哀時集。尋萼緑香海，太湖明漪，相思千里未咫尺。爲君問山月。銷歇。向春雪。漸詞語煙零，才思冰裂。微心耿耿猶家國。祇夢落無據，獨親行跡。天涯芳草，伴故柳，幾挽疊。

清平樂　有憶

滿樓山雨。渺渺江南浦。藏柳白門花正午。此夜停舟何處。去年歸日匡廬。傳秋萬里兵書。猶得中天好月，照人急褶征衣。

清平樂　峽行見祠神者，戲爲神絃曲

黄牛峽裏。萬古黄牛起。神女排雲將楚女。東下樓船行矣。千尋鐵纜長江。前軍報繫降王。早晚石頭城郭，青旗允會中央。

桓侯廟下。雨挾灘聲霸。東去洪流隨叱咤。不許汝南偷嫁。神巫羽祝年年。巴童劍舞翩翩。伐鼓傳芭坎坎，水蘿山月懸懸。

百字令　大軍行(二十七年九月)

千年此事，是神明苗裔，毅然初戰。斷海艨艟東碎後，哀吼至元波撼。吴越緣邊，禾桑列郡，一代啼紅滿。危碉紀效，雄旗今日新展。　爲了民族生存，疆原無恙，大義人間踐。我本東方仁孝國，對此一肩難忝。粉本沙場，明妝戰者，起起雲霓騁。高華無比，填填明月芳甸。

意難忘　本意（二十七年九月）

芳漲平橈。壓村旗粉重，花罥紅綃。人歌辭弱水，春望斷晴郊。明故壘，悵新巢。圍黛色周遭。怕聽伊、横湘降渚，芷怨蘭譙。　文襟酒夢迢迢。是何時玉椀，生負瓊簫。高城吹燕麥，行輦屬雞翹。風雨路，珮環宵。迸歷歷愁潮。衹憶回、春明苑柳，天際長條。

揚州慢

二十七年秋奉命巡察軍事，由大别山戰場觀兵武勝關入豫境，旋徇襄樊，歷歷猶記前遊，恫懷有作。十月二十五日聞武漢不守，軍府再遷。

落木兼山，繁霜匝岸，月華冷送軍聲。漸芳洲隱隱，斷雲樹晴横。自東望武昌千載，填波心淚，都當神京。對新栽行柳，南樓潮外荒城。　秋風愁别，費長隄營火宵明。儘寂寞壕泥，凄凉牆字，細草還生。户壁渲遮誰幟，愁顔掩徹夜行兵。念清除故土，明年春水春旌。

八聲甘州　二十七年七月奉命再至漢上，將赴鄂東戰場監紀，時戰事將迫武漢矣

定清秋雲夢楚聲明，旌旗耀連波。正江圍沉纜，孤山横障，霜黛峨峨。一箭馬當風快，北望碎黄河。策府高難問，簾卷愁歌。　警夜對江傳火，漸城荒戰氣，人斷巖阿。剩蒹葭亂

白，辭國露痕多。痛移軍、元規樓下，總南山翔鳥北山羅。艱危最，控長風了，吹淚如何。

曲遊春

當塗憶別，是春波送遠時矣

楚水吴風際，正淺約玲瓏，一時初別。柳重煙多，賣杏花過了，故家樓陌。杜宇辭深月。料十載紅心愁絶。望君門，立馬踟躕，恰是九重哀訣。　采石荒磯縈碧。對孤館横江，潮卷寒雪。萬戟磨沙，憶雄歌劃水，狂胡灰滅。山黛曾知説。有珮玉高樓凝立。怎一年剪斷波光，沉飛今昔。

意難忘

襄漢行方，江山帶甲，曰歸曰歸之辭，家中人其倦矣。填此詞寄沛霖渝中

輕雨聞池。度山雲欲語，紅定高枝。梅衣生笛怨，萍淚漬歌辭。行約略，憶參差。從霧重相遲。便海棠、都來春國，清照垂絲。　芳華如夢珍持。自山名大別，別後難知。隄空移柳色，籌盡數花期。波倚盼，月修眉。尋緩緩歸時。趁草薫、江南陌上，深注柔思。

金縷曲

春日襄陽行憶二首

好定從軍別。持書生、千言九議，誰家前席？多是過江船仍去，斂劍蓬萊樓闕。隨朗朗修名和月。偶近梅花繁相訝，向天明有汝盈盈笛。成秀句，冰紈裂。　人才草莽稍能惜。

自當年平安掌記，簾波難歇。紅芍春風吟邊路，回首孤寒曾泣。還對忍梨渦如雪。故國悲歡今安在？送春旗一派山明滅。歸可近，花時節？

省識春風路。有來時東南天好，芳雲濃護。不定詞心原岑寂，付與弓旌無數。祇酒座如卿可恕。醉落當年旗亭下，對江山一眼青青去。尋白石，青溪樹。　蕪城久與垂楊住。是何年月明薺麥，輕盈吹絮。還送隔江人都盡，萬里騎塵哀訴。又耿耿楚聲隨鼓。莫是大隄歌西上。白銅鞮黯斷中原土。持引滿，花明處。

買陂塘

行察江防，小舟過長湖白鷺湖，將之潛江監利。沔陽舟中讀白石詞，藕花拂衣，片雲孤飛，景地清絶

甚江湖飄襟微雨，輕舸徑向蘭芷。故書零落千緗帙，白手羣山如此。春又使。這萬水千花，繞映春容止。筌清隨指。似細韻商量，皇娥下聽，雲盼衆峰紫。　還念也，吹徹高寒何世。幽單如訴誰子？碧波樓上新風色，斷續澄澄心史。曾不祇、把沔夢苕煙，注定詞人事。東中何似？問卅六波秋，空城野角，今日況佳麗。

渡江雲

荆南春感

天空明碧海，夜濃花霧，山冷隔雲裳。西陵深峽外，紛蝶千帆，細柳賣魚鄉。青春按部，有

行邊郡國微茫。便已見、三年征戰，春月擁旗章。尋常。高堂竇瑟，慷慨傳觴，更隨阡越陌，都辦取、鴛鴦瓦字，凄麗無雙。情真少日狂何恙，向此時早定心香。青驄起，一川遠陣堂堂。

金縷曲　寄内子沛霖，爲製詞譜，時在江陵行次

雲釀春陰重。念吟邊、調筝人遠，月華飛動。一片江山彈歇指，對冷梅花無夢。是十載情懷凄送。付與新詞教修譜，夠傷心按到紅絃凍。長剩有，飄零共！　鳴空旋起丹山鳳。佩參差、羣峰翼底，千潮明湧。撥盡江關蕭瑟感，讓我碧桐新種。還怕寫幾聲沉痛。還訴悲歡等身在，感遥天曼聽才靈拱。山竹裂，聲初縱。

慶春澤慢

鄂東兵退後，大軍在襄樊間，偶於民居見襄陽古樂府一册，讀東坡『千里金城兩稚子』及『鷹如可呼皆凡材』句，憮然久之。又桓温云：劉封申躭守金城千里，而更失之乎！則蒼凉起顧，迫於中懷，漫成此解。襄陽城外有劉表呼鷹臺及孟達爲上堵吟處，城中有昭明太子讀書臺，甚雄峻，門額刻石曰唐山南東道樓。

千里金城，雙依稚子，年年沔水還來。上堵誰吟，東風莫遣閑哀。農家卻賽芒神了，見野鷹

仍繞叢臺。喚晴明，飛剪平蕪，落日黃埃。　戎衣辛苦知何似？偏銅蹄踏蹴，金劍沉埋。門草人稀，憐時都儉金釵。已知幾度花頻發，爲好春多倩人才。注深情，把酒梨雲，昨夜柔苔。

永遇樂　光化穀城門春日郊行

晴起山雲，煙拖宵漲，村外斜繞。細細秋千，盈盈版鍤，兒女春渠早。條桑小罷，吹波秀麥，一帶桃秧勻了。牛車路、關心此日，望中幾州天杳。　歌風未許，當年曾仗，猛士屠刀雄矯。閉廟丹青，故墟兵火，帆静襄陽曉。梅根故渚，送君長角，花艷大隄驚笑。聞郢唱、方城漢水，盼征信好。

寶鼎現　施南早春

春思何許？漾鼓角、邊城兵氣。凝望久，羣山溶雪，橘柚千林青欲洗。清江外、有麗譙飛起。去是西南鄰里。甚斂怨、相逢且止，卻道舊時人地。　柳絲勻露春煙裏。最長條、垂手猶幾。依約是、天涯佳麗。去日銅仙收淚等，漸次第、過山川成綺。淡折山茶倚徙。照緑波有如東水。細數蘋風欲聚。　漫憶九陌從容，行過處、鶯花縈指。便都隨、城郭歸來，也多惆悵事。算未觸灞陵尉醉。□□□□□。有他日影静心蘇，玄武湖風燕紫。

玉京秋

戰場春冷，柳淡如秋，憶去年南京城外村居，客散驚蓬，心隨明月，悲夫，將向天壤何處也

長笛警重城，漸秋晚、霜楓紅緊。萬家繁火，幾砧疏怨，一霎悄入細定。正江南傳徧兵信。風且勁。中央門外，一村花暝。　小屋相依原冷。自無端支持此境。少酒持温，故香猶憶，一身和影。江海何年？怕祇剩、故國羅衣啼粉。勸相忍。燕燕春明藻井。

齊天樂

誰觴羣玉山前冷，愔愔欲招君返。閟竹天荒，搴華月莽，念盡舊情芬暖。冰姿自管。教散作紅棉，點妝春苑。淡淡明雲，動空霓羽向歌展。　穠桃自多靚染。對千林潤滴，儘高青眼。后土移枝，飛瓊下意，得省無雙凄惋。隨花緩緩。比濺淚驚心，野風孤館。曉色瑩然，洗高城一片。

鷓鴣天

別意(二十八年十月十六日)宜昌

隔座雲衣事已非。煙痕流送柳霏微。江聲孤館華年夢，何處人生有路歸？　花惜別，燕啼飛。明珠瑟瑟珮垂垂。凉宵卻攬芙蓉正，苦拾秋魂月一眉。

忍命飄零苦未辭。家山入破漸難支。行爲別地猶容色，已自哀時説護持。梅語憶，遠如期。怨呼聲斷不能詞。垂楊歲歲横心緑，腸轉鶯啼序早知。

壓玦肌痕皓不妍。多生零怨中旋娟。曾傳藍蔚雙宜息，共費紅窗苦訴年。蓮掩夜，月爲煙。春風啼歇一牀絃。沉思得及沅湘否？水複山深説杜鵑。

心事連波斷已真。襄陽春縠忍迴文。多成曼緑千絲妒，稍縱雲藍十憶恩。横極浦，悵柔蘋。九疑迎汝亦繽紛。獨將枯菀無忘淚，滴滴他年告左芬。

點絳脣 轉渝中，念還豫楚戰場（二十八年十一月）

仗節長秋，人歸蜀道風聲裏。錦城絲雨，吹夢輕歌起。還是行邊，慰貼霜花意。相思地。月明如水，檢拾砧心去。

金縷曲 宜昌元夕（二十九年）

江潤明春瓦。近前方、千門萬户，香塵如灑。幾度荆南危鼓角，花氣暗移檣馬。喜隊劍魚龍歡暇。不唱頻年流離曲，唱今年收復南京也。正遠捷，崑崙夜。傳來佳息休輕訝。祇民間潛相告語，東中來者。幾日中央軍可到，盼斷天旌難假。好滌蕩腥氛都罷。戰士疆場還陣舞，受中華兒女千春斝。看偏展，春雲乍。

憶江南　和沛霖寄詞，即用原韻（三十年元月）

花凍了，梅蕊撥春辰。小別江山簾昨捲，新詞天氣夢還珍。秀句接年親。

摸魚兒　晚春寄友（三十年五月十六日）

近施南、橘華香秀，飛來紫燕將晚。故家長笛疏花際，吹夢琅玕千管。歸未緩。聽細雨辭春，已是縈紅滿。詞心倩綰。動兩岸紅旌，明卮淺勸，真去碧天遠。

還慰我、水盼蘭情都浣。隔春驚淚猶泫。相逢苦賣明珠地，修竹羅衣自檢。曾不減。依舊在、遊鞭墜外芳塵濺。斜陽冉冉。度淡遠天風，薔薇四月，花氣衆山展。

慶春澤　將行寄遠（三十年六月）

梔子單衣，薔薇密字，遠山如黛光陰。潤碧新蒲，秧田春水針針。流花細澗西陵路，送垂楊漢水長林。最沉吟。聰秀華年，一寸愁心。

芳時又織春雲恨，到如煙往事，和淚而今。香霧空濛，願他樓影深深。横波細注船心夜，攬紅燈一點寒衾。試重尋。臨水將歸，清峽柔砧。

金縷曲

沙河小住，山水方滋，聆錦瑟之殷勤，感柔桑之委宛。行有日矣，歌以詠懷（三十年夏）

日日憑高處。有疏榕、當窗濃緑，嫩凉新護。一帶溪灣人更好，吹到晚蘭初度。望碧水小橋來路。難得風華還倩隱，映花花葉葉千千步。新月怨，一相訴。流華恰向凉衣吐。算將來、重逢何地，雙心何許？君亦人間凄恨積，早識黯然離苦。指隔岸紅紗如語。向晚沙河燈數點，照青山不及人眉嫵。況早是，送歸去！

訴夢雙聲小。點春雲、孤飛冉冉，故鄉縹緲。步步遲回天要雨，守到燈花紅曉。是別矣戰場芳草。滴滴明珠雙淚灑，定青山不是樽前好。誰已聽，啼鶯繞。頻年月色關山皎。最凄凉、故情芬在，弓衣寒悄。忍受梨花風雪重，算向天涯歸了。祇無限深情須報。蹀躞不辭溝水見，盼春風錦色嫣然笑。明秀意，常相照。

聽倦江聲別。送行人、荻花初上，凉波如雪。深夜小船珍重倚，燈火亂山重疊。是隱隱丰神關切。試向蓬窗推一扇，但江風吹面寒芒立。纔進酒，餘香烈。大船恰照通明月。又今宵、凄凉水調，蓉衣環席。莫望時流知此意，比是羅衣能惜。忘不了晚花寒藉。玉雪聰明千語遞，到凌晨定共茫茫笛。還淺怨，花能説。

人似歸雲速。已多時、滿身清露，楚天凉竹。祇爲秋山真淡冶，一往靈芬難足。采紫穗疏香盈握。籬角墻根娟楚待，許春風萬盼傾城緑。天縱遠，相思續。雲帆欲上寒光濯。

漸行行、山平水衍，歸心纔屬。樹杪垂城初睡轉，檢淚臨分紅燭。算南浦人歸幽獨。脈脈詞情天壤繫，漸頻年細解傷哀樂。沾臆地，還依約。

萬嶂芙蓉卷。記題墻、秋星野驛，少遊都遣。昨日城砧深白帝，起掩江靈清泫。纔暖到凍陵冰繭。自盼有情多護惜，做九州明月無深淺。花遠近，芬芳展。雙聲送嶺歌清顯。訴征年、麻鞋向闕，水稜山扁。憶渡羅紋江上宿，不動酒旗霜犬。好整頓艱時都免。肯折五陵年少氣，但低頭自製蘭荃典。天澹蕩，明霞翦。

編校後記

余既踵合肥江絜生君編次陸一先生詩詞集，乃取其沁園春詞『長毋相忘』句以名之。嗚呼，先生逝矣！所以感召儔侶垂示人間者，祇此鏤心嘔血之文字而已。先生文學，發于自性，遂能以之溝通社會科學。杜工部詩：『意愜關飛動。律中鬼神驚。毫髮無遺憾，波瀾獨老成。』恰可借作詩之題贊。而詞尤温馨悱惻，一往情深。蓋胚胎二主，欲以方駕周姜也。余詞受學先生，而未肯多致力。嘗因先生喜製《金縷曲》，于其逝也，曾效一作爲誄曰：『漫灑無窮淚。慟賢兄、風簾寒夜，悄然而逝。身後心期誰省得，幾卷鏤心文字。任付與悠悠天地。廿載交親成永訣，向平生一一從頭記。兄共我，遭逢最。　人間萬象須沉醉。料應知、謇謇爲患，古今同忌。白簡青驄惟有恨，此恨終天而已。豈能喚迷茫盡起。好祝江山兵火熄，早招魂爲作中興祭。靈可鑒，悲凉意。』順録于此，亦以示長毋相忘之意耳。校訂時，得傅鶴峰、王劼剛、朱幼珊、周慶霖、潘建民諸君之助，并誌感荷。

三十三年二月涇陽張庚由謹記

附録

王故監察使陸一墓誌銘

吴敬恒篆蓋　于右任撰并書

王君陸一，原名天士，三原北秦堡人。父仁山公服官四川青神縣，母羅氏。君生於青神，八九歲即能詩。十四歲歸西安，日或一食，苦學不輟。入西北大學法科，貧不能續業，就陝西圖書館管理員。博覽羣藉，學益進。討袁之役，隨各志士謀起義西安。事洩，王紹文等十餘人遇難，君避三原。靖國軍起，予見其文異之，擢爲秘書。十一年同予由隴南道蜀赴滬，任上海執行部秘書。中央派生留學蘇聯，君與妹秀青與焉。國民軍解西安之圍，歸國任總辦公廳主任。十七年任中央黨部書記長。總理奉安時，徵哀詞，應者數百人，而君膺選。嗣任安徽大學文學院院長。二十年當選中央候補執行委員，同予奉命赴粤。旋代民衆運動指導委員會會務，努力勞資協作。二十二年，復奉派隨張溥泉先生赴粤，歸京籌設計政學院，並任監察院秘書長。二十四年當選中央執行委員、中央政治會議委員，兼民衆訓練部副部長。二十八年奉派爲軍風紀巡察團委員。三十年特派爲山西陝西監察使。君富情感，擅文學溝通社會科學，發爲詩文，鎔裁無間。留蘇時凡其建國設計與執行方法，靡不深切留思，與同學往還，多注意爲黨儲才，而忠黨愛國之心，不懼不閟之氣，亦養之愈厚。抗戰軍興，熱情奔注，所寫亂離戰歌，感激精微，識者尤爲稱尚。初，君奉監使之命，以秦晉災患頻仍，力謀澄清吏治，扶疾登程，寒暑弗懈，病甚不自知也。卒於三十二年十月二十日，享年四十有七，國民政府明令褒揚，以彰忠藎。元配淳化于淑賢，鶴九先生之女也。繼配周沛霖，淑慎有德。女芷來。其年十二月十八日，安葬於涇陽廣吉鎮。君注右任詩存，多存靖國軍文獻，並有詩文集若干卷。乃爲銘曰：『萬族咸熙，雄文苦戰。發此宏聲，難酬宿願。斗口村之北，北秦堡之西，是君之安宅，而爲仁人志士之所惜悽。吾之願兮，生死無睽。』

中華民國三十二年

王陸一先生遺墨書後

王陸一先生遺墨一册，皆戊寅庚辰間詩詞手稿，大抵于役荆襄時所作也。僕幸託後車，每快先覩。新詞脱手，在風檣陣馬之間；大劫飛灰，慨賸水殘山之際。哀人琴之已逝，凄絶前塵；攬楮墨之猶存，驚迴舊夢。憶昔全民抗戰，率土臺兵，當湖湘震撼之秋，適仗節巡軍之始。于時，鸚鵡洲上，徒聞落葉哀蟬；黄鵠磯頭，悵望西風殘照。索羣獸走，決眦鳥飛，楫路將窮，鼓聲不起。先生周歷戎行，撫循士卒，滔滔江漢，聆風鶴以頻驚；悠悠旆旌，逐蟲沙而轉進。瘖痍已遍於淮海，烽燧更迫於荆襄。羊叔子登臨之地，峴首碑沈；蕭老公贊詠之鄉，大隄花謝。訪宋玉之宅，野蔓縈煙；過明妃之村，香溪弔影。老弱轉徙乎鄂渚，關津又失於彝陵。先生憫道路之流離，悲沈鉛管；念兵間之疾苦，淚漬征衣。於是勵敵愾於同仇，激哀音於變徵，述其聞見，著於篇章。以纏綿惻怛之詞，陳士習民生之弊，聞者足戒，言而有徵，非同采風，堪稱詩史。若乃廢壘看雲，孤村聽雨，稍離烽火，暫息塵勞；濁酒一杯，荒雞三唱，藴靈襟於綿邈，寫神思之芳馨，漾餘情之漣漪，寄遥心於委宛，凄豔在骨，窈窕傷心，信才人之善感，亦名士之多情者歟！往在施南，從容燕語，興言命中之箕斗，期託身後之文章，豈料斯言，竟成悲緒。人天永隔，喪亂薦臻，神州既即於陸沈，遺箋久化爲灰燼；言念夙昔，慚痛徒深！先生文成繡虎，學富雕龍，閎博等於士安，諧趣亞於曼倩；搜羣玉於西極，吐碎金於東山，方乎古人，未遑多讓。至於江湖魏闕，無間忠愛；琴歌酒賦，别著風流，綜其平生，允矣君子。嗟乎！詩卷長留，公原不朽，滄桑屢變，我亦何堪！瓣香招屈子之魂，此日風迴弱水；斗酒酹橋公之墓，幾時日照潼關。

一九五九年端午節，劉象山於臺北

讀《長毋相忘詩詞集》書後

右任先生於陸一墓誌銘中，稱君富情感，深服其目光如炬，一語中肯。君之詩與詞，樸實無華，不加雕琢，性之所至，振筆直書，一發胸中之所欲言，情真意誠，讀者不知不覺，如見其人，如聞其聲，而爲之感。君之情，本乎孝，演繹乎忠，得天地正氣，宜其獨標風格，洋溢四海。觀經敵陣至武功營詩，有『垂危抛病母，伏地一長號』句，直可動天地而泣鬼神，真情流露，可見一斑。自君微服出亡，以迄巡察戰區，二十年間，跋涉山川，幾經萬里；其詩與詞，無不以忠愛爲本，浩然之氣充塞字裏行間。奈何天不假以年，一代人豪，齎志以没，亦可以深長吁矣！君歸道山，已十有八載，同人爲君紀念，因撰書後，以誌追思。

一九六一年清明後五日，揚州杜召棠

猛悔樓詩

王世襄

題詞

樊山先生題詞之一

曩於報紙中見君詩，詫爲奇絶，問之周生王受，知爲石城王氏子，年猶未弱冠也，則益以爲奇。其詩境凄豔明麗中含古愁，唐則長吉飛卿，明則卓蕋淵，清則湯卿謀，之數子者，才則茂矣美矣，而皆歉於年與福。故吾與王受言，願君極其才之所至，衷於理而輔以學，勿徒爲寶閨之一體，豈唯雄長詞壇，抑亦望其大器晚成，爲終童賈生一輩人補恨也。五月七日，君果以書抵余，并詩四十餘首求定，讀之覺奇艶在骨，骫骳從心，生翠刻肌，冷紅沁髓，食煙火人一字不能道，亦一字不能解也。文字之道，今幾乎熄矣，僕少本不學，老益無聞，蟄户自封，鹰韝斂手，杜門謝客，毁譽兩忘。然遇有異才美質、佳語名篇，又未嘗不含漱芳腴，徘徊光景。誠以天下最難得者，才也；不可知者，遇也；不可不定者，志也；自少而壯，而老無一日而可廢者，學也；不可不永者，年也。定志以向學，積學以成才，儲才以待遇，而識鑒、器量、閱歷，非至其時，不可剽而取也。年何以能永？亦唯守身以事親，居易以俟命，勿使幽憂傷人而已。故長吉、飛卿、蕋淵、卿謀諸人，其才誠可愛，其詩不足效也。士欲學成名立，惟在上有解惑之師，中有嚴事之友，而又虚心求益濟之，以天縱之才，未有不成者矣。庚申五月十一日燈下，樊山老人樊增祥讀竟書後。

樊山先生題詞之二

生師李悉伯先生曰：詩家須能八面受敵，今世能此者，唯吾與子耳。先師張文襄公亦曰：詩可多作，詞不必多作。詞以綺麗爲正宗，日日爲迴腸蕩氣語，恐器量日趨卑狹，試看周美成柳耆卿，畢竟有何事業？兩先生之言，皆欲學者致廣大而盡精微，勿以一得自封也。抑少年有才氣人，當先以韜斂芒刃，讀書養氣爲主，若以神劍截端午巨㚇，豈不可惜？心戒其妄動，氣戒其輕發，子房得力在一忍字，孔明得力在一静字。願足下採及芻蕘，勿使人誚吾爲失言，則幸矣。十二日早起又書。

樊山先生題詞之三

古人云：才可及，年不可及。童年而有異才，萬人中未易一二覯也。易石甫十五六時斐然成章，朝野交譽之，既負盛名，日與不若己者相處，青樓薄倖，畫餅無成。年逾六十，仕不進而才亦退，豈不可惜！丈夫不受人憐，然所謂不受者，僅自己不受，而其可憐者，自在也。謹之於始，勿爲末路之悔；成之於終，勿孤長老之望。少年秉君才者所宜三思。

樊山再識。

此册今日攜至晚晴簃，同社諸老見之，交相稱嘆，皆願君好自爲之也。十二日燈下。

樊山先生題詞之四

日來接手書，盛意沖襟，見於言表。天下惟糊塗人則自是，真聰明人未有不虚心者。此未足爲君奇也。自入新世界以來，正如博者日勝日貧，病在愛國强種之談，僅借作門面語，而人人思逞其攫金清晝之心，而天下事不可問矣。中國維新數十年，若礦政、路政、武備、譯學、禁煙之舉，莫非當務之急，乃以賢智之過，并其道德文章而盡廢之，以便其私而掩其陋，非不自知其不可，而悍然言之行之，若曰縱後有復之者，我固已取便於一時矣。足下將游美洲，此男兒四方之志，甚善甚善，唯迪其新知，萬勿忘其舊德。詞章雖小道，然言無文則行不遠，古來著作家制誥家專對家，未有不從詞章入者。特不可專作閨幃語，如《疑雲》《疑雨集》耳。此一册詩，時於幽秀中露蒼勁之氣，從此多讀多做多商量，未有不日新月異者。總之立身求其有本，立言求其有用，興到之作，則聊以自娱而已。少年人詩文當如火如荼，吉祥富麗，親在不言老，道在不憂貧。君年未二十，而前一卷詩兩用白頭字，甚不可也。偶論及之，勿怪。五月幾望樊山又識。

故財政部參事貴池王君行狀

君諱世鼐，姓王氏，字調甫，自號心雪，安徽貴池人也。考滌齋先生，衆議院議員，妣氏姜，有淑德。君出清門，幼徇齊有神童之目。年十一，僑旅順，即以文章驚其長老。民國五年，試北京大學獲雋，年僅十五。嘗自許曰：『三百人中，余年最少也。』當是時，政出强藩，詐謞蠭起，學術凋敝，人心錮塞，而國勢日以削弱。紹興蔡元培方長是校，績溪胡適、懷寧陳獨秀掌教其間，思有以拯之，乃大倡新學行語體。要以革時弊爲亟，天下靡然和之。會政府假外資辱國，大學諸生大譁，起而奔走譟呼，執政者逮諸獄，羣議沸騰，世所謂五四運動者也。君與同學楊振聲陳劍脩同在縶中，執政者論曰：『諸生其具書悔乃釋。』若君憤然曰：『國事蜩螗至此，使此舉誤，吾甘縶獄，苟不誤，何悔爲？』司獄者無以難之。時君師胡適適至，將護之出，謂之曰：『若縱甘長縶獄，獨不念若母？自若之縶，已哭於獄門四日乎！』君乃署。初，君之學於大學也，以文采聞於詩，與嚴既澄余壽明程石軍縱酒鏖詩，極遊觀之樂，爭一字一韻之奇巧，至廢寢食。而君詩獨以蒼秀淒豔冠儕輩，恩施樊增祥讀之，歎以爲長吉飛卿蕸淵卿謀之嗣音也。復書三四，獎慰戒勉至三數千言，論者謂其箴君者至矣。而君身世乃若樊君所逆臆，豈不重可異乎！君既出獄，益憤激，滌齋先生因資之游學美利堅。君夙精國故，參以泰西新制，於政法之源流，平準之精義，旁及文哲諸學，無不旁通交推，以歸至當。又以其暇爲歌詩，以寫海外風物，幽窅奇詭，動人心脾。駐美太使施肇基見之歎曰：『不圖國中少年乃有此才。』先後學於愛阿瓦大學、華盛頓大學，獲經濟學士、政治博士學位。旋游歐洲，歷英法德意，考其政治經濟而歸。時君年方二十有三也。當是時，秋浦許世英方總揆席，以君父雅，故重君才，辟爲國務院參議。君感許君知，獻替獨多。而以年少任斯席，論者榮之。北伐軍興，南都底定，撫寧李烈鈞主國府，許君介君於烈鈞。烈鈞初不置意，及往謁，試以各國政治之異同，君揮灑萬言立就。烈鈞大驚異，以爲奇才，乃與許君介諸今行政院副院長孔公。公時方長工曹，辟長商業司經營科通商科。君在官勤恪奮發，僚友推重。時工曹初創商事，規制多君手定。十七年北平市政府辟爲參事，以故不果行。其後先後被命爲中華合衆蠶桑會國民政府代表，第五屆國際商會中國代表，道出荷蘭，識郭秉文訂交焉。及秉文長國際貿易局，辟君長總務兼編纂，二十年黄郛長北平政務委員會，辟爲專員。而東北外交研究委員會亦聘君爲常務委員，皆稱其職。顧君以爲未足以盡其才也。二十五年孔公復辟爲財政部地方捐稅委員會委員，旋復令君主皖黔二省所得稅。君明察廉勤，譽丕著。旋以病辭，乃改專門委員。二十九年冬遷參事，三十一年孔公設司司專賣，以君夙研是有素，令主蘇浙皖區菸專賣。命下，君體已不勝，力疾行至贛州，竟以肺炎逝。綿惙猶以官事爲念，語不及私。悲夫！君本負濟世才，文采斐然，嘗以爲文學之才，晚近所希。又自負其兼而有也，以爲天下事無不可爲。及游學海外，歸益自信。其學慨國家之多難，内外侮交相乘也，哀時憤俗，又苦無術以拯之。并時公卿雖賞其才，顧未竟其用。嘗曰：『吾其終無所用於世乎！』因益詫歎，縱酒自放，發爲歌詩，凄厲哀婉，感喟深至。視少作之側豔者，迥别矣。而體亦因是益孱。及膺繁劇，君以强仕之年，乃弗克荷，竟以微疾逝矣。微特君志業不獲就，即所爲歌詩乃亦不克極其才之所至，斯豈天爲之邪，抑人事有未盡者在也？君以身世侘傺，抵掌議論，或不能無所詆諆，而世乃目君狂，抑知其微抱孤識，乃非盡人所喻乎！君嘗曰：『爲其事而計其功者，凡民也。必躋無名無功之域，庶幾老氏之徒歟！』方君之主輯東北月刊也，憾國人昧交鄰義，因刱編外交辭典，積稿至富，恝置之。其後他人因君之舊，撰次成書，君讀之怡然，以爲能竟其志也。抗倭軍興，君以備戰必資財，財必資稅，稅必行其良者，乃無擾民。會孔公欲行所得稅及國家專賣制，飭屬集議，所以行之盡利之道，君皆與其事，深計密督，以求至當。草創規制，多出君手，而君默無一言。余嘗見其考各國專賣制度累數十萬言，稿積如梵夾，而君顧不以示人。其闇然不自表暴之意，豈近世所有乎！夫世之争名者，方衒鬻爲高，巧飾自尚，肆其辯説，立談以傾動公卿，坐以自致富貴者，比比也。君極意功名而所以致之之術，乃與時背馳，宜乎悲歌抑塞，齎志以歿，而世猶莫之諒也。斯余所爲狀君生平，而致其無窮之憾痛者也。君天性純篤於交舊，而尤以獎人才爲亟。方君之官工曹也，嘗欲拔其屬，爲人所扼，君力争卒得請。君言詞雋美，每宴集議論風生，語驚四座，而伉爽質直，誠慤出肺腑，人久而彌愛敬之。君之卒，友朋聞者多失聲，可想見其爲人矣。君生於民國紀元前十年七月初八日，卒於民國三十二年癸未三月十七日，春秋四十有二。元配張夫人畹秋，桐城馬其昶外孫女，繼室孫夫人燕華，義寧陳三立外孫女。張夫人之卒也，君哭以五古數十首。時孔公方養疴北平，讀之謂君曰：『吾雖不爲詩，然讀子詩乃哀愴至不可狀。』君詩之感人可知，而孔公愛士之誠，彌可見已。君釐以亂權厝江西贛州南郭，君夫人將以亂定奉安貴池祖塋。君無子，亦將俟其季弟生子爲之後。方余之居北平，讀君《蘭樓餘》，大歎詫。及掌孔公記室，始得與君訂交。十餘年以還，以文字道義相切劘，而惜其縱酒自賊也，嘗爲之深矉太息，亦苦無術以拯之，而君竟坐是殞也。悲夫！後死之責，義無可讓，謹就所知君平生，撰次大略，當代立言君子，撰述銘誄，有所考焉。

民國三十二年九月，閩侯曾克耑謹狀

卷第一　少日集

秋夜至松壽庵，道經十剎海，有所感見記之

小鬟十五住青溪，門外殘紅舊品題。風定荷燈悔一笑，重尋蕭寺濕秋泥。

憶古石城

收拾才名臥巖壑，休將絃管近離筵。春陰好借成竿竹，江雨時停上水船。

春夜漫書十截句

紫蜂無力鬥嬋娟，料理林霞遺百年。緑上雲屏眠未熟，水仙春病薄如煙。

鳳城日暮誅春遲，江上相逢一笑期。轉爲孤鴻勞片語，亦曾賣賦鬥蛾眉。

忽動珠簾風力微，紅妝悄坐髮垂衣。錦屏銀燭凉無夢，珠箔孤眠萬境飛。

流水真成宛轉紋，秣陵寒燕泣殘曛。他生重定桃花扇，酒陣歌旗各一軍。

薄贈紅鬘買白雲，長門歌舞最憐君。酒蘭自笑鷓鴣意，如此春秋尚未聞。

見汝重柔此日腸，閒徵文體入齊梁。遥聞詩婢能傳語，自笑三投金凰凰。

柳枝妙曼舒春情，池館玲瓏如新鶯。一水半水初盈盈，行歌散作碎珠聲。

朱顔星散愁無語，數遍東南舊歌舞。纔爲如花卜盛衰，天衣又濕乩壇雨。

凉雨催春已滿池，梅魂收拾一匳詩。天襟忽射湖光緑，此是花靈欲放時。

今年湖上垂楊老，山靈長護朱顔好。倘使青山舊有盟，不應孤夢蘭閨繞。

青　鳥

青鳥南來問紫綃，十年春夢去如潮。人間明月長無恙，海上離魂不可招。龍漏侵眠金燼斷，鳳簫催别玉樓嬌。江南楊柳多情碧，猶向西風鬥舞腰。

杏社雜事

燕居三載，偶事聞歌，激楚之音，於某爲最。余壽明、程石軍、嚴既澄與予日謀文酒之會，寵辭錫韻以傳之。歌哭斯人，欷歔前構，輒爲惘然淚墜，黯然魂銷。

芳日多風雨，琵琶對冷春。翠堆斜鬢尾，紅惜墜樓身。絃上月光滿，釵邊粉黛新。原知今日意，忘卻故時人。

魂夢寧悲弱，終傷道路長。燕巢春貯怨，花發夜飛香。芳樹忽然盡，盈尊祇益狂。坐憐白日去，掩瑟病幽房。

五四之役，與陳劍翛楊振聲同繫獄，釋後書此

方疑永夜天沉醉，倦鳥孤還誓獨真。夢底如花供醉眼，吟邊吹劍屬騷人。少年老去紅顔死，壯士歸來白髮新。柴市連宵眠夜雨，慣持恩怨遣芳辰。

笛怨辭

笛怨簫清聽未真，江湖舊雨散成塵。平生祇有雙行淚，半在蒼生半美人。
相逢千轉濕春裳，夢起驚看十斛霜。花信都成惡消息，病梅疏淡水仙狂。
紫蝶含愁春已斜，水晶簾箔駐雷車。一逢一笑三膏沐，重問明湖二月花。
簫語吟情漫不收，幾行翠舞酒邊樓。盈盈春雨侵紅豆，浣卻東南何處愁。
相逢漫勸冬郎酒，欲問江湖舊紫雲。腸斷綠陰不歸去，一生功罪祇紅裙。
怨絶丹砂偶倦游，紅樓風雨聽揚州。秋星疑是蟾蜍淚，散作天涯點點愁。
不爲蛾眉修謗書，驚心重過紫雲居。當時網盡珊瑚淚，好報秋娘一串珠。
心珠百劫證蘭因，對鏡難銷白髮塵。悔向朱樓貯恩怨，奇愁刻骨不關春。
祇恐香灰骨末灰，海枯重待暮風回。安排腕底秋來水，流向瓜州日夜哀。

鳳紙鸞箋表玉京，乞從文字成花城。有人腸斷黄昏雨，願化春旛護一生。
冰梅冷笑夭桃老，林下幽禽一二鳴。來向朱樓卧聽雨，可憐春水似愁生。
瞥眼人間秋又還，紅衫珍重擲刀環。爲君勤守十年約，老我桃花三月顔。

訪嚴素於西直門

未盡情如草，逢君百緒蒼。有時恣歌哭，無地避滄桑。鑄夢文心幻，埋憂酒膽長。琵琶絶沉鬱，衣袖亦幽香。

書吉社一事

曉風鶯翠髻，懷璧贈紅妝。中酒花時病，凌波白日狂。不能三致意，唯有九回腸。策馬長安遠，零蟬噪夕陽。

別北大諸君

入洛機雲在，輕論并世才。月明燕市别，夢繞鳳城隈。雨照凡紅寂，秋生林碧哀。揮絃發沉鬱，萬感爲吾來。

與章盈五游西山，夜宿碧雲寺

扶月入山去，野雲初滿闌。春危鶯作陣，愁謝絮成團。水近雙魚遠，燈紅翠袖寒。江南簾一角，休向月明看。

春盡前一日

花奠誰温自古魂，芳風狼籍淚盈尊。夜回歌扇月如昔，人散雷車夢更繁。逝水年華輪緑葉，殘春燈火恣黄昏。眼中舊雨離雲似，何事青蠅苦獨喧。病懷詩與慰蹉跎，誰窘蘭舷夜渡河。曼柳障風舒妙舞，萬花飄雨雜清歌。鶯啼夢斷一春去，蝶化魂飜三月多。不分江湖摇落後，有人低祝定風波。

卷第二　長風集

南園柳下作

一雨似秋秋月遲，捲簾迢遞柳絲絲。酒濃無計夢能好，佩細添風舞卻宜。恨未成灰猶刻骨，花能傾國已非時。故園一去繁枝謝，翠袖紅燈不自持。

懷　事

輕憐薄怨受誰多，萬種啼痕向逝波。行盡紅牆心轉怯，舊時微愠近如何。

將就學北美，適盈五有巴黎之行，集飲作此

卻憐良夜盡，休笑故人狂。月淡分眉嫵，簾虛透影香。莫辭千日醉，珍取少年場。國破將何往，秋蟬咽晚涼。

夏夜

縱酒寧關恨，因歌聊自妍。鳥遲知露滯，林密隔星眠。水軟凉無夢，簾陰淡欲煙。蟾飢魂蝕月，萬劫一團圓。

赴美前三日，有餞别於來今雨軒者，相視黯然，若有傷離之意，即此報之

秋意飄蕭在柳枝，雙顰脈脈各何思。青娥起作回風舞，好滯蘭舟十日期。
西風白浪躍長鯨，秋醉如雲薄未成。飛過青溟三萬里，高吟還恐夜龍生。
尊前狂極醉葡萄，滿地松陰七月濤。萬里琵琶煙水闊，紅旗相送海雲高。

取道京奉路往横濱待舟渡美，過鴨緑江時偶成

山深少人行，日暮風雜雨。空江月未上，沙清鳥相語。客心殊徘徊，憐此秋花舞。忍淚别所親，慷慨去吾土。

過漢城

風破滿江雲，嫦娥斂笑出。故宫殊雄麗，日暮傷紅燭。誓言託青鳥，心似江流曲。

釜山馬關道中

十年國難在弓鐶，風雨憐人夜渡關。滄海微雲秋近晝，殘陽落葉鳥還山。艱難白髮成雙鬢，寂寞朱霞豔兩鬟。回首長安餘涕笑，萬山不隔是親顔。

與羔執抵東京，承諸同學之摯待，酒次狂談怒辯，痛家國之淪夷。待發横濱，寫短章寄之

秋簫凄絶兩樓臺，金碧當年望劫灰。把臂欲傾憂國淚，盟心重醉濟時杯。幽絃多怨歡何益，冷月孤臨秋獨回。無語中原太沉寂，夕陽點綴亦堪哀。

至檀香山更寄東京諸君一詩

客中多雨潮音白，衣鬢微雲秋意添。欲破愁城呼項羽，重憐傾國别江淹。蒼凉孤淚真無益，憔悴朱顔漫自嫌。恩怨沉沉天獨笑，未應愁病百年兼。

太平洋舟中所得詩甚多，抵舊金山前一夕，删存三截句

丈夫須族田横島，丈夫須冠卿子軍。壯年便欲遁歌哭，天下英雄恐笑君。

不爲百戰好劉季，不爲罵座狂劉四。聖狂之間且幾希，秋燐不是埋憂地。
大智不屑學笑啼，大愚不知學笑啼。吾生智與不智間，退學故侯瓜滿畦。

居柏克雷市就讀加州大學，薄病中成憶事詩

初抵加省之柏克雷市，與舊金山一葦可航，其地沿太平洋岸，景物清淑，故國故人之感，無時或息。暫止學會東樓，蕩胸山色，攪夢濤音，京國囂塵，至此直疑世外矣。秋夕散步寒林，凉露侵衣，不適者數日。静療不出，散書憶事詩十截句。

蓬山明月碧城簫，神闕天衣三五遥。獨立燈青人海定，秋花如雪復如潮。
白雪青山無古今，身如幽鳥慣凄吟。千巖百谷飛靈雨，來證伊人寂寞心。
忽聞紅豆長吾廬，萬古鸞飄畫閣虚。倘向史家記因果，長生一誓疚心無？
平塘時有燕雙過，舊鏡塵封涕淚多。捲起珠簾秋似水，鴛鴦耐冷住微波。
明珠不换蔡姬詞，哀豔雄奇雜黠癡。終是女郎舊風格，雷車走讀玉溪詩。
壯年不屑心情惡，日日歡顔照酒杯。生恨春蠶意癡絶，願桑成海海成灰。
江上飛寒夜不勝，秣陵細雨聽春燈。中原虎豹如人立，紅寺沉沉厭廢興。
雪花如掌恣飛揚，散髪斜纓雜醉狂。談笑似龍詩似虎，百年天壞讓王郎。
吾年二十嗟猶此，草草風花殊不堪。欲折芳蘭招楚客，白雲斜日住江南。

輕雷薄醉夜聞車，珠箔沉酣照水涯。天女靈眠猶未熟，春來誰散斷腸花。

明妃曲

讀少陵『生長明妃尚有村』之句，爲之意興英發，因極吾意作《明妃曲》以壯千年上失意之宫人。所謂『琵琶出處繫安危』之語，不亦足惭沮古今來一將功成萬骨枯者乎！

明妃二十顔如月，走謫胡天髮似雪。明妃馬上默無詞，慷慨琵琶日暮時。絶塞無花成獨豔，可憐辛苦待王師。春來斜月珠簾冷，殿角殘紅傷心影。朱顔顛頷委胡塵，青塚年年秋復春。明妃明妃爾莫悲，琵琶出處繫安危。人生但貴英雄耳，可汗曾驅百萬騎。不似漢家輕國色，烏孫公主淚如絲。

七夕

月上疏紅照獨眠，半樓寒淚刺冰絃。願逢天地無時盡，終勝人間有百年。

劫後心成秋水定，開門明月證生涯。斜冠散髮入山去，獨坐空林數落花。

心泉方潔，若有微波，因絜其意，作微波辭

脈脈青娥理鬢煙，獨來滄海數桑田。小樓夜雨無人到，自折瓶枝相對眠。

散花斜髻對清歌，靈骨含愁死不磨。苦向蛾眉搜麗劫，九天鸞侶恐無多。
秋燈重撥麝煙斜，夢繞春明第幾家。鳳滯鸞沉千古訓，蕭郎白馬杜娘花。
日暮吳裙染古曛，十分秋水欲生紋。人間惟有雲無意，脈脈芳心莫似雲。
夢繞星簾滯雨聲，靈河西畔玉簫清。紫闥夜下青鸞詔，佳麗天因痛哭生。
斜日嬌棠麗似詩，冷秋釀到一分時。冰絲抽出愁千縷，藕太玲瓏蠶太癡。
寒箏醉醒凄無曲，麗思縱橫獨感秋。古巷幽姿憐折柳，傷心重聽十年游。
急雨寒潮不可分，秋懷瑟瑟繞斜曛。紅顏轉眼懶相識，恩怨輕於江上雲。
三月櫻桃紅滿橋，來時煙雨去時簫。傷心數遍長堤柳，不是風前舊舞腰。
生怪風愁惹絮飛，簾陰百病減羅衣。小闌干外花如雪，自折空花喚鶴歸。

哀　憤

海水夜嗚咽，秋燈詩滿樓。怨恩數斗血，涕笑一尊愁。烈士虹爲魄，美人簫散憂。所餘惟熱淚，何以謝吾仇。

世遠古人近，狂言雜楚芬。從知高士骨，長證北山雲。歌哭將何及，飄零直到君。明燈相向泣，顛頷古紅裙。

一千九百二十年轉學愛阿瓦省立大學，其地苦寒，冰雪沍月，每值夜讀極倦時，輒寫斷句以自舒其煩鬱之思潮，零箋散佚者，將不知若干倍於是矣

南山之極不可眠，北海之潯不可填。吾生二十心茫然，吾憂何止億萬千。湘靈鼓瑟過我前，雙裙染蘭雜雲煙。并騎鸞鶴入青天，天醉沉沉猶守玄。但見飛瓊降秋筵，筵成歌舞何翩躚。筵上顔色何便娟，畫簾西捲雙星閒。銀潢淺水流涓涓，伊人一水遥比肩。伊人於爾深相憐。人生昔境畏今憶，分謫沉憂億萬年。

嬋娟舞倦碧天空，欲呼明月出海東。紅箋勸酒三百斛，中原豪傑醉如虹。前生十謫羅浮峰，梅花明月羅當胸。十年猖狂君不識，獨來人海聽哀鴻。

歲在丙辰六月九，狂生挾策邯鄲走。邯鄲四顧悄無人，對罷紅妝對屠狗。紅妝零落如落梅，空山孑豔空成灰。桃花未生水仙死，春風不送梅魂來。此時此境花憂極，鴛鴦哀怨琵琶泣。猛識鄰家玉笛聲，飛瓊老矣無消息。

記石君事

昨夜飛瓊下嫁初，風無消息雨無書。黄金顔色如雲散，病骨江湖買酒居。欲覓温馨惟有

哭，即論才調已堪誅。閒來料理經春約，殘絮樓臺一駐車。

除夕客柏湖

江南芳草望吾廬，何事風釵滯錫湖。臘雨又狂瓊閣動，梅花已落繡燈孤。夷門買劍千金血，鮫室辭君一掬珠。日暮更愁青鳥遠，故人滿地各何如。

柏湖早春

春陰桃謝廢園花，翠袖何因已怨嗟。淚濕金貂寒翡翠，夢回銀燭照琵琶。美人遲暮羞題葉，故國飄零學種瓜。差喜少年能近道，白雲斜月是生涯。

將去柏湖，轉學紐約

門前垂柳日紛紛，樓上湖光今暫分。劫後高寒疑似鶴，春來飄泊復如雲。道人已失鴻都術，故帝難忘號國君。梳盡楊絲殊有意，應疑雲鬢立殘曛。

康南海築天廬於西湖，時論非之。遠居海外，聊誚以詩

桃花紅弔故君居，瀛水長流淚不如。我昔三經上清路，至今重讀獄中書。人間肝膽塞冥

死，劫後頭顱晚翠屠。堪笑偷安負君友，康生賣字買天廬。

二十一歲之生辰，適居亞菲德村，自舊金山預沽五加皮酒，羅羔執爲我烹鷄以壽，思親懷國，無逾今夕矣

緑陰如畫雨如絲，夜送靈辰讀楚辭。空谷明簾燒鳳燭，菊花齊獻百年詩。
菊魂斜雨雜詩魂，壽汝名花花欲言。回首西陵秋月白，琵琶擊碎海天昏。
蘭燼重燃日暮明，滿山荆棘紫駝驚。吾生原爲幽憂老，天意沉沉阮步兵。
天壤奇馨不可名，鳳簫幽怨聽分明。邯鄲美酒瀟湘雨，恩怨縱横一半醒。

一九一二年讀暑課於紐約市外，所居近鄉村舞場，午夜夢回，絃音猶沸，以視故國，迥判人天。寫此獨餘深慨

昨夜蓬萊小遇仙，來時滄海去時田。不知人世幾憔悴，猶見神仙弄管絃。

初秋眉月娟潔，是夕或即古曆七夕也

書生懷抱終何濟，猶憶蛟龍天上時。豈有鴛鴦甘獨夢，卻憎烏鵲負佳期。酒邊願證長生誓，月下空填乞巧辭。昨夜珠簾燒鳳燭，低徊不似舊蛾眉。

秋　雨

斜月深燈人未眠，不知今夕已何年。平添秋水三篙緑，好泛横塘十畝船。荷影雜開微雨際，衣香還繞好雲邊。平生此骨誰憐得，掩卷黄庭欲遁禪。

西　風

西風迢遞有微波，湘瑟仍依背月過。春晤曾傷鶯燕嫉，歡場空忌鷓鴣多。酒痕亂似狂時語，山色青於病後蛾。猛憶江湖雙絶在，小梅才調小雲歌。

游尼格拉瀑布，入加拿大之維多利亞公園

點點秋山日日斜，浮雲一片是吾家。詩中亦有丹青意，落盡江南十畝花。

花　時

春陰桃李十年灰，舊事花枝滿鏡開。劫後雙魚久沉寂，芳時一淚自徘徊。掠波空渺重歸燕，銷骨難辭無盡杯。惆悵亂雲送君去，但餘殘月照深哀。

詩詢京中諸友

朝辭北海夜崑崙，宛轉蘭言動九閽。虎豹萬重新有翼，江山一別舊無痕。晴川歷歷春潮急，珠水瀟瀟夜雨昏。自是少年重哀樂，不關花信亦消魂。

養痾郊外偶成

病裏吟詩日又曛，天將涕淚向紅裙。荒江十葉輕帆至，淡墨千行古膽芬。深巷塵凝雙燕嫁，遠山雲黯淺螺分。秋燈斜讀田横傳，始向西風一哭君。

精衛東溟事絶憐，蒼生涕淚更難填。靈犀心眼詩難測，雛鳳才名世未傳。坐惜白頭來日事，欲攜翠袖故山眠。明妃綺歲曾憂國，慷慨胡塵二十年。

至華冷山謁華盛頓墓

園亭垂柳日紛紛，人語斜橋細可聞。斷澗白雲銜夢出，已迷前路欲留君。

波多墨河畔與淩擊溟晚步

時有幽禽冷可聽，閑來流水繞空庭。酒闌夢杳羣仙死，山鬼一聲天地青。

華盛頓會議時值徐子明

異姓忽逢君，起傷機與雲。懷璧淪塗炭，餘子何紛紛。昔有楚謫人，行吟悲幽芬。更論嵇中散，於子欲何云。起視朱日没，白髮生如焚。傷哉江湖老，蛟龍豈無羣。

將之英倫，念居美三年之影事，寫數語以存之

杏社少年吾與君，詩力殺虎氣拏雲。杏花殘落天地白，吾悔靈臺貯腐文。遂結神鸞摩天走，日日心枝發紅豆。老猶未來髮不青，傷心誰管春人瘦。無限殘雲飛鳥哀，寒山高月苦徘徊。紅愁翠怨年年事，流涕何因杯更杯。豪來海上問明月，清極林間飲冰雪。射虎屠龍事等閒，靈臺長貯千秋血。少年原合老輪蹄，萬里三年東復西。愁絶謝看雙袖舞，天風猶護一燈啼。

紐約待舟發歐洲

太行不險滄溟淺，萬里縱横東復東。揮手長川一長笑，北風吹我作征鴻。
少年難殺勞生骨，青鳥原無謝罪書。滄海放吟三萬卷，到頭能值一錢無。

大西洋舟中雜句

與君凌海待雙成，五十冰絃春月明。若問故園豺虎卧，蒼凉惟有曉鶯鳴。

英雄萬古梁紅玉，哀麗絶人晉緑珠。攬史一啼復一怒，腐儒誅我定何如。

游凡爾塞離宮有寄

君意柔於三月柳，妾心曲似九迴闌。野雲送我滿雙袖，好月嵌天纔一丸。白袷獨窺神闕夐，紅旗斜護酒樓寒。夢中若訪西陵路，數畝垂楊百鳥繁。

偕盈五至楓丹白露歸，經白盧尼湖，泛棹至月上

松陰雜飛絮，暮景畫兼詩。疾鳥翦江過，深雲出月遲。林風分霧跡，孤燕動遐思。斜日臨妝罷，春波拂晚脂。

謁拿帝寺

生不能爲華盛頓，敗亦當如拿破侖。凡花凡草休相奠，萬劫湖山拱墓門。

三月十一日客巴黎市外之聖克盧離宮旅邸

虎踞功名徒苦辛，鶯花昔與六朝隣。一生最厭將殘日，百計難回已去春。劫後衣冠聞故帝，樽前涕淚等微塵。雲如仙袂飄然出，絕谷層崖似有人。

春盡夕猶滯巴黎，書示盈五

微微香霧散簾間，明燭先灰鏡裏顏。稍負鬢絲問啼鴂，各無心力駐飄鸞。新成金屋煩梅聘，悄入珠宮帶淚還。慧業釀愁嗟逝水，九州神黯門眉彎。

與鄧季宣程演生游法皇廢殿

來持枝漸謝，萬谷踏春寒。廢殿青燈黯，桃花落照殘。窺人一白燕，懷古半闌干。生事何哀樂，悠悠盡日歡。

居玫瑰村一月，客邸春闌，雨夕作此

蕭蕭窮谷夕，薄薄萬枝斜。晚鳥風前亂，飄英雨際譁。賫茶雲待翦，縱意暝能賒。桃李嗟何惜，堪憐異歲華。

至里昂遇狄君武、蘇梅、鄧季宣，用狄君見示韻

三年前事風兼雪，煑酒曾尋今又來。往事祇烟差可擬，勝游如水益難回。吟魂空縛殘春繭，慧業終憐盡日杯。行遍珠簾方七八，酬詩辛苦爲君裁。

柏林秋辭

善感多思如僕者，每因其感其思以成詩，詩成又未嘗不自傷其哀惋逾恆，而纖豔傷神也。去國三年間持吟戒，然因懷遣韻，積感成聲，懷感之極，誰喻其微。捲簾納風，以受花香，幽鳥暗泣，寒紅不生，淪謫人天，歡非憂敵。來客柏林近二月所得詩，均曰秋辭。

來日凄然爲去日，今生何益有他生。誰家院落餘苔跡，薄暮能無幽泣情。
數年來往悲歡境，墜粉淪脂竟不還。微惜相逢重萬劫，孤軍一幟出禪關。
年華柳弱怨風生，海外空聞曳佩聲。我替女郎深禱祝，來生福慧字雙成。
夢斷燈殘每惘然，無邊幽泣限詞箋。生涯誓欲焚心盡，再謫胭脂八九年。
年來騷雅付村歌，一夕清辭起宿疴。縱此別開詩境界，宋唐而外異軍多。
無端恐被佳人怪，少小狂填拾翠詞。酒罷含靈復含怨，春來纔喜柳如詩。
人影去隨雙去槳，微生行盡數行詩。焚香但見愁絲嫋，此亦逃禪未敢時。

春魂尋遍白門西，七八珠簾宛轉啼。欲護鴛鴦前夕夢，翻憐薄醉不如泥。
驚人海水不如酒，長壽紅妝只有詩。自古猖狂竟何似，我生高踞盡崖時。
東苑崇桃看漸謝，西樓垂箔可能開。願君明鏡無塵積，留待驚鴻顧影回。
紅燭終焚宛轉心，層憂萬疊直成今。春魂不語蒼冥去，斷鳳三年無處尋。
重戒重破詩與酒，自遣自尋夢與魂。偶然人間作奇想，側身嬌喘百肢溫。
少年筆挾胭脂氣，媲古蛾眉萬古朱。靈態百摹終不當，空山梅種兩三株。
消息今春依舊侵，重簾密閣對霑襟。可憐清到秦淮水，嗚咽猶成出谷心。
啼笑春來漸渺茫，當時裙屐費評量。蛾眉意態無煙火，誰授人間辟穀方。

歸　計

江南萬木好，歸計一生疏。海上梨花日，春風貰酒居。

與公儉漫游德屬來因河流域

賈生悲命亦憂時，楚澤千年弔豈知。曾笑牛醫一身手，漫悲禹甸半瘡痍。青燈照史人如玉，白水尋盟秋可悲。猶欲狂歌凌海去，百年煙雨一舟詩。

公儉先歸柏林，余獨溯航來因全境，覺人文雋美，勝德之北部多矣

野雲隨水過空庭，一岸秋燈一岸星。天與湖山奇點綴，恰如西子住西泠。

維也納小住後渡多惱河，至匈牙利之布京，臨河晚眺，有水鳥掠波而飛，計

江南此日歲云暮矣

江天夜静星如月，晚鳥疾飛三四葉。燕恐妾愁郎不愁，銜向江南又江北。

游巴爾幹半島，風雪兼旬，小憩羅京，以二詩寄時報。來因多惱，均歐

洲曾經之名川也

一心獨據天人際，衆象皆緣哀樂真。不分工愁更多惱，難明去果况來因。臨風匿笑無家別，攬鏡空憐極目塵。回首天涯斜影動，數枝紅學故山春。

紫蝶青蜂怨未平，層闌回首萬星明。欲摩長劍銷兵氣，翻厭繁絃亂雨聲。夢底疏花自開落，酒邊微愠太陰晴。夜來鄉思知何似，千谷秋雲縹緲生。

待伏見丸歸國，偶憶巴黎，忽有去住皆非之感

亂帆如葉散如鷗，人静無言月上樓。半爲懷親半懷友，將身欲作去來舟。
穆王何事滯神車，麗骨傷離病海涯。無奈春愁閒未得，梨花謝後又桃花。

舟行紅海，月夜得句

得境多從尊後前，十年寥落最今年。不知海月將何意，耐向滄波萬疊眠。
風微時恐夢參差，響佩何因立露華。我本天涯例飄泊，海鷗何事亦無家。

卷第三　東還集

歸視太樸樓有懷

忍記秋簫縹緲聲，紅樓回夢定何生。繞胸悔有人如玉，縱不成煙已百城。
月魄深垂簾箔居，江雲來妒爾憐吾。故人意氣將殘燭，論到恩仇淚恐無。
春盡鸞天苦覓詩，可憐蠶死尚含絲。蛾眉夢斷頭新白，桃李輕寒費護持。
少小從龍意未休，吴鉤夜入塞風秋。書生漫説頭顱賤，異日須求萬户侯。

暮　愁

壯夫不遇朱顏老，攬鏡荒茫起暮愁。萬劫空山坐微月，幾重滄海得孤樓。治生十有九人病，覓夢百常千歲憂。誰識夷門抱關客，賣書買劍願難酬。

春夜沉醉，書示畹秋

鸞跡高寒空獨期，傳箋聞似九州遲。春愁不約來如燕，夕照無多憶即詩。漸有夢沉摧鳳翼，斷無人解忌蛾眉。縱輸十島煙波外，衹隔簾波待怨誰。
罷理長眉倦略勝，琵琶凄烈最高層。林花破睡嗔鶯未，春水無人衹燕曾。乞半蛾青微月照，向千尊盡衆魔仍。朱飛緑長年年淚，無象伊誰無燄燈。

春夕對丁香花

歡更無歡悲漫悲，滿瓶空憶薄胭脂。東風似虐原非虐，不盡殘枝忍待誰。

人　間

人間不合有三月，海外徒聞更九州。夜雨青燈梳白髮，荒江秋水長清愁。羅胸劍氣雙虹白，入握山光一葉浮。風掠珠簾已何夕，夜闌微笑淚長流。

六月十六夜成二詩

舊淚曾侵百幅綃，高天大鶴自扶搖。今宵一乞班生筆，好補眉端兩段嬌。
枳鳳荆鸞事已非，東南日夜海高飛。明戈未抵描眉筆，奪得金焦兩點歸。

七夕後避暑北戴河，坐第五橋邊，海水羣飛，夕陽掩映，雖非天上，亦遠人間也

新結蘭游恣十洲，鮫啼虬語夜難休。更愁襟袖煙霞少，翦取江南黯淡秋。
劫雨雙鬟翠略删，幾回紅淚作微瀾。青空紫樹秋何在，證取羅襦怯暮寒。
愁壘禪關刻意侵，晚風吹薄酒人襟。萬千天祕微茫極，石裂魚飛證已深。
雙星奪月月匿笑，肯照須臾歡更悲。巨石如拳帆似鬟，海風吹夢淚時時。
百態祇於尊影息，一燈長向夢時灰。便經萬詰千商略，剩少驚鴻意肯回。
急雨驚濤翻石骨，長天秋意冷斜陽。他年重記哀鸞語，知碎空山幾劫腸。

北海小飲

珍珠密字入凄清，淚濕天衣拭月明。無可思量成逝水，每緣魂夢得他生。石填慧海哀難寫，雲失愚山願竟成。蕭瑟年年數陵谷，陸沉祇合與鷗盟。

長崎會議事畢後，養疴於雲仙温泉

偶緣寂久喜鳴禽，脈脈寧堪夕照沉。枯塚漫騰龍虎氣，深杯漸鴆鳳鸞心。倚天一劍餘孤

憤，據壘千蟲有壯音。月上寒塘憐鬢影，秋來十日病愁侵。

登萬壽山

亭館當時起，垂楊低繞牆。滄桑登廢閣，高翠出重堂。金碧緣誰盡，芳菲恨自長。秦宮太蕭瑟，誰省牧之狂。

七夕前一日偕大兄及夏子青飲於漪瀾堂，眉月西墜，荷風北來，猖狂之懷，一發莫遏。爲賦二律，以壯子青之行，兼記此宵之勝

良夜繁燈照海明，江山誰主月空清。眉痕涼乞簾旌護，心影秋呼劍佩迎。紅豆有情應有恨，青荷無語本無生。臨流忽見緇塵滿，便欲崑崙頂上行。

上清女伴繡帷開，眉月新描無恙回。斷簡冥搜甯可説，層樓延佇祇餘哀。嘔肝妄作千秋想，握骨真憐數寸灰。何日百尊同爾盡，更攜城郭入詩來。

西山月夜，擊溟以詩示我，即此報之

無量恒沙數劫塵，萬山一月照詩神。海枯可待魂先悴，天問難親意薄嗔。不用吾謀憐故楚，尚存此舌入强秦。虎狼須避何須避，斫地横刀正有人。

靈辭

春裘酒濕，雨夢南飛，望五里之飄泥，風原似虎； 撫四方而流涕，客固猶龍。霧夕煙晨，簫朋水逝，冰簷霜瓦，初月眉生。 遂欲揮萬感於無言，廢喧歌爲永歎。 然而將軍夜獵，傷醉尉之侵陵； 烈士華年，攀紅旗而悲詫。 豈爲鶯燕，遂有沉吟，細數平生，不無幽恨。 靈辭之作，蓋有由已。

簾底微風酒暈勻，輕裾題滿萬方塵。靈辭字字驚天下，絶賤當年龔自珍。
海棠綽約意中秋，酒沸絃歡底事愁。詞客生涯半閨閣，夢回紅淚濕吴鈎。
五里城南朔馬譁，寒燈夜過酒孃家。春心不被飄零踐，苦李酸桃解著花。
豈待邢眉取帝恩，爾心吾魄門温存。燈紅乞許歡神證，密影年年印一尊。
風旛無力雨無涯，一樹輕愁散落花。掠髮眉痕門新月，太行雙脈走龍蛇。
女郎高坐事箜篌，涕唾都成陵谷憂。白面談兵狂可諒，不誅十族不封侯。
緑闌干遠更横波，數疊箏樓透細歌。夢自鴛鴦心自瓦，爲誰苦護露凉多。
帝座從無赤鯉魚，鷗波萬疊更何圖。眉痕齒屑三年待，翠幕羅襦一世居。
山鬼烹鸞鸞夜哭，胡沙動月月西斜。肯因曾過祈年殿，重棄狂禪重歲華。
秋雨飄蕭病國門，千燈奇餤動黄昏。横戈十萬降車急，去掠公侯報爾恩。
亦知天下非一我，亦知天下非一汝。兩心戀嫪但無間，鈿合釵分空復語。

輕塵夜襲祇緣渠，萬里曾逢靈魄無。落月半襟花一鬢，秋燈淚報使君珠。
枯葉今成無字禪，送秋風物祇寒煙。人間如海繁陰失，寂寞芳心最暮蟬。
簾定香焚誓有因，高樓聞唳最傷神。邇來翻愛秋林雁，日日飛寒爲一人。
豈盡人言我始愁，夜闌嗚咽替寒流。青禽銜出雙紅淚，半濕鑪煙半濕秋。

偶　感

良夜清姿任爾多，雙鬟纔翦又雙蛾。微憐旖旎如雲夜，來伴凄凉對月歌。肺葉豈勝風雨撼，心苗長怯病愁磨。祇今欲渡蘭橈遠，奈此眉波瀲灩何。

天强以夜坐八律見示，詞惋旨哀，真有同感。因次其韻，答以一律

幽棲絶似飛瓊謫，弄鬢回姿百淚傾。落落歡懷秋後葉，依依軟語别時情。霜寒雲掩嬋娟影，酒薄愁來猖獗兵。人海喧騰更何與，長宵聾對萬蟲聲。

北京飯店望雪

素女吹瓊水一涯，秋盆略損傲霜花。凄凉暮雪迷么鳳，斷續寒風亂晚鴉。長夜飛揚揮日住，好峰奇突任雲遮。平居久爲幽憂慣，豈必登臨感歲華。

綠鬟行

綠鬟，吴娃也，有聲鳳城，有燕市花之譽。曾就學培華女校，嗣以愛戀婚於王氏，離異後復適浙西徐君。徐蓋亦棄其婦而就鬟者。羅敷背夫，使君厭故，豔聞所播，毀譽時傳。長詠既成，微詞斯託矣。

繁花飾地風憔悴，春燈夜沸春人醉。何處春燈照玉人，鳳城綠鬟嬌癡最。綠鬟遥聞出貴家，年年花后領培華。聰明冰雪人天際，海外疑移解語花。阿母中年最憐女，買妝不惜黄金雨。妝竟回身恰自思，儂顔不信真如許。嬌縱由來半夙因，深閨肯擲綺羅身。長安日麗香雲簇，如水風神悄辟塵。春寒旖旎春衾重，脈脈靈犀紛綺夢。寂處微憐學哢鶯，雙飛願效尋巢鳳。高梧金井意徬徨，紫鳳驚寒夜有霜。爲懺穠情返瓊閣，飄然二十嫁王昌。妾懷婑媠郎英武，新月解描眉樣嫵。西海初嫻虎豹韜，王城豔説鴛鴦侶。好夢依稀似水東，珠衫零落淚珠紅。清歌曼舞情無極，桎鳳羈鸞怨未窮。翻令鳩媒兼鴆毒，抵虚射影羣魔掖。郎本何心老鏡臺，從軍慷慨東南役。可憐衆卉濁名花，愛葉情株次第芽。星履霧衫珠十斛，踏莎盛譽滿天涯。良夜迢迢歌彌旨，一身孤擲情波裏。玉樹交柯妒舞狐，綺年直欲狂歡死。年少徐君海外來，豐姿奕奕早春梅。香山詩體嫗能解，洛浦神遊夢自哀。一朝舞榭歌樓畔，佯羞還睇逢何晏。怨婦捐愁秋士歡，照眸明月圓纔半。夜夜銀燈照畫屏，畫屏迤邐滯雙星。使君鴛牒殷勤記，戀海狂礁怯更經。還珠垂淚非儂願，將水揑泥生死戀。安得東南孔雀飛，遺巢讓妾孤零燕。密誓深歡意萬重，郎今相悅復如儂。情絲慧劍前歡盡，海國芳風今卻逢。諍辭絶妙梁鴻語，將玉證情無今古。玉佩寒馨世所稀，撫心突躍將焉處。應憐舊婦復新婚，北海清漪誓一尊。萬不可圓終强合，兩無遺憾衹人言。

南來湖上，排日遊遨，湖樓煑酒，山翠浮杯，畫舫吹笙，歌聲在水。人間仙境，爲三絶句頌之

涼雲拂柳長堤没，初月淩波一黛青。歸去煙痕忘未得，湖心風雨影亭亭。

散花悟澈病維摩，魚信沉沉怨晚波。獨向斷橋過七夕，鴛盟不及鵲情多。

何當驢背酒盈壺，便謫煙波伍釣徒。肝膽照人靈隱月，浮生知己一西湖。

感逝辭

余夙負幼慧之名，長承鄉曲之譽，恣其心力，期效明時。歸國以還，寧知憂患，避地淞濱，深樓懷昔，餘歡襲骨，柔涕盈襟。他生之緣會難期，竟夕之酸辛彌熾。因念三年沉病，一夕長歸，愁骨與病骨俱銷，脂香雜粉香莫辨。銀樽夜雨，柔翰春朝，此意悽惶，人間何世。輒得小詩，以紓深戀。

湖海幽憂未略閒，驚聞消息至青山。年來賦鵩長沙淚，豈合低徊更玉顔。

淡墨含愁看未殘，玉棺玉骨憶同寒。西風無限横波惡，學得鴛鴦總不安。

青楓照水葉蕭蕭，離亂年華住六朝。一束寒花人不祭，夕風憔悴咽秋潮。
柔歡刻畫夢難閒，驚起啼魂恍惚還。辛苦碧城前約誤，他生何物是人間。
香車重聽夜轔轔，歷亂難歸陌上塵。劫後凄寒蕭寺雪，靈籤愁絶問前因。

白門冬感

將軍蕭瑟蔣山橫，小閣江天待雁聲。濁酒鯨傾桃葉渡，西風虎嘯秣陵城。殘棋歷亂樓長勝，斷夢酸辛枕不情。絶愛吾家千古燕，寒磯翦水尚堪盟。

北　來

當年縱酒尋春地，今日蕭然一匱陳。漸覺負人成獨夢，憶從惜别得輕顰。空江浩蕩沉瑠札，冷寺凄清遺玉人。此意自傷更憐爾，花時同負綺羅辰。

病　夜

江峰依約雙鬟似，好夢低徊怯倚闌。萬劫有情終化蝶，九京無地足棲鸞。露零蕭寺支離骨，雨打孤城寂寞寒。憶得年年芳草夕，不曾消遣似今難。

冬日觀海吳淞

朱燈初列醉匆匆，如此緘愁卻未工。濁酒逼人樽畔淚，驚風遠我意中鴻。十年長恨橫天末，一樹繁憂散夢中。剛寫臨流無限憶，海波鬱沸欲凌空。

掃葉樓晚坐

一笛河山劫更非，亂雲和墨寫詩歸。靈風不護花愁謝，怪石剛如酒怒飛。欲汲寒泉揩短劍，衹餘幽憤襲征衣。春來塘水明如許，人減腰肢柳漸圍。

奉命赴荷蘭出席國際商務會議，道經西伯利亞，抵華沙時書寄國内

代表本國出席第五屆之國際商務會議，於荷蘭之故京取道蘇俄，車程十日，始達華沙。就食甫畢，縱車游全市，長橋臨水，徙倚多時，落日沉山，計去國已十四度此暮春時候矣。壯懷柔恨，交襲離襟，吟望雲天，不知宜歌宜哭也。

故邱故壑平生意，淪謫年年抗淚行。零燕依人憐廢壘，芳塵將夢越重城。盈樽縱酖安辭醉，短瑟含辛空復情。月靜漸憐天壤美，幽馨斷續與愁争。

重來柏林晚色湖

紅葉江鄉樹亦秋，臨流白髮照深憂。亂離文字燕然石，儘夠煙波渺渺愁。

會議既畢，取道瑞士，夜宿諾依，其地拔海約三千米突矣，漫書寄盈

五巴黎

繁絃夜夜結層思，鳳泊鸞飄未已時。漸覺無情惟故國，可堪有怨寫靈詞。江山此夕供憂患，湖海微吟雜黠癡。波泣魚飛人坐對，弛將心力事雄奇。

印度洋舟中漫句

秋懷似水清無似，短夢因風散復還。我亦精禽與靈鵲，年年心恨白鷗閒。

春雨觀梅太湖

年來楚澤殷憂意，豈對蒼茫始有詩。收拾湖光落樽底，動人情思此何時。
少年十萬里歸來，襟抱沉沉鬱古哀。忽向花間覓知己，偶然回首萬梅開。
寒波寸寸逗微醺，惜去臨流日又曛。十二萬年花落盡，應餘哀怨作湖雲。

春來煮酒託寒槎，濕卻春裘爲此花。聞説南朝煙雨軟，緣何零落半天涯。
數枝寒萼凌煙雨，十里歸雲横水涯。雋意壯懷兩無礙，一生能拜幾梅花。
七十二峰填作海，卅六千頃鬱成田。此皆億萬年間事，而我何因獨泫然。

秋浦世丈五十八歲生日

古人豈必今人若，漫識心香與古期。峻意高寒擬遥月，秋懷瀲灩託清巵。當風芳樹留無計，掠夢心雲懺未遲。一掬危星墜天末，憂時宿淚不須疑。

秋　夕

屋倚寒塘漸足居，懷親悔絶過江裾。恩仇苦爲虞戈短，憂患來從頡字初。夢仄人天艱去住，海飛金碧復欷歔。何心更作通明乞，生作秋棠已不如。

校記

早歲旅學秣陵，初未習章句。六年秋，北游國學，童年好事，恣飲苦吟，置酒高會，謬附騷雅。雖窮終夜之力，覓一韻之巧，不恤也。庚申早秋，慨然去國，投荒數載，薄有所成。每繞地一周，經國二十，驚濤漂摇，冰雪轉徙。既歸瀛海之帆，益恣江湖之感。數載以來，不勝壯不如人之嘆。夜闌酒沸，積感成詩，殆昔人所謂以無益之事，遣有涯之生者非耶？飄零人海，百無一成，并此不存，人生何爲。暇一檢校，兼及舊作，得詩盈篋，約略存之。嗟夫！僕值盛年，時際鼎沸，紅旗落日，刁斗驚聞；夜露重城，驛騷猶甚。固已極江關哀亂之思矣。乃更名花空谷，委之蒿萊；天馬黄禾，置以下乘。於是託辭遺墨，宛轉抒思，香草香奩，諒在知者。

此一册詩，展轉索覽者時有其人，而刊諸時報者，尤爲時流所撮録。昔事追維，輒生猛悔，江山文藻，相對沾襟。此册之存，聊存昔境而已。猶憶五六年前旅居柏林時，所作《秋辭》有『重戒重破詩與酒，自遣自尋夢與魂』之句，捫索前塵，依稀此日，心淪慧業，正不知何日一删結習也。

南來暫事部曹，簿書鮮暇，偶理舊作，散佚者殆半，而詞恉不當意者又删去十之六七，此册所存約百七十首。或事有寄託，或辭足流傳，敝帚之思，昔賢亦爾。此後明時致力，學境流遷，應有此稿悔存之日。然今夕黄花煑酒，故紙縈心，野雲横樓，寒蟲學語，此時天壤，不復知有其他其後矣。

此册以時境之分勒爲三卷，曰《少日集》，爲就學北大及未出國時作，曾就正於樊山先生者，詩存僅三十餘首。曰《長風集》，爲就學美國及游覽歐洲時作。曰《東還集》，爲歸國以後作。既居秣陵，雋懷日寂，中更多故，綺緒淪夷，三年所存僅十數首而已。

先生平所最感紉至今莫稍能釋者，惟樊山先生。先生於鼐初非戚里故交，而尤齒德懸殊，高山景仰。當鼐就學北大時，一箋臻候，附詩求正，而先生訓勉激勵至三數千言，語出至誠，爲畢生所最服膺之訓迪。每檢手墨，彌復神馳。鼐於十七年接收故都府院時，初親德范，今者先生已八十有四，翹首北雲，每生遥睇。

重陽風雨，漸滿城來，休沐之餘，校詩是務。匆書二截句，以自勞也。

翻美詩人蘇子穀，遺篇故舊爲爬梳。逾來湖海瘡痍在，那有心情校魯魚。

麗語玄思夢絶塵，王生才調豈無倫。明珠智慧蛟龍奪，休認沉吟痛哭人。

民國十九年秋十月，世鼐記於秣陵客次

《待名集》自薦語

溯以金陵既陷，寇賊縱横，烽火故鄉，鶯花南國。傾攀天蹈海之心，闢覓字尋詩之境，此其所感爲何如耶！邇者山城枯處，禪坐銷時，慷慨萬方，風雲一谷。宇宙值龍驤之會，吾生猶鼎盛之年，衝雨劍門，聽猿巫峽，積其叢想，寫以自娱。獨朋儕好我，往復傳吟，以其孤鬱，餘箋散佚無益，屬付寫官，以存昔境。人原無似，集以待名，匆匆得二百數十首，釐爲二卷，謂爲去憶來憂，兩俱可也。民國三十二年二月，貴池王世鼐記。

卷第四　待名集上

挹江別墅晨起對鍾山作

終古秦淮月一涯，烏衣朱雀門新嗟。春燈舊曲飄良夜，隔谷繁陰認帝家。心倘能安寧萬碾，國無可語惜微譁。明知衆象歸無象，猶向孤城數浪花。

吴淞聽海歸作

中年意態珍哀樂，棘目蒼生略可懷。身縱非輪心作轂，劫如能盡海成灰。故人肝膽存行卷，大地瘡痍入酒杯。跡象至輕終至惜，夕風坐聽水音回。

將　別

將別關山壯，臨流涕笑訛。心真疑海立，人似得秋多。冷句忘情覓，驚風何處歌。回舟傷落日，萬境此蹉跎。

無感

江寒海沸鬱深悲，積毀叢譽了不疑。多淚誰知吾輩意，論才偏值不情時。青燈照史行行泣，芳樹當風惘惘辭。一種峻懷兩年少，掇心無語起長思。

弋磯山病院養疴有答

螢陣侵燈此寂居，高寒惻羽競相呼。飄蕭墜夢人間世，沉滯東牆罪後書。百輩安危焚骨盡，無邊恩怨治生疏。懸知簫鼓虛樓卧，仄淚容憂信有餘。

幾年

幾年心力鍾山道，騎士騶奴共一車。積淚總關天下計，撫膺未減昔年迂。梵音高處層層覓，孤憤人間寸寸餘。差喜書來能念我，漠雲宮樹鬱長歔。

黄梅宿松道中遇雨宿張氏塾，終夕無寐，時戰事方酣

浮風逐澗盡滄浪，落落孤懷水一鄉。疾鳥散飛緣近暮，輕箯顛躓欲迷方。湯湯江漢幾來去，莽莽人天孰聖狂。咫尺虛堂坐聽雨，可憐簾外得南唐。

宿松雜句

惘惘寸燐馳獨夜，遲遲野月亦當時。　掇心欲語忽無語，萬象燈前豈爾知。
野水初盈時礙步，垂楊乍滿或飄門。　荒城幾劫餘春在，感逝能無近一樽。
恰近寒卮理鬢絲，繁憂深淺酒痕知。　東風綠盡重重路，家祭虛陳泣此時。
餘生呼父呼天意，三十六年孤淚多。　覓得青山如掌大，萬烽深處一哀歌。
痛哭金兵夜渡河，千年蹤跡一高歌。　荒茫秋草將軍骨，壯麗關山心史多。
渡河躍馬尋常事，豈合文書老一樓。　冷雨墜花成慰歎，吾心猶寄萬枝頭。
感爾年年侵骨思，翻於輕別重心期。　孔壠急渡黃梅雨，獨起支窗君或知。
萬境年年逐逝憂，此心春減漸餘秋。　朱樓昨夕明如晝，一例寒煙散夕愁。
駐景艱辛酒作城，夕笳最動古今情。　男兒了卻尋常事，欲棄儒冠便此行。
海水長飛海亦枯，百年能賸幾頭顱。　坐將日月盟屠狗，午夜思來孰一沽。

廬山雪夜偕孫藕蓀宋傑及內子燕華同登

江上濤飛未逝川，迎人今又月珠圓。　心疑海激殘餘石，身置冰封慘澹天。　攬鏡無因成默歎，當春誰忽啓沉絃。　年光負盡山河壯，市沸何曾慰九邊。

贈燕華

惜離吾汝意，偶別得歡期。簾外蕭疏雨，絃間宛轉絲。寸憂焚骨夕，萬念據燈時。相見頭同白，悠然攬鏡遲。

初秋移筦黔権，所居臨南明河，散步有作

聖狂萬古意均微，擲此豪雄海嶽飛。散淚山河風細拾，經春城郭柳初圍。生憐傲骨終難折，老有幽棲亦可歸。忍更堂前問興廢，冷鷗無處不寒磯。

筑市苗村觀舞

沉沉寸念夜箏微，感此荒茫草木飛。故里園林三徑暮，西風簫鼓半村圍。遲來廢院苔初積，落盡秋花人未歸。一自心波堅舊約，斷難忘事祇漁磯。

文家園後窗野梅盛發，折作瓶供，以娱晨夕。迨園中花謝，而吾室猶暗香蕩漾也

冷盡人間得爾温，凌波朱萼入朱門。始憐攀折終衰棄，猶喜横斜此倖存。天末弄姿照遥

月，風前流睇向孤村。亦知歲歲逢君日，華髮潛滋壽一尊。

山夜

吾生落寞復雄奇，海國山鄉獨爾知。何處行星是肝膽，蟲燈歷歷不眠時。
海沸天荒誓未删，江關易拔獨禪關。元戎慷慨殷憂意，支此乾坤今古間。
蟻工營穴蜂藏蜜，血是葡萄濕戰袍。一念能堅應結實，不成狂涕亦飛濤。
痛泣佯歡力自持，長江濁浪鬥清辭。餘暉廢宅春來緑，寸草蕭蕭繞墓祠。
躍馬橫戈壽此尊，尊前雙涕意何温。拭尊拭涕了無象，心上捫尋未報恩。
繁坐寧知獨坐思，萬塵一一織飛絲。偶然心逐飄零世，祗此靈犀惻惻持。
恩怨如城寇百重，寒峰峰暮此微鐘。了然來往人天際，青史行行有去蹤。
寂居漸失今何日，縱飲翻憂無盡年。細數籬花幾開落，有人心淚已桑田。
年復當年日昨日，寸思渺渺積今時。滄波萬逝無消息，寫盡人間决絶辭。
馬蕭蕭地戰神祠，焚盡心巵病亦持。簾末寒英無數墜，不因風處耐人思。

念親

晨起悄然坐，憂樂集生平。感念永逝父，訓我半無成。感念永逝母，終宵淚長傾。親逝瞬越歲，憂離初未經。池濱吾故宅，廢瓦昔所營。華屋痛山邱，况兹骨肉情。長兄與稚妹，千里巴江清。大姊伏鄉曲，家毁日夕驚。仲姊江以南，音問渺秋鷹。稚弟依弱妹，聞之心漸寧。故都冰應結，珍愛看陰晴。余則偕弱婦，岑寂棲山城。簿書日以積，物望日以輕。眷言望天末，淚濕心曲深。遥知握泣日，愁髮墜無聲。長夕復長夕，觸緒夢更生。南鴻以風至，思之倦眼明。

戊寅初來渝述職，寓臨長江上游，江聲夜沸，不能成眠。行歸黔矣，晨起寫此

偶坐晨雲更落暉，嘉陵急雨蜀山飛。誰知澤畔侵尋誤，漸信人間感慨非。欲遏光芒歸閟默，略憐風格入輕微。名江自古何曾返，衹我思潮蕩復歸。

自行都返黔途中，病滯桐梓

衝雪長途逝，宵來怨豈勝。冬因秋意重，夢偶故人曾。肺沸年衰見，山殘月照仍。悠悠傳萬念，今往共荒燈。

戊寅舊除夕，時居南明河畔

二三烽火動吟邊，萬緒荒夷夜獨然。重見春波移甲子，忍持臘淚照山川。南明煖入回衰劑，天目青存報國年。更向親祠陳歲事，蠶眠微廢海微田。

燈夕有雨雪，時故鄉殲戰禍正烈，偶作次前韻

一戍愁邊即九邊，春燈燃盡意猶燃。深垂重幕因多雪，獨立清流歎逝川。寒疾投荒終自許，孤兒報國定何年。親恩萬疊黔山上，清夢能無繞墓田。

太慈橋鄉居，得昆明羅羗執同學書

凍鴿傳箋語絶温，孤城寂坐此荒村。豪華豈意成微歎，痛哭何曾有罪言。燃盡肺肝知鬢短，歷窮湖海祗愁尊。更銜晨雨蕭然出，籬右山花默默存。

萬　塵

萬塵了了謝孤諱，翻愛山城聽暮笳。荒卻年來祗華髮，心無凝滯願無涯。

晚渡南泉，夜近午矣

晚雲垂處枕溪流，流轉雲回得此樓。午夢關河供戰伐，丁年心力擅恩仇。淪夷肝膽依依在，起伏山城孑孑憂。偶拾林花澹忘象，涼州風露入渝州。

南泉夜坐

謝別崎嶇地，臨波照獨歸。生惟幽憤熾，人尚昔年非。曠代狂無似，名山願更違。孤兒稽粉骨，報國答春暉。

吾忽墜天地，飄思萬念頻。江頭猶昨雨，心末自微塵。慷慨臨風照，蕭寥逐夢陳。久疑生意盡，骨燼復輕嚬。

嘉陵江晚眺次行嚴先生韻

獨靜頻傳隔市譁，秋霖争損廢園花。樓危猶墜衰時夢，境沸真疑煑後茶。急漲帆輕亂鷗舍，遥江霧重濕人家。淪夷豈必堪微歎，衹此潛居鬢已華。

己卯重九，履川招飲一心花園，再次前韻

勁葉曾騰萬雨譁，了知心似最遲花。半山寒翠秋添色，一語蒼凉病減茶。蜀魄千年啼故國，齊煙九點認誰家。西風吹綌登臨面，忍更危闌問歲華。

江樓夜起，時波蘭戰事正急。余於一九二九年夏奉命至荷蘭，參加國際商務會議，道出華沙，風物冠北歐。今思之乃如異代矣

疾雨寒從静極驚，萬松遥遞一筝鳴。亦知流涕了無益，其奈回思尚有情。沉陸久疑今日變，染圖誰惜百城輕。明戈夜祝明堂捷，海水狂飛豈一生。

南都陷後二年作

白門冬柳已蕭蕭，爲此神傷夕復朝。陵樹連雲猶作緑，鯨風吹淚最添潮。心期借箸天難問，髮欲忘梳病更凋。記取櫻湖紅雨夕，幾人惆悵向今宵。

羅灣履川寓樓鐘集

夕風吹老曾遊寺，寺門題滿荒凉字。小别江南疊片憂，雕闌漸腐人何異。我自上都走蜀

岷，山音浩浩人闐闐。吟邊冷集豈易事，秋花窈窕秋蟲馴。撫此襟懷億萬載，嘉陵水逝沉憂在。朝夕飛寒潮汐傾，可堪人散風如海。當前快意薄公卿，一語能奇萬姓驚。坐老山河成歎息，始知此境最難名。

冬霧疊前韻

俯取秋聲鐘滿寺，樓中人樵齊梁字。一擲乾坤萬古心，古狂今聖原無異。香霧微茫繞夕岷，望中管樂誰闐闐。天將曠代屠龍手，付與尊前意肯馴？ 覓夢悲歡忘歲載，叢星儲淚依依在。不辨星痕與淚痕，一例心波沸人海。列塚當年屬列卿，祠堂蔓草了無驚。會當掠髮入山去，雪覆冰封太古名。

夜歸再疊前韻

幽懷絶似僧無寺，古蟲冷蝕興亡字。鬱盡崑崙冰雪哀，可堪華髮臨流異。悄立空江對遠岷，意中山水獨闐闐。山齋勝集得天地，憂與歡争各未馴。貯骨繁思如重載，遥山疊霧層層在。雨沸星明又一時，幾樹新桑换人海。列史陳陳卧帝卿，魚龍舞倦冷鷗驚。誰珍箋末紅泥印，人似秋花失姓名。

閒鷗

吴鉤引恨動簾鉤，簾外疏花各自愁。微有情時千宛轉，斷無人處一沉憂。春隨海水潮頭去，夢逐關山笛裏浮。不問天風問吾意，半生靈鵲半閒鷗。

歲暮

慨念平生誤夙期，九重挾策此何時。春來不信詩能好，境往方知意足師。豈必故山堪據卧，獨尋心史作然疑。長淮浪濁長風壯，此意辛勤獻歲遲。

己卯臘日得屯溪鄉人書，有約隱黄山之語，次鏡予韻寄答

尊此歸棲日，悠然歲又新。萬方多壘急，一卧故山貧。冷卉沉沉發，高吟落落真。吾廬果何許，楚澤作新津。

己卯除夕次鏡予韻

冷髪盈梳撫逝蹤，巖居歡爲歲星濃。久持荆棘長生訣，漸詫邱陵萬嶽宗。箋憤衹應哀故國，廢眠豈獨誤疏鐘。縱横胡騎今何夕，知嚙江南幾樹松。

餞歲

餞歲人傾獻歲杯，江風次第覓春回。憑闌風雨心能濕，種樹園林蠹未裁。詩外温馨思解佩，眉端消息誤猜枚。紅箋不寫憂時語，更爲多忘一寫來。

庚辰元日再次前韻

世難欣持未易杯，相期文藻釀春回。傾城冠蓋誰憂樂，絶塞風雲自翦裁。伏櫪無奇晨束草，衝寒不語夜銜枚。今宵何境樓金碧，預擬花時謝客來。

養疾羅灣，用尹默先生見示韻

寫盡心經字字曾，信陵狂藥漸難勝。縱然清到梅花味，辛苦斯花百未能。

待池州家人書不至，再次前韻

偶然歡境得何曾，薄霧堆簷望豈勝。了了南天看烽火，百無一可祇僧能。

羅灣寓樓，花開鄰舍，電傳舞樂，三用前韻

擁舞狂箏怨豈曾，了知斷夢憶何勝。重樓燈煑荒山鶴，縱欲忘詩忍獨能。

早春念鄉事，用韻初見示韻

疾雨低簷萬馬行，春歸獨此最關情。了知珠幕温如昨，無那瓶花墜有聲。

山徑登覽近晚，歸見新月寫此

薄月依山萬象明，去帆輕似故人情。真游豈誤煙波約，孑艷猶防桃李争。在莒寧須驚歲晚，沼吴會見及身盟。斜風掠盡燕然淚，濕透春裘又此行。

躬　耕

躬耕微願亦何成，一樹宫鶯詫兩京。若有奇憂寒雨夕，了無多語故人情。遥波幾疊迷鷗跡，廢閣千尋坐月明。縱省他年花信好，瓶間春半悴山城。

拾翠詞

樓居經旬，不復顧聞樓外事，倚闌悴立，花藎迎人，則此境此心，又在樓之最佳處矣。瓶枝漸謝，如入微憂，墜葉殘英，忽滿几案。冷雲卻握，遥霧依山，濕月吟痕，猶存肝肺。得詩凡十，因名拾翠云。

歷亂風時復霧時，獨來拾翠此江湄。花枝更比桑條弱，次第春深墜廢祠。

鯨波狂立耐長思，明滅山燈照此詩。人似春蠶工作繭，繭成人亦鬢如絲。

刺薔豔睇竟黄昏，古屋苔生潤古魂。不立風危人亦病，藥香閒雜數枝温。

細路輕塵坐夕明，擁書有願補無成。劍南憂國今何世，乞取漁村共此生。

國門懸目賦蕪城，剛省花時已落英。透出珠簾燈似雪，有人擁淚待黎明。

東南海緑月如灰，迢遞流塵夢更堆。昨歲繁枝委薪爨，今年人又看花來。

荒盡天花依約來，山風如海獨徘徊。蓄將心末蒼凉感，誤盡人間磊落才。

雷音磨道出危崖，千頃桑麻换一車。人事入春飄泊雨，靈禽簷角着生涯。

花市温寒一訊來，桃根生葉换紅瑰。棄崖議與平戎策，何祇朱門刺可哀。

苔老簾閑跡更疏，忘言鏡裏髮飄梳。從知心倦人天際，祇在鷄啼一二初。

月夕自防空隧歸，寫巖隱詩

奪夢長音雜信疑，朱燈遥自衆譁知。雲高鐵羽飄沉響，月上銀天寫憤詩。一炬風横連肆盡，滿巖人悴釋囚遲。平生懷願今粗驗，蟻穴侯封證此時。

聞巴黎陷

虎大歐雲葉大詩，危巢今亦見人危。雄師陵谷千年誓，豪注錙銖一代奇。故殿漸蕪星漸隕，繁蟲何怨史何辭。匆匆戰馬新芻後，卻曳降車絡繹時。

小磨灘夕步

荷風篁霧動茫茫，歷亂鄰塘夕徑荒。苔滿蟲階猶昨跡，人臨禽海已新桑。詩殘雲許蒼涼補，境仄秋真寂寞忘。著史歸田兩無計，挑燈重起少年狂。

庚辰七夕項家院晚坐時，海棠溪初炸，因念南泉諸君

風煑輕篁欲暮門，遐方何涕不離痕。心危絕歎蟲餘葉，吠密欣存劫後村。九死關河名氏賤，半灰緘札夢魂温。瑶思如水攖心記，把瑟明河誓昨存。

庚辰九日登北泉草亭

久病初復，聞德義日盟於柏林，此狂寇自焚策也。夫結遠友而樹强仇，重隅見而忘實助，昧於計事，輕於料人，一擲興亡，莫此爲甚。吾國自抗倭軍興，四經重九，洪波雖惡，勝算可操，山海初移，風雲益壯。際兹勝日，小立叢巖，作句記之。

初秋楓影覆眉深，病起新亭試一臨。豈有關河非故物，漸多風雨結輕陰。四天劫燒千夫血，九折江流一往心。微惜白頭微自廢，高山猿跡費相尋。

瀉岸驚濤激石危，東南猿鶴散叢祠。荒江會見盟寒早，温谷猶欣葉墜遲。待取邊鴻飄捷羽，忍攜史跡入新詩。拔山分作男兒業，喜此濃秋寄遠辭。

離北泉前夕

楓冷禪枯駐古顔，幾回心置去來閑。空波喜滿軍書捷，密雨愁攜畫稿還。忍以殷憂歸日角，微哀羣盜立江關。偶然聽水聞鷗語，獨倚危闌約略間。

庚辰秋半，理四年來旅游諸作竣，即書四截句存之

斷詩止酒頻年意，忍向微茫破昔盟。吾倘有生生不滅，人天功業兩能成。

少年覓句追温李，中歲論才集衆家。憂樂至今心力敵，萬蟲聲裏聽微譁。

在莒亡秦耿此心，天風浩蕩片憂侵。冬來雨雪盈途積，瓶上花温意獨尋。

獨歎何能奪衆歡，危闌當日亦朱闌。未央宮闕尋常事，次第黎明取史看。

冬供

庚辰臘不盡四日，馳念往昔，迎撫來兹，病餘心悴，殆無可言。偶取水仙蠟梅茶花之屬，納之瓦瓶以作冬供，寫此在意盡意不盡之間耳。

冬供虚楹豔絶辛，亂中臘盡最愁人。年年麗語消兵氣，小隊弓鞋踏洛塵。

親恩鄰愛逐年兼，夢入承平淚乍添。幃影飄零臘復臘，山河清供最懨懨。

祿米蟲餘二斗腰，風多惟有樹能描。十年京洛狂塵畔，雪甚寒甘立此宵。

細語沙中世已聞，雁衝雲陣入兵氛。久無骸骨將何乞，人似關河老夕曛。

冰結雲屯不渡河，千年人物最嵯峨。可堪水繞山環劫，及見中原蟻聚多。

歧路凉州即熱河，厭聞低調與高歌。飄夷分是吾曹業，采蕨尋薇事豈訛。

林音初賁怨爲虹，破國雄才鬱欲東。饑渴雷鷹飛萬點，王侯如蟻拜重瞳。

危燈摇落動平明，一象千哀跡試憑。身自在山心赴海，何須清濁問嘉陵。

爾　輩

爾輩清流付濁流，崑崙急雪覆從頭。生平已遂歸田願，了了人生了杞憂。
薄月盈尊尚舊存，一無秋處坐籬門。漸如心厭心潮發，謝酒其如衹酒温。
略無能事衹真愛，似有人言亦可歡。太息江山新月上，幾回圓缺尚微閒。
嫩凉千萬何須入，病枕剛剛態作凉。一霎熱河消息斷，北風心地已秋霜。
欺名著述丹青誤，更誤丹青乞食來。此例古來寧未有，蟲燈纏夢史徘徊。
好風吹作嫩寒生，山脚人聞山上聲。翻喜山農最親切，澗邊汲與古今情。
半持疾怨半持怒，併作人間有月明。乞照海枯無恙水，有無心地見桑生。

晨至上清寺買花

細豔人肩重怨恩，晨街紅洗小樓昏。好風平等無今古，入史山花一二存。
風透羅裳隔霧横，澄江水軟覺魚輕。彌來心地將誰測，恰似飄花墜澗聲。
上清寺側選春風，辛苦瓶枝傲盼中。翻覆天工幾惆悵，今年花滿昨年叢。
三眠柳舞奈風何，流睇江潭種最多。珠米年光買花意，衹緣花發舊山河。

卷第五　待名集下

春早讀報寫近事

槍林彈果摘新詩，一決來因信更疑。此境平生未曾有，天飛海立釣鯨時。
側目鯨天半廢墟，蓋棺空賸慕城書。狂瞳衰髮依稀見，盟紙倉皇付蠹魚。
廢閣苔深月漸移，無邊春織鬢邊絲。蜀宮鈴語中興捷，珍重關河爲荔枝。
墜夢飄塵黯古痕，不情風雨亂寒温。賣花聲出上清寺，可信江南紅幾村。
林花一二墜簷間，拾取殘英故故妍。丞相祠荒桑似海，亂離人轉羨蠶眠。
小闌干末亂雲流，春半山城似早秋。別有情懷君未識，二三歡語雜閒憂。
回首車塵雜夢塵，夢中因果疊前身。即今初緑潛潛發，緑似江南一故人。
危樓舊夢鬱嶙峋，風下花歸陌上塵。別有填胸勞悴語，千金敝帚作文人。

夏　初

初夏雨疾，簷坐不眠，葉緑入座，垣頹忽驚，此誠平生未有之境。俄而江沸天飛，山騰雲黑，此境又失。遂燃燈寫句，或可刻畫其萬一也。

憶取花時例有詩，詩情深淺紙痕知。年年惶恐蒼生願，愧泣親祠告祭時。

絶憶風高月薄遲，童心刻境境成詩。倘勞阿母親梳髮，視此霜華歎可知。

豪淚依稀襟上存，斷無猶豫對狂尊。檢來白髮將誰數，絶似幽花謝滿門。

半濁嘉陵半燭紅，男兒心力飼魚蟲。平生癡絶緣情最，巧婦何曾解作翁。

樹倚危臺透燭微，人生何地不芳菲。獄中事最驚心記，冰淚清瑩孰是非。（記五四入獄事）

人言臣罪一燈蒼，極怒層憂了不藏。誰解洪流流去意，回音再聽待天荒。

瓦漏心驚坐曉明，滿園風立與雲橫。可堪春水初生夕，又聽危簷急雨聲。

亂燈擁夢漸成圍，飄劫難尋炸後衣。更怯宵寒明日又，風高蝶祗著苔飛。

雲重鷗輕拍水飛，故人共啜故山薇。心塵慵拭襟塵積，併作浮塵八斗歸。

萬象飄馳駐未能，來因水涸佛燃燈。高寒久濯名川足，祗有斜纓濯未曾。

農曆五月十六晚雨夕卧至聖宫，何園炸後，漏屋中終夜忘眠，晨起寫二詩，不哀不怨不怒，更不歡也

臣知多罪故當誅，略撫餘生百不如。淪劫久無平世想，忘情猶盼遠人書。一哀天狗晴猶墮，九死江魚水可居。忍計風狂兼雨惡，人眠廢瓦雀争墟。

歷亂生如星亂流，花前人奪片燈憂。依山樓閣成微睡，拔地烽煙蕩夕愁。舊徑瓦迷芳草步，暮雲鐘喚白鷗留。將軍揖客狂如昔，九族今猶共此頭。

早春和鈞師以詩來記除夕事，次韻以呈，時風雪甫霽，星洲正不守也

衰甚心甘到處家，宜春帖小願無涯。重關誤信軍難撼，疾雪寒欺絮未加。歲事萬千餘昨象，膽瓶開落又新花。明年此注今年定，裘盡誰知酒可賒。

南區公園晚坐

定詩字字倦風雷，眉角蒼茫掃幾堆。疾景漫疑雲盡幻，奇憂真見海同來。寒流掩淚成孤往，斷簡刳心寫古哀。我自有生生有象，夕陽暗替好樓臺。

昨夕暢雨，晨至南區公園，小坐得句

江流曲走計猶訛，一繞山灣聲更多。疾雨似青愁壁壘，濕雲曾羃古關河。坐曹豈分閒閒老，對景其如落落何。一自東南摧勁羽，九天孔雀采難摩。

春雨初霽至華巖，看所留草屋

芸人謀已兩何功，祇有花時太息工。晴宇蟄騰蟲擾擾，危牆隙列蟻叢叢。歸村幾點燈爲舍，去日千歡夢亦宮。揮手人天來去水，略慚愁已渡江東。

炸後入渝州途次

重樓依約辨殘墟，入劫鷄蟲覺不如。風黑心隨鯨赴海，憂深人學蠹侵書。青溪小渡村歌散，祆火危岡巷哭初。天自生才天自賊，悔持哀怨付長歔。

履川屢促題《飛無集》，詩成稿旋失之，詩以奉答

城居絶似蚊成市，雷動難呼斷夢來。復國預儲憂國淚，幾生併作一生灰。漸忘姓氏摩孤劍，暗换關河賸此杯。廢紙叢中蟲半葉，有人心血繞千回。

衙齋枯坐，庭花幾開落矣，寫以解寂

暖撲初花蝶夢訛，我來三認樹顔酡。生歸萬瀑争危注，静透重樓喜遠歌。未省憂時爲日少，略驕人處祇愁多。晨寒江上輕衣濕，此是東風作態苛。

歸遲

閒味年年坐一隅，微風集處看雲趨。半生顑頷餘孤憤，九死艱難羨一誅。豈有壯懷真此了，漸慚華髮向人殊。紙層心淺無端疊，萬語爭如片念虛。

玉露

玉露無霜菊待開，最能秋處又楓回。千年端禮忘名石，一炬咸陽得意灰。鄉夢漸堆波沸海，天涯未解市成雷。芳馨猶可東籬采，獨據危樓自不才。玉露飄零月細開，伊人小舞鬥寒回。酒邊甲子沉沉計，絃上憂歡漠漠灰。漸喜心波通碧海，漫疑眉語鬱輕雷。奇哀天壤渾難忘，看老縱横一世才。

無題

極豔翻從極冷來，熾人肝肺月徘徊。何須風雨持燈坐。始覺山城曉角哀。

哀庚白

破海驚濤事萬千，神龍跡象太翩然。悠悠人去忘言別，黯黯詩殘未盡妍。生覆危巢傷乳燕，死尋疑塚問啼鵑。負君一事微茫裏，牆上蟲痕蝕舊牋。

積淚難於散後兵，幾升今復逼人傾。倚闌風雨搜燈坐，定霸才名刻意争。世縱知君詩已末，天原長聵問難明。卜居早共蟲沙盡，甲子休勞卜太平。

悼獨秀師

沙灘清論葬同邱，奇俊天成第一流。壯沸心潮掀海内，晚持孤抱釣江頭。千年不信神光滅，此夕翻添異代愁。欲向墓門隕危涕，墓門深在萬松疇。

危闌

危闌獨立太匆匆，此境情甘掩映中。候食漸知珠桂味，置身悔入笏簪叢。半生升斗量孤淚，一葉瘡痍晝夕風。無限蟲沙吾盡識，四垣兵氣繞如虹。

四十生日

四十衰顔詫鏡中，匆匆兒髻半成翁。百年龍門生何幸，小徑蟲吟曲漸工。身後是非無耳目，當前意慨即英雄。分明一樣沙場淚，灑向名場便不同。

雜詩

身擲狂波海亦非，徘徊心惜繞斜暉。可堪鼎沸觀魚樂，忍見羅張作鳥依。

失憶詩如別夢哀，低歌歡意雜憂來。年年人在春燈外，好處春燈望幾回。

亂鶯取次透清譁，不睡翻知惜露華。此境前生亦曾有，無名人似已衰花。

把臂殘山失姓名，憂來宛轉半縱橫。寸心偶作南朝笛，華髮持燈次第生。

幕外風添鬢角沙，長河無定願無涯。春來更獻花神祝，可肯寒温護此花。

蜀中寒暖太離常，五月山城擁被嘗。簷外曉風吹夢好，榴花正滿故江鄉。

狼籍丹鑪火尚青，十年前晤此重經。何當一卧空山雨，好淚飄零夢影冥。

但見春歸客未歸，五年廬舍夢依稀。澄清有願終虚卜，絶悔心香帶魄飛。

慚愧江樓坐霧輕，山城起伏與雲争。可堪風雨迷離夕，猶夢餘生入太平。

蜀山如畫憶南明，畫角叢飛壯士營。肝膽付君君不識，始知此淚最難名。

讀和鈞師防空隧詩，依韻奉答

疾雨輕雷散萬埃，人真怒馬忽銜枚。豈期浩渺煙波外，卻送迷離憂患來。欲忘奇哀餘化石，略燃枯淚亦成灰。平生歡喜從頭記，好月千山菊一堆。

删稿

中歲憂歡次第曾，誰憐搜句坐寒燈。明知句已平庸極，約略詩壇步幾層。
哀江南去病猶疑，廟祭無多酹一卮。谁省王郎鑱句意，極天際海有餘思。

吾生

吾生歷歷寫山河，似此安閒福已多。一病醫真疑脈象，未凉燈忽見愁魔。片帆來去江無意，小劫因緣佛定訛。獨坐荒煙無寸念，清墟半岸起漁歌。

此淚

此淚曾添碧海遥，無名幽恨月難描。心萍浪逐鬢眉白，不忍江頭坐晚潮。
莫愁意態翻多悔，薄命危時例有詩。試取明朝好花朵，歲時次第釀春遲。
亂離東晉誤王戎，幾葉青燈掩照中。意態至今難解釋，不成鸞鳳已沙蟲。

和履川

朱簾拖地碧簾鉤，漠漠層臺逼上樓。此境古來寧未有，不珍歡處卻添愁。

幾折荒隄柳姓楊，二三亭館勝蒼茫。花時何處東風薄，第一無情數夕陽。
羅衫輕暖奈心涼，珍重還珠醉一場。夢似東西橫掠慣，何須好影憶橫塘。

題履川《飛無集》

豪醉明瑞畔，風輕羅帶飛。針停穿淚細，麝病釀香微。舊國春燈聽，重門白馬肥。古愁真萬疊，不卧又朝暉。
風雨新亭坐，眉痕印酒杯。霧秋沉雁陣，錦字織蛛灰。鳳翅飄何極，瑶思費此才。偶揮風韻語，風鶴莫輕猜。
珍取羅敷語，使君魂或蘇。題緣彌憾有，狂欲仰天呼。壓夢羅襦重，沉音江雁孤。銀塘千頃碧，猶灌恨苗無。

倚　闌

覓句何難取境難，珠簾依次透春寒。書生豈爲哀時出，其奈層憂獨倚闌。
獨往心真太古時，今生冰雪昨生期。春風悔坐千紅裏，如夢飄英自未知。
清淺疑能接古歡，無名身世謚偏難。嘉陵一漲潮平岸，莫作尋常風雨看。
紫李朱櫻换壯顔，年年無計坐花間。心波飛打星河畔，可有垂楊似此閒。

濤音奔夢競成圍，萬染戎衣血是非。夜夜有人持鳳燭，雷車如蟻擁花歸。
長衢幾折似長門，冷絶江頭步未温。月魄豈知眉意瘦，偶然跡象又黄昏。
豪雨兼風霧未開，晨昏黯黯换樓臺。乞盟縱許鷗能解，翻笑人禽共渡來。
落落巖花瑟瑟妍，難歸鄉夢一蕭然。驚濤長逝山城古，清濁依稀繞目前。
寥寂生涯倦此心，微憂益縱百憂侵。五年南渡荒茫淚，無限關河掩目尋。
寸淚如絲織復回，嫩風風積古時灰。細雲且莫辭樓去，好伴神歡縹緲來。

畫角

畫角江城破寂時，籬花薄怨又誰知。星飛光碎迷千劫，秋老寒生積一詩。中酒襟懷人散盡，當風庭院夢還遲。年來怯數辭人髮，其奈風前損幾絲。

渝樓秋病

病倦豈喜秋，秋深豈喜病。觸此往復哀，歷歷明燈映。躑躅蜀宫隈，宫花異晨鏡。不有亂離來，何知珍昔境。匿笑朱門荼，誰識寒泉性。西風亦已嚴，細菊亦已競。柳非鬢邊肥，月減眉尖靚。一寸五湖心，舟樓歌舞盛。碎事誤平生，多奇在奇政。嗟余果焉居，湘靈卜無竟。感此須臾間，已傷今古併。一飲復奚疑，餘生久忘姓。

對菊

豪第蛛塵跡半灰，秋魂終古偶然回。明知桃李多顏色，故向花時略後開。
慣從籬畔作低哦，小小恆河水最苛。朱紫漸爲人所棄，嫩黄此或得天多。
急雨秋光逐隊流，名湖花可滿枝頭。風簾影瘦真愁絶，何處黄金買莫愁。
茂陵舊事又今生，半夕秋心繞作城。人海又飛鄉釀熟，一齊和淚養花成。
曉風密露入淒然，劫裏江南换不眠。身世綢繆心宛轉，有人葉底作秋蛸。
亂英拾取未寒時，點染蒼苔供入詩。休問風狂兼雨噩，膽瓶穩坐二三枝。

歇臺子　秋坐

村舍偶居，漸忘城市，憂之所及，漸次忘言。適以壬午秋七月四十初度，病婦鄉隣借鷄市酒以歸，因而有念，不僅哀親傷國已也。

釣鯨射虎事何奇，掉首風雷擲不辭。衾似故山殘缺擁，天如中酒古今疑。一函珍重疏成客，劃代關河例入詩。小小草廬祇遮雨，雨絲添了鬢邊絲。
繞林寒漲拭吴鉤，劃與悲歡各半秋。來去年華託啼雁，死生消息問閒鷗。廢祠草長因無祭，曠代才難豈此休。今日桑枯子何異，絲成好織玉人裘。

星河明滅破簾流，半漲心波半夕愁。填海淺深何計問，逼人風露不情秋。難尋故國忘詩坐，漸減歡懷衹藥留。生是輕塵散無處，亂山紅葉拾心頭。

去日何曾解有難，瞞人秋色上闌干。懸知風雨他生更，休覓江關別夢殘。蟲静衹雲微可約，山深得酒或能歡。南湖一水情千頃，紫蟹青蓮待作餐。

聖戰史詩

皇皇聖戰悲涼在，刼外危樓宛轉尋。大海疾風起天末，絶憐心淺意何深。

斷難忍事盡孤忠，九死千辛略略同。衹有元戎定風雨，飛寒已出萬山叢。

北海鯨盟南海鷹，重洋億頃浪花争。萬年一夕猶秋碧，此是人生未了情。

島上人疑星隕裂，海濱風弄霧微茫。田家五百今猶健，慷慨真難弔國殤。

縱横四百萬方里，奴役一億以上人。天地生才此梟目，楚歌小出繞來因。

元戎小坐定崑崙，薄意深知動九閽。落落襟懷天上月，清輝照史萬行存。

山樓

夏繞山樓萬葉浮，峰痕大地是微漚。淚真人海將枯碧，心似星河到曉愁。换刼頭顱判暫擲，懸天肝膽豈全休。邇來空谷軍書捷，萬種眉波託一舟。

東南

東南飛海水，往事夢堪驚。神霧堂堂合，兵塵脈脈横。定能生智慧，窮亦是功名。兩戒河山在，千憂略未平。

雜詩

欲卧故山餘采蕨，難尋去夢已燃燈。長河收拾清流在，好寫他年怨更層。
細紅碎碧畫春袍，最苦征衣緑久凋。一種依依襟上意，萬千汗血憶今宵。
自矜金碧樓臺好，豈及寒鴉暮色真。繡户朱門煙霧冪，可知滄海幾驚塵。
勤持後約沉沉記，更取離觴默默豪。三月江南好風味，山頭紅盞煑櫻桃。
淪劫河山夢亦灰，强傾孤淚入深杯。平生恥作千人語，今日朱門刺可哀。
殘春山雨連雲墜，斜照江帆透霧歸。一葉陰晴滿天趣，小庭花落見苔肥。
眉意蕩如經宿酒，江波雜有故鄉鱸。十分春漲朱樓夕，猶有心情似昔無。
飄蕭墜髮寂無聲，薄雪飄春踽踽行。林下雪融禽作曲，初春閒事最關情。
一生事業誤於酒，半世功名賸有詩。渡口當年醉桃葉，冬來神霧此何時。
夕笳悲動古今情，歡涕能逢漢臘聲。別有至情溢星斗，王郎豈獨以詩鳴。

邇來花謝人無恙，墜髮何須乞子看。我有斬蛟身手在，眼波到處是狂瀾。

千重寒疾一衾秋，醫病誰能醫客愁。細事文章餘可想，無情漸覺是神州。

夕陽今又壓樓低，萬象徘徊漫自疑。最笑歡時因夢斷，春殘風雨耐長思。

吾意何疑天已棄，詩狂真見海同來。乾坤久作澄清注，一語興亡夢自哀。

枯燈燃肺意沉沉，夢似殘星散不尋。翻恨江頭有微月，天風吹處奪簾侵。

在莒應堅他日約，報韓曾受世臣書。微憐猿臂閒身手，射虎平原豈不如。

極感層歡一例尊，冬風吹雪積荒門。亦知病減年年髮，親塚歸尋杜宇魂。

書生折檻應投流，古淚沉沉試一收。負盡親恩勞盡骨，有生無地乞無憂。

風雪羅京識御顏，帝家哀樂動民間。狂歡戲擲情場注，一擲乾坤更等閒。

晚雨欲飄離燕影，好雲還繞畫闌前。獨傾古巷花時酒，此是東南劫起年。

香供騷心鼠蝕魂，久忘魏闕祇夷門。將軍揖客狂終惜，偶爾憐君偶爾尊。

默默緇塵鬢角侵，隆中無地著龍吟。獨來野閣荒涯立，誰識王郎萬劫心。

吾生適此墜人間，千古興衰一往還。國恨親恩都未報，堂堂肝膽愧朱顏。

墜髮無聲數未曾，如雲海水憶何勝。從知心倦江潭樹，一雨婆娑謝未能。

美人肝膽詩難敵，細數明珠滯淚圓。萬域奮飛聞比翼，未安猿鶴北山眠。

衾寒月寂鴛鴦侶，亭古秋看雕鶚羣。稍負殊芳例風雨，蛾眉幽怨半山雲。

病夕

江水循何地，心枯祇脈流。故人猶在莒，宗國欲興周。愁裏山河淚，吟邊草木秋。益知催夢意，得此釋千憂。

織樹

織樹新鶯漸一城，炊煙斷續此何情。久攜身世關河共，小立風雲意態生。淚豈能妨填海計，人難再乞與鷗盟。憂來清濁同歸盡，翻問黄山平未平。

歸難語婦

半叟歸田未可期，强攜柔涕人危卮。人生是處有荆棘，一種芳馨幸汝知。

晨寒小坐

晨寒小坐依依意，一坐小樓如故國。初憐奪得古今魂，古井沉沉今月缺。又憐擲骨長安塵，塵似飛從玉人闕。重憐病步蜀山風，病有所因向誰説。縱横細樹見新芽，吐緑供人新舊閱。吾生豈復有多年，忍看江山如此别。

將別渝城

積歲棲遲此故城，別來翻覺不勝情。桃花無限江南岸，紛向王郎送一程。

補遺

淞右雜詩

挾刺朱門謝未經，空將懷策負蒼生。江山文物原墟墓，此意堂堂卻未平。
故人埋骨此山中，惘惘情懷日日同。亦欲趁潮過江去，葛衣又怯石尤風。

次纕蘅韻

寒波流怨繞蕪城，萬簇秋煙向夕生。大谷盤鷹終未倦，高松礙月竟遲明。心傷故國輕相許，夢老閒鷗忍獨盟。極目蟲沙關塞遠，漢家無策不求成。

調甫生平所爲詩不自愛惜，散失頗多，兩京變後，遺佚尤夥。此三首蓋録自《采風録》者，其用夜起韻，悼畹秋夫人五古十餘首，手稿藏余滬寓篋中，今亦無從探取，亦惟有俟收京後補刊耳。竊願其生平交舊有藏其遺稿爲此册所未録者，寫以見寄，俾得續刊，以成全璧，則私心所企禱者也。克耑識。

跋

余既窮三月之力校調甫詩竟，義不能無以發其意。余惟調甫詩之幽麗深婉，樊山翁既發之矣，余更何言。獨念與調甫論交近二十年，蹤跡初故未密，及播遷西來，患難相扶持，乃相處若家人。余雖盛讚其詩，調甫於余詩則未嘗有所論列也。及其既逝，其夫人以校理之事命余。南海黄子祖耀獨謂余曰：『調甫逝前二三月，一日語祖耀：吾詩不欲履川點竄，以宗尚異也。惟異日吾身後定吾詩者，非履川莫屬。』烏乎！故人知我深，余何能無言乎！蓋詩者，窮人之業也。古工爲詩者，非執筆學爲如此之詩也，其始豈僅以詩人自期？志有所弗酬，意有所不通，傷其遇，哀其時，不得已而後作焉耳。此自漢魏以來名能詩者所共由之道，因其性情之所近，面目之各異，雖宗派各别，而其鬱於中，思以其學用世，有以易天下，則無不同也。然則調甫之詩所爲哀傷歎詫，豈以一身通塞爲哉！其流露於楮墨間，意量與古詩人無殊者，可按而知也。夫負異絶俗之士，孰不有用世意，然或則萃千百豪儁心力，窮老盡氣，而無所措手；或則三數庸愚舉而控摶之而有餘，是豈才之不同哉，其勢則然也。則以調甫之才，居今日之會，與令其操尺寸而至於束手太息，無可如何，憂傷勞瘁以死，孰若令其浮沉郎署，寄悲閔怨哀於篇章，使後之讀者猶得低徊歎悼，惜其不遇，而致其無窮之慨。烏乎！此千百年以來詩人所共循之塗轍，而超絶之士所爲，甘老死牖下，遁跡逃名，不欲役志於功名之會者也。而運會盛衰興廢之微，人才消長剥復之機，亦於此可覘其故矣。然則調甫所爲，畢生役志於是，且諄諄以斯事見託者，其微旨不尤可見哉！其微旨不尤可見哉！

民國三十三年三月，閩侯曾克耑謹撰

圖書在版編目(CIP)數據

羅卓英・王陸一・王世鼐詩詞集 / 羅卓英,王陸一,王世鼐著;劉夢芙整理.
—合肥:黄山書社,2018.12(中國近百年詩詞名家叢書)
ISBN 978-7-5461-8023-6

Ⅰ.①羅… Ⅱ.①羅… ②王… ③王… ④劉… Ⅲ.①詩詞-作品集
-中國-現代 Ⅳ.①I226

中國版本圖書館 CIP 數據核字(2018)第 289775 號

中國近百年詩詞名家叢書・羅卓英・王陸一・王世鼐詩詞集
羅卓英　王陸一　王世鼐　著　劉夢芙　整理

出品人　王晓光
選題策劃　歐陽慧娟
責任編輯　歐陽慧娟　范麗娜
責任印製　戚　帥　李　磊
裝幀設計　李　昕
出版發行　時代出版傳媒股份有限公司(http://www.press-mart.com)
　　　　　黄山書社(http://www.hspress.cn)
地址郵編　安徽省合肥市蜀山區翡翠路 1118 號出版傳媒廣場 7 層　230071
印　　刷　安徽國文彩印有限公司
版　　次　2018 年 12 月第 1 版
印　　次　2018 年 12 月第 1 次印刷
開　　本　880mm×1230mm　1/32
字　　數　260 千
印　　張　12
書　　號　ISBN 978-7-5461-8023-6
定　　價　52.00 圓

服務熱綫　0551-63533706
銷售熱綫　0551-63533761
官方直營書店(https://hsss.tmall.com)